THE PLAYER

Vi Keeland

Traduit de l'anglais
par Alexander Fox

Eden
collection

Publié aux États-Unis sous le titre *The Baller*
This work was negotiated by Bookcase Literary agency
on behalf of RF Literary agency
Photographe de couverture : Simon Barnes
Modèle de couverture : Jack Ryan
ISBN : 978-2-8246-0832-7
Code Hachette : 35 1650 6

Rayon : New Romance

Collection dirigée par Christian English et Frédéric Thibaud
Catalogues et manuscrits : city-editions.com

Achevé d'imprimer en août 2016
sur les presses de l'Imprimerie Laballery – 58500 Clamecy
Dépôt légal : septembre 2016 - N° d'impression : 608194 - *Imprimé en France*

La Nouvelle Imprimerie Laballery est titulaire de la marque Imprim'Vert®

Celui-ci est pour Jake.
(Mais tu ne le lis pas, OK ?)

I

Delilah

Mon patron était un connard de classe internationale. Les réunions obligatoires du lundi après-midi se résumaient à écouter Charles Ulysses Macy, troisième du nom, raconter trois heures sa dernière conquête aux membres de la branche « programmes sportifs », majoritairement des hommes. Je regardai par la fenêtre, l'œil vague, pensant à autre chose.

– Mademoiselle Maddox ? m'interpella depuis le bout de la table de conférences celui que j'avais surnommé monsieur Couilles.

C'était une table pour vingt personnes, mais on y avait installé trois rangées de chaises. Ce furent donc soixante paires d'yeux qui se tournèrent vers moi.

– Oui, monsieur Macy ?

– Vous avez quelque chose à dire ?

– Non, du tout, j'espérais me glisser discrètement dehors. Il y a un match ce soir, et je dois passer à l'habillage.

– Eh bien, allez-y. Ne laissez pas une chose sans importance comme une réunion d'équipe vous empêcher de jouer à la poupée.

Connard.

J'eus droit à quelques ricanements alors que je me dirigeais vers la porte, mais cela ne m'atteignait pas vraiment. La plupart d'entre eux étaient jaloux. Ce soir, j'allais couvrir le match opposant les New York Steel aux Cowboys, en direct, pendant qu'eux regarderaient le match à la télé, une bière dans une main, et l'autre coincée dans l'élastique de leur pantalon de jogging.

Plus de trente journalistes avaient été auditionnés pour ce poste au sein du staff de commentateurs sportifs de World Media Broadcasting. Mais c'était moi, pas eux, qui allais interviewer les joueurs, ce soir, après le match. On ne peut pas dire que ça m'ait rendue tellement populaire autour de la proverbiale machine à café. J'avais travaillé quatre-vingts heures par semaine depuis des années pour en arriver là, mais les hommes qui en travaillaient à peine trente ne manquaient pas d'attribuer mon succès à mon vagin magique. *Je les emmerde.*

Plutôt que de passer directement à l'habillage, je fis un détour par mon bureau.

Indie me suivit à l'intérieur. Elle balança ses chaussures en l'air d'un geste du pied avant de se poser sur l'accoudoir d'une chaise d'invités, les pieds sur le siège.

– J'ai pensé que ça pourrait t'être utile, dit-elle en pointant du doigt un savon de la marque Irish Spring posé sur mon bureau en bordel.

– Je sens mauvais ?

– C'est pour les vestiaires, après le match. Ça fait un moment que ça ne t'est pas arrivé. Je me suis dit que tu aurais bien besoin d'une petite levrette en mode oh-j'ai-fait-tomber-mon-savon.

– Tu es pire que monsieur Couilles, dis-je en rangeant mes dossiers de recherche dans ma sacoche en cuir.

Je connaissais toutes les statistiques par cœur, mais j'avais prévu de les repasser en revue dans le train.

– Pas de savon pour moi. J'ai encore un mois avant mon prochain lavage.

– Le lavage, c'est pour les gros côlons, pas pour les vagins.

– Ça fait cinq mois et ça m'a fait le plus grand bien.

Indie ricana.

– Oui, et à l'action Duracell aussi.

– Tu devrais essayer. Six mois sans rendez-vous, c'est un parfait détox.

– Je préfère m'en tenir à un détox aux jus de fruits, merci.

Indie ouvrit son sac et en sortit une bouteille de vernis à ongles rose fuchsia. Elle commença là, dans mon bureau, à se peindre les orteils, qui étaient déjà rose fuchsia.

– Mais qu'est-ce que tu fais ?

Elle s'arrêta et leva la tête, me regardant comme si j'étais débile.

– Je me vernis les doigts de pied. J'ai passé une première couche ce matin, mais avec cette couleur, il faut absolument une deuxième couche. Le vernis monocouche, c'est des conneries.

– Mais est-ce qu'il faut que tu fasses ça dans mon bureau ?

– Je ne peux pas faire ça dans le mien, je ne supporte pas l'odeur.

– Mais ça ne te dérange pas d'empuantir mon bureau à moi ?

– Tu n'aimes que les odeurs de merde, de toute façon. La bouffe, les bouquins… Tu crois que je ne t'ai pas vue renifler la balle de tennis que tu as prise dans le lanceur quand on a joué ensemble il y a quelques semaines ?

– C'est différent. Je choisis de sentir ces choses.

Ce n'était vraiment pas le moment d'admettre que, deux jours plus tôt, j'avais commandé du vernis à ongles chez L'Oréal.

Pourquoi personne n'avait inventé le vernis à ongles parfumé plus tôt ?

Indie haussa les épaules en disant :

– Tu pars, de toute façon. Et puis tu vas interviewer des

types ruisselants de transpiration à moitié nus. J'aurais dû faire du journalisme plutôt que du marketing.

– Mais tu es douée pour vendre n'importe quelle connerie à n'importe quel gogo.

– Tu as raison, je suis douée pour ça.

Elle soupira.

– Au fait, Easton revient aujourd'hui

– Oui, je sais, deux semaines plus tôt que prévu.

– Tu savais qu'il est surnommé Subway ?

– Personne ne l'appelle Subway dans la presse.

– Ah ! mais ce n'est pas son surnom dans la presse…

J'étais sceptique, mais je saisis la perche qu'elle m'avait tendue :

– Alors, qui l'appelle Subway ?

– Les femmes, dit Indie en levant les sourcils.

Son rouge à lèvres pétant était à peine plus pâle que ses cheveux couleur de feu. Son look marchait à merveille, mais il était difficile, quand on la voyait, de se concentrer sur autre chose que ses lèvres peintes d'un rouge puissant en contraste avec sa peau si blanche.

– Parce qu'il vient de Brooklyn et qu'il doit prendre le métro pour rendre visite à des femmes ?

– Non, mais c'était bien essayé.

– Alors, vas-y, éclaire ma lanterne.

Je mis mon sac sur mon épaule.

– Il faut que je passe à l'habillage avant de partir.

– C'est plus drôle si je te laisse deviner.

Je quittai mon bureau et, suivie d'Indie qui marchait sur les talons pour éviter de faire baver son vernis, je me dirigeai vers l'ascenseur.

– Parce qu'il peut fonctionner toute la journée ?

– Non, mais je parie que c'est le cas. Tu as vu la danse qu'il a faite après son dernier *touchdown* ? Il remue son bassin comme un strip-teaseur professionnel.

L'ascenseur arriva, et Indie m'accompagna à l'intérieur. J'appuyai sur le deux pour me rendre à l'habillage.

– Parce qu'il entasse les filles comme dans le métro aux heures de pointe ?

– Bah, celle-là est dégueulasse.

– Bon, à moins que tu aies l'intention de me suivre à l'habillage, puis au stade, je crois que ce jeu va bientôt prendre fin.

L'ascenseur s'arrêta trois étages plus bas. Indie me laissa sortir, puis, retenant la porte qui allait se refermer, elle me lança :

– Tu ne cherchais pas dans la bonne direction ! Il n'était pas question du métro, mais des sandwichs. Tu sais, ceux qui font trente centimètres…

Je fis un signe de la tête sans même me retourner.

– Salut, Indie.

– Porte du rouge, c'est ta couleur. Et une ceinture corset. Quelque chose qui mette en avant ta taille fine et la courbe de tes hanches. Je suis certaine que le héros du dernier Super Bowl appréciera l'effort.

C'était la deuxième fois que je couvrais un match des New York Steel, mais la première fois que j'avais accès aux vestiaires. J'attendais dehors avec une douzaine de reporters et j'essayais de prendre un air aussi détaché que possible. La grande porte bleue était toute cabossée, sans doute victime récurrente des humeurs des joueurs. De nombreuses marques de victoires entouraient l'imposante porte. Et le signe de la victoire au précédent Super Bowl était fièrement collé en plein milieu, sous le logo de l'équipe.

Après quelques minutes, un agent de sécurité ouvrit la porte et nous invita à entrer. Certains reporters avaient leur badge à la main, d'autres, visiblement, n'avaient plus besoin de montrer patte blanche. L'agent, Henry selon ce qui était inscrit sur son badge, saluait ces derniers en les appelant par leur prénom. Plusieurs reporters lui demandèrent même comment allait sa fille. Apparemment Larissa s'était cassé le bras en jouant au basket. Ils semblaient former un groupe très uni.

J'étais impatiente d'entrer, mais pas vraiment pressée. La foule se dissipa lentement, jusqu'à ce que nous ne soyons plus que quatre dans le hall. Je pris une profonde inspiration et avançai d'un pas décidé vers la porte, tâchant de dissimuler mon angoisse. Je souris et dégainai mon badge en regardant le sien : Henry Inez.

– *Hi.*

– Salut ! répondit-il avec un geste de la tête.

– Vos initiales, c'est HI.

Et voilà comment j'essaie de cacher ma nervosité. Je fais des blagues à la con…

Il me regarda de bas en haut, puis il prit mon badge, tapota sa poitrine en cherchant ses lunettes, puis soupira et éloigna un peu la carte pour pouvoir la lire.

– Vous avez un deuxième prénom, Delilah Maddox ?

– Anne.

Il sourit, narquois.

– Bonjour, ma Dam.

Cet échange idiot me calma un peu, et je repris mon souffle. Je n'avais pas réalisé que je le retenais depuis un moment.

Il me rendit mon badge.

– Vous êtes la fille de Tom, c'est ça ?

J'acquiesçai.

– Ça fait trente ans que je travaille ici. On n'en fait plus des comme lui. Un des plus grands athlètes à avoir jamais posé le pied dans ces vestiaires. Pas d'ego. Un vrai gentleman. Je suis vraiment désolé. Ça a été une perte pour le monde du sport.

– Merci.

Il pointa du doigt le vestiaire.

– Ces gamins ? Ils ont que ça, de l'ego. Ne vous laissez pas faire, OK, ma Dam ?

Je repris mon accréditation et lui fis un signe de la tête en souriant.

– Promis.

Ce qui me surprit en pénétrant ce sanctuaire du sport, ce fut la taille de l'endroit. J'avais vu suffisamment d'images de vestiaires pour savoir qu'il s'agissait de vastes pièces, mais, de l'intérieur, c'était encore plus frappant. De grandes armoires en ligne entouraient la pièce. Le centre était dégagé et on avait aménagé quelques zones dans lesquelles on pouvait s'asseoir. Chaque zone était composée de quatre sièges en cuir et d'une table basse en verre. Tout était d'une propreté éclatante et parfaitement organisé. Des éclairages mettaient en valeur le nom des joueurs au-dessus de chaque vestiaire. Les joueurs étaient éparpillés dans la pièce, discutant avec les journalistes présents. L'ambiance était légère, enjouée, sans doute grâce au résultat final du match qui avait vu les Steel gagner 28 à 0. Personne ne sembla me remarquer, la seule et unique femme présente au milieu de la pièce. Ou alors, s'ils m'avaient repérée, ils se fichaient éperdument de ma présence. Mes épaules, tendues jusque-là, se relâchèrent un peu.

Je repérai soudain Nick, mon caméraman qui était déjà là depuis un moment, et je m'aperçus que le botteur des Steel n'était pas occupé. Je me dirigeai donc vers lui pour lui poser quelques questions. Il portait encore son équipement, mais il l'enleva à mesure que nous discutions. Ce fut une première interview plutôt facile qui m'aida à prendre confiance.

– Merci de nous avoir accordé quelques minutes, Aaron, dis-je alors que la caméra coupait.

– De rien, c'est un plaisir. Vous avez remplacé Frank Monnard, n'est-ce pas ?

– Oui, en effet.

– Ce type était affreux. Content qu'il ait pris sa retraite. Il se trompait dans nos noms une fois sur deux alors qu'ils sont écrits juste au-dessus de nos têtes, dit-il en montrant du menton la grosse inscription au-dessus de son vestiaire. Et merci pour votre dernière question sur le fait que je coache l'équipe de foot de mon fils. Il sera super content d'entendre son nom à la télévision.

Je souris en me rappelant, quand j'étais petite fille, mon père mentionnant mon nom à la télévision. J'avais l'impression d'être une célébrité. Je n'y avais pas pensé avant, mais ces souvenirs d'enfance étaient sans doute l'origine principale de ma façon de terminer les interviews : en posant toujours une question personnelle. À regarder mon père à la télévision semaine après semaine, je m'étais vite lassée des discussions sur les statistiques. Mais le petit coin de voile levé sur la vie personnelle des joueurs avait toujours su captiver mon attention. Cela les humanisait, ils devenaient de vraies personnes et plus seulement des super champions.

Je jetai alors un coup d'œil circulaire à la pièce. Dans un coin de l'immense salle, une quantité effarante de reporters était amassée. La queue était tellement longue que je ne pouvais même pas apercevoir le joueur dont ils attendaient la parole. Mais je savais qui ils attendaient sans avoir même besoin de regarder le nom affiché au-dessus du vestiaire.

Brody Easton.

Où qu'il aille, les médias le suivaient, principalement parce qu'il était un showman arrogant qui donnait toujours quelque chose à raconter. Évidemment, son joli visage et son corps de rêve n'étaient pas pour rien dans son succès avec les femmes et les caméras.

J'allai à la rencontre d'autres joueurs, évitant ceux qui étaient à des stades avancés de nudité. Il y avait beaucoup de peau nue alentour, généralement des torses et des fesses. Mes yeux s'attardèrent un instant sur le petit cul musclé de

Darryl Smith – *Mon Dieu, en voilà un derrière musclé* –, mais je me repris rapidement. Il me fallait me comporter en professionnelle, si je voulais que les joueurs me considèrent comme telle.

La foule entourant Easton commença enfin à se clairsemer. Je me frayai alors un chemin jusqu'à lui. Il portait une serviette autour des reins et rien d'autre. *Bon Dieu !* Peut-être que mon détox n'était pas une si bonne idée, après tout. C'était comme entrer dans un supermarché sans avoir mangé depuis des jours. Et comme j'avais un penchant marqué pour les athlètes, ce supermarché regorgeait de ma nourriture préférée. *Il faut que je me reprenne...*

Le cameraman alluma sa lumière, prêt à filmer, attirant mon attention sur les épaules titanesques de Brody, l'homme dont le visage apparaissait si souvent sur la couverture des journaux du lundi matin. Sa mâchoire était robuste et ciselée avec juste une petite ombre de barbe sur sa peau hâlée par le soleil. Je suivis la ligne incurvée de ses pommettes, passant un regard envieux sur ses lèvres charnues et son nez grec parfait avant de remonter vers les yeux les plus incroyables que j'aie jamais vus. *Mon Dieu, il est encore plus sexy en personne.*

Des yeux d'un vert pâle, taillés en amande, brillaient de mille feux sous des cils épais et voluptueux. J'étais captivée par ce regard, à ma propre surprise. Je secouai la tête, essayant désespérément de me déconnecter de cette vision magnétique, juste là, face à moi. Heureusement, Nick me ramena à la réalité :

– Easton s'est beaucoup exprimé sur le fait que les femmes ne devraient pas être autorisées dans les vestiaires. Ne compte pas sur lui pour être aussi cordial avec toi qu'il l'est avec les vieux de la vieille.

Nick filmait l'équipe depuis plus de dix ans ; il parlait d'expérience.

J'étais également au courant de la querelle qu'Easton avait eue avec Susan Metzinger, une journaliste d'une chaîne concurrente. Elle l'avait giflé en public pour avoir utilisé un vocabulaire ordurier dans les vestiaires, et l'incident avait fait la une des tabloïds pendant un mois. Il avait suggéré qu'elle n'avait rien à faire dans les vestiaires et qu'aucun des reporters mâles ne s'offusquait de sa façon de parler. Elle avait écrit une pleine page dans son journal, rapportant les propos qu'elle jugeait dégradants pour les femmes. Les citations étaient certes sorties de leur contexte, mais l'article était accompagné d'une demi-douzaine d'extraits vidéo le montrant les yeux rivés sur des fesses ou des décolletés. Et les choses s'étaient envenimées à partir de là. C'était arrivé un an plus tôt, mais je me préparais mentalement à l'attitude que ne manquerait pas d'avoir le fameux quarterback.

– Tu es prête ?

Nick remonta son sac sur son épaule et leva la caméra. Le journaliste devant moi termina son entretien et serra la main d'Easton.

Je ne le serai jamais plus…

– Oui, bien sûr.

Je m'avançai et tendis la main.

– Je suis Delilah Maddox de WMBC Sports News.

Un léger sourire s'afficha lentement sur le visage d'Easton. Il me surprit en se penchant et m'embrassant sur la joue.

– Ravi de faire votre connaissance.

Je ne savais pas s'il essayait de m'entraîner dans une dispute (s'attendant peut-être à ce que je m'en prenne à lui pour m'avoir embrassée alors qu'il venait de serrer la main du précédent journaliste) ou s'il essayait simplement de me mettre mal à l'aise en m'envoyant sa virilité à la figure. Quoi qu'il en soit, je n'avais pas l'intention d'entrer dans son jeu. Je me raclai la gorge et me redressai malgré mes genoux flageolants.

– Je peux vous poser quelques questions ?

– Vous êtes là pourquoi, sinon ?

Je décidai d'ignorer ses sarcasmes. Il me souriait toujours. Mais son sourire était devenu narquois. Je me faisais l'effet d'un jouet avec lequel il s'apprêtait à s'amuser.

– Tu es prêt, Nick ?

Mon cameraman finit de régler l'éclairage, puis il leva la caméra et me fit un signe de la main pour me donner le feu vert.

– Bravo pour votre victoire aujourd'hui, Brody. Comment va votre genou après ce premier match de reprise ?

Voyant que Nick filmait en gros plan, je levai mon micro bien haut.

– Je me sens…

Négligemment, il défit le nœud de la serviette qui lui enserrait les reins. La serviette tomba à terre.

– Je me sens bien, très bien. Et vous ? C'est la première fois que vous entrez dans les vestiaires, n'est-ce pas ? Est-ce que ça vous plaît ?

Ses lèvres remontèrent encore un peu plus jusqu'à offrir un grand sourire sarcastique.

Avant que je puisse me reprendre, mes yeux s'arrêtèrent sur la moitié basse de son corps. *Eh merde…* Ça pendouillait au grand air. J'étais abasourdie de voir jusqu'où ça pendouillait. *Subway*. Le surnom lui allait comme un gant. Il se passa probablement une minute avant que je ne réponde à sa question. *Une pleine minute de silence, en direct. Super.*

– Oui, euh… Les vestiaires sont, euh…, sympas.

J'avais l'air d'une cruche complète. En direct.

Le connard continua à me poser des questions.

– Elle est aussi grosse que ce que vous imaginiez ?

– Euh…, beaucoup plus grosse…

Son sourire s'élargit encore.

Merde.

Il fallait que je me remette sur les rails ou alors ma première interview dans les vestiaires allait devenir numéro un des bêtisiers. Les téléspectateurs ne pouvaient pas voir qu'il était totalement nu.

– Vous pensez que vous étiez à cent pour cent aujourd'hui ?

Il haussa les sourcils.

– Si vous parlez du match, oui, tout à fait. J'étais à cent pour cent, là-bas, sur le terrain. Il y a d'autres endroits où j'ai un gros potentiel de croissance, mais mon genou était à cent pour cent aujourd'hui.

Ses yeux vert pâle s'assombrirent, et je vis ses longs cils se baisser. Je suivis son regard et, tout d'un coup, je me retrouvai à scruter son paquet nu. *Encore une fois... Merde...* Je détournai les yeux, mais j'avais les joues en feu. Il fallait que je coupe court. J'allais bientôt ressembler à une pivoine en plein direct.

– Eh bien, bravo pour votre retour. Et mes félicitations pour la victoire d'aujourd'hui.

J'attendis que la lumière s'éteigne et que Nick baisse la caméra. Puis je regardai Brody Easton et sa petite gueule d'abruti suffisant.

– Tu es un gros connard, tu sais ?

Ses yeux brillèrent.

– Je sais.

J'entendis derrière moi des rires gras et des mains qui tapaient. Je quittai alors les vestiaires comme une tempête.

2

Brody

– Bonjour, monsieur Easton.

– Bonjour, Shannon. Comment va-t-elle cette semaine ?

– Elle a été un peu abattue et elle a plutôt mal dormi. Mais vos visites du mardi lui remontent toujours le moral. Elle est debout et prête à vous recevoir. Je pense qu'elle est dans la salle commune.

Grouper arrêta de briquer le sol du hall à mon approche.

– Le petit-fils va être déçu.

– Et ça n'a rien à voir avec le fait qu'il n'a pas de balle du match cette semaine. Sale gamin avec un nom à la con.

Grouper rit en tendant la main.

– Tu ne ressemblais à rien là-bas, hier.

– Tu es infoutu de nettoyer correctement, répondis-je en souriant. Je devrais parler au directeur et lui dire de te virer, espèce de vieillerie. On dirait que c'est un aveugle qui s'occupe de la propreté ici. Et j'ai balancé deux cent vingt-huit yards… Je n'appelle pas ça ressembler à rien. J'appelle ça être putain de spectaculaire.

– Marlene te laverait la bouche avec du savon si elle t'entendait parler comme ça.

Il ne plaisantait pas. Elle avait beau avoir quatre-vingts ans, la petite bonne femme me fichait toujours autant la trouille. Quand j'avais commencé à sortir avec Willow, je savais que c'était Marlene qui m'aurait coupé les roustons si j'avais fait du mal à sa petite-fille, pas son gigantesque mari.

Je passai encore une minute à échanger des amabilités avec Grouper avant de me diriger vers la salle commune pour retrouver Marlene. Il n'y avait que quelques personnes dans la pièce, et la vieille chauve-souris était la seule à porter une robe de soirée.

– Tu as un rendez-vous galant ce soir, Marlene ?

Elle était assise dans son fauteuil roulant. Je me penchai et l'embrassai sur le front. Cela prit une minute, mais ses yeux finirent par sourire. Je compris alors que la visite de cette semaine serait plus agréable que celle de la semaine dernière.

– Mais que tu es beau aujourd'hui !

– Je suis toujours beau.

Je la conduisis jusqu'à un coin de la pièce et la plaçai de manière à pouvoir m'asseoir en face d'elle sur le canapé.

– Tu ne devrais pas porter un smoking ?

Voilà qui expliquait la robe de soirée… Comme d'habitude, je fis avec.

– J'avais un entraînement ce matin. Je vais me changer après.

Elle fit un signe d'approbation de la tête.

– Dis à ma petite-fille de porter une robe bleue. Ça fera ressortir ses yeux.

Les yeux de Willow étaient à mi-chemin entre le bleu azur et un vert printemps. Si elle portait du bleu, ses yeux devenaient bleu d'eau. Si elle portait du vert, ils tournaient émeraude. J'avais toujours préféré quand elle ne portait ni l'un ni l'autre. J'aurais pu passer des jours entiers à contempler ses yeux en me demandant quelle couleur je préférais. Sauf si, bien entendu, la couleur qu'elle portait était celle de sa peau. Auquel cas, ce n'était pas sur ses yeux que je me concentrais.

– Je m'assurerai qu'elle porte du bleu.

Marlene se tut pendant quelques minutes. Je compris à son expression qu'elle était ailleurs. Je ne savais jamais où elle se trouvait dans ces moments-là.

– Je crois que quelqu'un a volé mes dents.

Je levai les sourcils.

– Tes dents sont dans ta bouche, Marlene.

Doucement, elle leva une main tremblante à sa bouche jusqu'à ce qu'elle touche son dentier.

– Bon Dieu, je les ai cherchées partout pour rien.

Ma visite continua ainsi pendant une bonne heure, avec des allers-retours entre des histoires présentes et d'autres, vieilles de trente ans. Il fallait que je sois à deux heures au stade pour revoir le match. Comme je ne tenais pas spécialement à payer l'amende de deux mille dollars réservée aux retardataires, je me levai et dis au revoir.

– Tu veux que je te conduise quelque part avant de partir ?

Emmène-moi chez Heidelman, au coin de la 34e Rue et Amsterdam. J'aimerais bien un sandwich au corned-beef.

– Je t'en rapporterai un quand je reviendrai la semaine prochaine.

Je me penchai et l'embrassai sur le front, omettant de lui dire que Heidelman avait fermé depuis plus de quinze ans.

– Et ne laisse pas Heidelman faire le sandwich. Il sucre les fraises.

– C'est compris, pas de vieux Heidelman à la manœuvre.

– Embrasse Willow pour moi.

– Bien sûr. Et dis bien à Grouper que ta chambre a besoin d'un bon nettoyage, OK ?

– Tu crois ? D'accord.

Marlene voulait rester dans la salle commune, mais je la déposai malgré tout dans sa chambre, histoire de vérifier qu'elle n'avait besoin de rien. Comme d'habitude, la pièce était immaculée. Grouper nettoyait avec tant d'application que l'on aurait pu manger à même le sol. Mais j'aimais bien pousser Marlene à casser les bonbons de Grouper.

En sortant, le vieil enfoiré était en train de nettoyer les portes en verre de l'entrée. Je posai ma main bien à plat sur la vitre afin d'y laisser mes empreintes.

– Tu as laissé une tache.

– Trou du cul

– Et fier de l'être.

– La semaine prochaine, je veux deux balles.

– Les tiennes se sont desséchées et sont tombées, ou un truc comme ça ?

– Va te faire foutre

– Plus tard, Grouper.

3

Delilah

– Tu n'as pas entendu ce que je viens de te dire ? criai-je à l'intention d'Indie.

Nous étions dans sa voiture. Nous nous rendions au Baxter Bowl, un événement caritatif donné chaque année en mémoire de l'ancien joueur Marcus Baxter. Marcus était un botteur de l'équipe des New York Steel qui avait été tué six ans plus tôt par un chauffeur ivre. La ligue et l'équipe sponsorisaient le gala de charité depuis. WMBC avait réservé trois tables cette année. C'était la première fois que j'y allais pour ma part, mais Indie, elle, en tant que sous-directrice du marketing, y allait depuis déjà plusieurs années.

– Oui, c'est bon, j'ai entendu. C'est un connard. Il t'a montré sa queue. Il t'a mise dans une position embarrassante.

– Et tu me demandes quand même si j'ai rêvé de lui cette nuit ?

– Alors, oui ou non ?

– Non !

Peut-être.

Elle haussa les épaules.

– Moi, j'aurais sûrement rêvé de lui.

– Ce type est arrogant et rustre.

– Exactement ton genre d'homme.

Elle n'a pas tort. Mon histoire avec les hommes n'était pas très reluisante. J'avais tendance à être attirée par les mauvais genres de mec.

– Plus maintenant. Après que ce détox sera terminé, je ne sortirai plus qu'avec des hommes gentils, ayant de bonnes manières, et sur qui l'on peut compter.

– Je vais te présenter au meilleur ami de mon père, Huguey.

– Très drôle.

– Quoi ? Il est très gentil, je te jure. Je suis à peu près certaine que c'est la raison pour laquelle sa femme a divorcé et épousé son professeur de danse de salon de quarante-cinq ans. Il était trop ennuyeux. Je veux dire… gentil.

– OK, je garde Huguey en tête.

– Tu vas faire quoi s'il recommence la semaine prochaine ?

– Faire comme si de rien n'était et continuer l'interview. Je m'attendais à ce que ce soit une parfaite tête de bite. Je ne m'attendais juste pas à ce qu'il me la montre, sa bite. Il m'a prise par surprise. Ça n'arrivera plus. Je serai prête à l'affronter la prochaine fois.

– Je suis prête à l'affronter en ce moment même. Si je portais une culotte, je suis sûre qu'elle serait un peu mouillée en ce moment même, rien qu'à penser à ce corps parfait. Tu penses qu'il sera là ce soir ?

– J'espère que non.

La toute petite partie sombre et masochiste de mon cerveau espérait malgré tout le voir. Même si je n'étais pas du tout prête à le reconnaître.

À ma table, au Baxter Bowl, se trouvait un intéressant mélange de personnes du management des New York Steel et de WMBC, y compris le charmant petit-fils du propriétaire de la station, Michael Langley, qui était également directeur des programmes, ce qui, techniquement, faisait de lui le patron du patron de monsieur Couilles. Je fus surprise, après avoir discuté une bonne heure avec lui, de voir tout ce que nous avions en commun. Nous étions tous les deux passés par l'Université de Stanford, même si lui y avait été diplômé quelques années avant moi ; nos deux pères avaient été des quarterbacks professionnels quand ils étaient jeunes et nous nous levions tous les deux à l'aube. La famille Langley était une légende du sport à New York. Le grand-père de Michael était propriétaire de WMBC, mais était aussi l'actionnaire majoritaire de l'équipe des New York Steel.

Quand les serveurs vinrent débarrasser la table, Michael se pencha vers moi et me demanda :

– Vous dansez ?

– Avec plaisir.

Une fois sur la piste, il me fit danser un slow. Sa main était ferme et il savait diablement bien conduire. Et ses yeux m'observaient avec intérêt. *Matt Damon avec des lunettes.* Soigné, intelligent, beau garçon. Ma soirée aurait pu être pire.

– J'aime vos cheveux, ramassés comme ça.

Adorable aussi.

La coiffeuse avait pris deux heures pour apprivoiser ma masse indisciplinée de boucles brunes et la réunir sur le sommet de ma tête. Quelques épingles avaient déjà sauté.

– Merci. Vous ne fumez pas, n'est-ce pas ? Parce que je suis à peu près sûre que si je m'approche de trop près d'une cigarette, je pourrais bien prendre feu avec la quantité de laque qu'a dû mettre la coiffeuse pour faire tenir tout ça.

Michael sourit.

– Pas d'inquiétude, je ne fume pas.

Pourquoi ce n'était pas avec ce genre de type que je sortais habituellement ? Suivant les pas de son père, Michael avait joué au football à l'université avant qu'une rupture du ligament croisé ne vienne briser sa carrière avant même qu'elle ne commence. Avec sa connaissance du jeu et son look de gentil Américain moyen, il n'avait eu aucun mal à se recycler comme commentateur sportif. Et puis il avait gravi les échelons et se retrouvait de moins en moins à l'écran à mesure que les années passaient.

– Vous avez des interviews de prévues cette saison ? J'aimerais beaucoup vous voir faire, histoire d'apprendre un peu. Vos interviews ressemblent à d'aimables conversations de salon. On oublie presque que vous êtes sur un plateau de télévision et qu'il y a des caméras en marche tout autour de vous.

– Merci, c'est gentil. En fait, je n'ai rien de prévu pour cette saison, mais vous me donnez une bonne raison de changer ça.

Une nouvelle chanson venait de commencer. Je prenais plaisir à la compagnie de cet homme. Mais soudain, une voix derrière moi dit :

– Je peux vous couper ?

Je tournai la tête, même si je savais déjà à qui appartenait cette voix grave.

Michael, de bonne grâce, répondit :

– Je déteste partager, mais je me rends bien compte que j'ai accaparé la plus jolie fille de la soirée.

Il me lâcha la main et fit un pas en arrière avant de faire un signe de la tête à la manière d'un gentleman.

– Merci pour la danse, Delilah.

Encore une fois, Brody m'avait prise par surprise. Avant d'avoir le temps de m'en apercevoir, j'étais en train de danser avec ce connard arrogant. Il passa son bras autour de moi et m'attira contre lui. Il me serrait bien plus fort que Michael ne l'avait fait.

– Chouette de vous revoir, Lois Lane.

Le type en avait dans le ventre ; je pouvais au moins lui accorder ça. Je le regardai droit dans les yeux :

– C'est chouette de vous voir habillé, Easton.

– Vous me préférez sans mes vêtements ?

– Je vous préfère de l'autre côté de la pièce.

Il ne put s'empêcher de rire.

– C'est ce qui arrive parfois quand vous décidez de traîner dans le vestiaire des hommes.

J'essayai de le repousser, mais il serra un peu plus fort pour m'obliger à rester. Je tendis mon cou.

– Lâchez-moi.

– Non.

– Non ?

– Voilà, c'est ça. Non.

– Je peux crier de toutes mes forces.

– J'adorerais vous entendre crier.

Le ton qu'il employait me signifiait clairement les circonstances dans lesquelles il souhaitait m'entendre crier : sous lui.

– T'es un vrai connard, tu sais ?

– Je sais. Tu m'as déjà posé la même question hier. En tant que journaliste, tu devrais essayer de changer de questions plus souvent.

Mes yeux sortirent de leurs orbites.

Easton fit descendre sa main derrière mon dos avant de me faire tourner. L'abruti pense qu'il sait danser.

– Tu vois quelqu'un en ce moment ?

– Tu n'es pas sérieux ?

Il ignora ma question.

– Ça te dirait de dîner avec moi, ce soir ?

– Nous venons de dîner.

– Le dessert ? Chez moi ?

Je ne pus m'empêcher de rire.

– Tu as pris un coup sur la tête pendant le match hier ou quoi ?

– Tu es au régime, hein ?

– Oui, voilà, c'est exactement ça : je ne veux pas aller chez toi prendre le dessert parce que je suis au régime.

– Quel dommage !

Easton sourit. Il était plutôt vif et marrant. Mais il restait un parfait trou du cul. La chanson se termina, et le groupe demanda à chacun d'aller s'asseoir pendant qu'on annonçait les gagnants des enchères silencieuses.

– J'aurais bien dit que c'était un plaisir de vous revoir, mais je n'aime pas mentir.

Easton sourit. Il avait l'air d'aimer mes invectives. Avant que je puisse partir, il m'attrapa la main.

– Soyez prudente avec Langley. J'ai eu l'occasion de le rencontrer plusieurs fois quand il travaillait sur le terrain. Ce type est un connard.

– C'est plutôt ironique venant de quelqu'un comme vous.

– Je suis ce que vous voyez. Pas lui.

Je passai le reste de la soirée à m'amuser. Indie me présenta à une quantité de personnes que je n'avais jamais rencontrées, et la conversation avec Michael glissa doucement de l'amical au flirt. À plusieurs reprises, alors que je discutais avec Michael, j'avais levé les yeux et croisé ceux d'Easton. Il ne souriait plus du tout. Il avait même l'air passablement agacé. Cela eut pour effet immédiat que je me rapproche encore plus du beau jeune homme.

J'attendais dehors le voiturier qui devait avancer la voiture d'Indie tandis qu'elle disait au revoir à des gens du commercial. Michael me rejoignit juste au moment où sa Porsche Spyder argentée se garait.

– Belle voiture.

– Merci. J'aimerais bien faire un tour avec vous un de ces jours. Peut-être pour vous emmener dîner ?

– Merci. J'aimerais beaucoup, mais mon emploi du temps est particulièrement chargé dans les semaines à venir.

Encore vingt-huit jours de détox à tenir...

– Quand les choses se seront calmées alors ?

Il me tendit son téléphone pour que j'y entre mon numéro. C'est alors qu'il se pencha vers moi.

– Vous sentez incroyablement bon. J'ai eu envie de vous le dire pendant toute la soirée.

– Merci. C'est Rose de Chloe. Je viens de l'acheter et j'avais peur qu'il ne soit un peu trop fleuri.

– Il est parfait.

Au lieu de me reprendre le téléphone, Michael me prit la main et m'attira à lui, me prenant dans ses bras pour me dire au revoir. Quand je levai les yeux, je vis à nouveau Brody Easton qui semblait carrément en colère. Alors, je fis durer le moment.

La semaine suivante, les Steel jouaient encore à domicile. Mais j'étais tout de même en déplacement, à suivre les préparatifs du Basketball Hall of Fame. Je fis les quatre heures de route du retour le samedi soir pour être certaine d'être à l'heure le lendemain pour le coup d'envoi du match. Je suivis le jeu depuis le bord du terrain, assistant le commentateur. Après la nouvelle victoire des Steel, je me dirigeai vers le vestiaire. Je ne tergiversai pas cette fois-ci. Je me mis dans la queue pour entrer quand la sécurité ouvrit la grande porte bleue.

– Ça va, ma Dam ? dit Henry en m'en tapant cinq.

– *Hi*, Hi ! Je t'ai apporté un truc.

Je fouillai dans mon sac et en sortis une photo de Rochelle Teavers, la meilleure marqueuse de la saison en basket féminin.

– J'ai entendu par les autres que votre fille s'est cassé le bras en jouant au basket. J'ai couvert le Hall of Fame cette semaine et Rochelle y était. J'espère que Larissa s'écrit bien comme ça.

Il tira ses lunettes de la poche de sa veste.

– Regardez-moi ça ! Ça va faire de moi un papa super cool pour changer. Merci beaucoup, Delilah Dam.

– Pas de problème.

J'étais l'une des premières à entrer dans les vestiaires.

Un autre journaliste était déjà en train de se préparer pour interviewer Easton, mais j'avais bien l'intention de l'avoir au bout de mon micro aussi vite que possible. Je m'approchai de lui, avec Nick à la remorque. Brody était en train de parler de son genou, mais à l'instant où il m'aperçut, un large sourire éclaira son visage. *Merde, il porte encore une serviette.* Je m'étais préparée à fond pour l'interview et je savais exactement ce que j'allais faire si ce prétentieux tentait à nouveau de jouer avec moi. Mais ce foutu sourire me rendait nerveuse.

Quand ce fut mon tour, je m'avançai avec un air décidé.

– Alors, on va la jouer comment cette fois-ci, Easton ?

– Vous avez pensé à moi, cette semaine, pendant que vous étiez à Boston ?

Je levai un sourcil.

– Je vois que vous vous tenez informé…

– Admettez que vous avez pensé à moi et je vous facilite la tâche aujourd'hui.

– Je suis prête pour l'interview et vos petits délires exhibitionnistes. Pas la peine de me rendre les choses plus faciles. Vous pouvez les rendre aussi *dures* que vous voulez.

Je fis un geste en direction de Nick pour qu'il commence à tourner.

Le visage d'Easton s'éclaira et il fit promptement tomber sa serviette à ses pieds.

Nous étions en direct :

– Bien. Félicitations pour cette nouvelle victoire. Et pour votre *touchdown.*

– Merci.

Je soutins son regard pendant quelques secondes, puis effrontément, baissai les yeux, scrutant sa virilité avec insistance.

– Ça a été une course *très courte*. Une dizaine de centimètres, pas plus ?

– Oh non ! C'était beaucoup plus. Je dirais au moins trente centimètres.

– Je crois que la statistique exacte est bien de dix centimètres. Vous, les hommes avec vos exagérations de pêcheurs…, le réprimandai-je.

Le sourire narquois d'Easton devint moins narquois, tout à coup. Il paraissait même un peu offusqué. Cela me fit plaisir. Visiblement, pas à lui.

– Expliquez-moi ce que vous avez changé au cours de la deuxième mi-temps ? Durant la première moitié du match, vous sembliez avoir des difficultés avec vos passes. Wren Jacobs a même fait échouer deux tentatives de passes à Daryl Breezy. Aviez-vous du mal à vous *mettre en train* ?

Les yeux d'Easton se rétrécirent :

– Non. Je n'ai eu aucun problème à me mettre en train ; j'avais juste un problème de protection. Le coach a fait quelques changements à la mi-temps, qui ont bouché les trous de ma défense. Une fois correctement protégé, je n'avais plus de problème pour *pénétrer* leur défense.

Exactement comme je l'avais fait précédemment, il me regarda longuement dans les yeux, puis baissa lentement son regard, emportant le mien. Je réalisai soudain qu'il commençait à bander. Mon interview était foutue.

Quand je relevai les yeux, il me souriait comme le chat du Cheshire dans *Alice au pays des merveilles*. Je repris alors le contrôle sur mon interview.

– Bruce Harness a fait un travail formidable. Ce contre au début de la deuxième mi-temps a été un moment-clé du match et l'a fait basculer.

– Ce contre l'a fait entrer dans le top 10 des meilleurs bloqueurs, répondis-je.

Le sourire narquois d'Easton disparut instantanément. Il semblait surpris de voir que je connaissais les statistiques des contres de tête.

– Exact, encore cinq et il deviendra le meilleur contreur de tous les temps.

– Encore six, corrigeai-je.

– Cinq.

– Six.

– Cinq.

– Herman Weaver, 1970-1980. Il a commencé sa carrière avec Detroit et l'a terminée avec les Seahawks. Quatorze contres. Harness en est à huit, il lui en manque six.

Easton ouvrit la bouche et la referma immédiatement. J'avais repris le contrôle pour de bon.

– Une dernière question ? demandai-je ne me retournant pour jauger la longue file de journalistes attendant leur tour. Votre genou tiendra-t-il contre les Chargers la semaine prochaine en Californie ?

– Vous serez présente pour couvrir le match ?

– Bien sûr.

– Alors, je serai prêt.

4

Brody

– Passe longue !

Grouper laissa tomber son balai à franges et se mit à courir en boitant le long du couloir. Shannon, l'infirmière de jour, secoua la tête, l'air effondrée. Ce n'était pas la première fois que nous faisions les cons comme ça… Nous faisions n'importe quoi depuis que Grouper avait perdu de la mobilité. Son opération de la hanche quelques années plus tôt avait ralenti le vieux schnock. À présent, mes passes ressemblaient plus à des lobs qu'à des boulets de canon.

– Il a soixante-neuf ans, dit Shannon. Avec vos âneries, il va finir par avoir une attaque.

Je perçus un léger sourire sur le visage de Shannon qui continuait son chemin.

Quand Grouper fut parvenu au bout du hall, j'envoyai le ballon en spirale à vingt mètres. Le ballon lui arriva dans les mains.

– J'ai de beaux restes, hein ?

– Tu parles, je l'ai envoyée directement dans tes mains.

– Conneries. T'es pas foutu de lancer. Tout le monde sait que c'est le receveur qui fait la passe.

– Est-ce que le petit Guppy sait à quel point son grand-père manque de respect envers son idole ?

– Idole ? Pfff, c'est moi, son idole.

Le petit-fils de Grouper, âgé de huit ans, était un immense fan de football, et plus encore de Brody Easton. Pour son dernier anniversaire, j'étais passé à sa fête. Il était si excité qu'il s'était mis à pleurer. Grâce à ça, j'avais pu chambrer Grouper senior pendant des semaines.

Je m'arrêtai dans le local des infirmières.

– Comment ça a été cette semaine ?

– Ça a été une bonne semaine, me répondit Shannon. Elle veut aller faire du shopping. Elle dit qu'elle a besoin de nouveaux sous-vêtements alors qu'elle en a un tiroir plein.

– Eh bien, demandez à l'aide-soignante de l'emmener faire du shopping.

– Vous voulez vraiment payer trois cents dollars pour une sortie dont elle n'a pas vraiment besoin ?

– Est-ce que ça lui fera plaisir ?

– Oui, j'imagine.

– Alors, oui.

– Très bien, je mets ça sur le planning de cette semaine.

Je trouvai Marlene dans sa chambre en train de regarder une rediffusion du *Juste Prix*.

L'épreuve en cours demandait d'additionner le coût total d'une série de différents articles et arriver à un total le plus proche possible de la réalité.

– Salut, Marlene

– Chut !

Elle avait un bloc-notes et un crayon à la main et elle notait un prix chaque fois qu'un article apparaissait à l'écran. Le présentateur montra une bouteille de lait, et je jetai un œil sur le bloc-notes, où je vis qu'elle avait noté quinze cents. OK, j'avais à présent une idée de l'année où elle se trouvait aujourd'hui.

Elle fut assez contrariée de voir que son résultat était bien loin du compte. Je tentai alors de la rassurer :

– Ils gonflent les prix pour que ça soit plus dur.

– Oui, je crois que tu as raison.

– Bien sûr que j'ai raison. J'ai toujours raison. Et je suis beau gosse en plus.

J'ouvris alors le sac en papier que j'avais avec moi et en sortis le sandwich qu'elle m'avait commandé la semaine précédente.

– Oh ! tu es allée chez Heidelman.

– Yep.

Bon, en fait, j'étais allé chez Ben's Kosher Deli, qui avait remplacé Heidelman depuis déjà une dizaine d'années. Mais ça n'avait aucune importance.

– Je vais manger ça tout de suite. Tu peux me passer ma boîte à dentier ?

– Tes dents sont déjà dans ta bouche, Marlene.

Elle prit un instant pour vérifier que je disais vrai. Elle tapota ses dents avec un ongle. Même quand elle avait toute sa tête, son dentier était un sujet de conversation hebdomadaire.

– Willow est venue me voir l'autre jour.

– C'est bien.

– Elle m'a dit ce qu'elle avait fait.

Aucune idée…

– Ah bon ? C'était quoi, déjà ? Je n'arrive plus à suivre tant Willow fait des choses.

– La piscine. Tu sais. Vous devriez avoir honte, tous les deux. La prochaine fois, la police ne sera peut-être pas si clémente.

J'étais toujours abasourdi de voir à quel point elle avait des souvenirs clairs d'événements survenus plus de dix ans auparavant alors qu'elle était incapable de se rappeler si elle avait mis son dentier cinq minutes plus tôt. C'était comme si sa mémoire commençait par effacer les choses plus récentes. J'espérais que mon souvenir de l'incident de la piscine ne disparaîtrait jamais.

C'était la première fois que je voyais Willow nue. Et c'est le soir même que je compris que la douleur dans ma poitrine chaque fois que la fille que j'appelais Wild Willow faisait quelque chose pour m'effrayer n'était pas de la douleur, mais bien de l'amour.

– C'est ma faute. Willow a essayé de me dissuader. Elle a simplement sauté la barrière pour me faire sortir de là. Et je l'ai jetée dans la piscine.

Marlene me regarda, sceptique. À juste titre. Personne de sensé ne pouvait imaginer que Willow pût se laisser entraîner dans quoi que ce soit d'imprudent. Elle passait sa vie à danser sur le fil d'une lame aiguisée, en souriant, pendant que je la regardais ou que j'essayais d'arrêter l'hémorragie quand elle se blessait. C'était ce qu'elle avait de plus beau, cette insouciance. C'est aussi ce qu'elle avait de pire.

– Je te préviens, c'est mon dernier avertissement. Si vous vous fourrez encore dans des ennuis, je vous sépare. Vous vous comportez comme des hurluberlus quand vous êtes ensemble.

Je lui fauchai la moitié de son sandwich et promis d'éviter les ennuis, dorénavant. L'ironie voulait que, alors qu'elle menaçait de nous séparer, elle était notre seul lien.

5

Delilah

– Tu bosses sur quoi ?

Indie se laissa tomber de l'autre côté de mon bureau. Elle leva les jambes et s'assit en tailleur, à l'indienne, alors qu'elle portait une jupe.

– Jolie culotte.

– Tu ne peux pas la voir.

– Bien sûr que je peux, bluffai-je.

– Je n'en porte pas.

– J'espère que tu t'es assise comme ça pendant la réunion avec la direction que tu viens d'avoir ?

– Évidemment.

Indie se pencha et attrapa une pile de papiers sur mon bureau avant que je puisse l'en empêcher. Elle pointa du doigt quelques-uns des articles que j'avais imprimés.

– Brody Easton, hein ?

– Je fais des recherches.

– Pour quoi ? Une interview pour *Cosmopolitan* ? Je ne vois aucun article en lien avec le sport.

Elle s'éventa avec la série d'articles.

– C'est pour le match de cette semaine.

– Vraiment ?

Indie arrêta de s'éventer et tira une des pages de son éventail improvisé.

– Et tu as appris quoi dans celui-ci ?

C'était une image de Brody portant simplement un boxer, bien serré.

– Je regardais son genou. Je voulais savoir si cette photo a été prise avant ou après son opération.

– Ce qui t'intéressait, c'était sa bite, avoue.

– Pas du tout. Le gars *est* une bite.

– Qui te plaît.

– Pas du tout.

– Moi aussi, il me plaît.

– Comme tu veux, dis-je en levant les yeux au ciel. Tu sais… Il a une histoire vraiment particulière. Il a été drafté à vingt ans. Accident de voiture en milieu de deuxième saison. Il a été blessé, mais rien de très grave. Il a été écarté de l'équipe avant le début de la troisième saison. Presque deux ans de rééducation, puis retour fracassant. Trois ans plus tard, il gagne le Super Bowl et est consacré meilleur joueur de la saison.

– Oui, je me souviens quand ils l'ont écarté. Il faisait la une des journaux, bien plus que quand il a commencé à jouer avec les Steel. Il buvait, faisait la fête et se montrait tout le temps en compagnie de femmes célèbres.

– Comment on passe d'un draft à vingt ans à une mise à pied ?

– Drogue et alcool.

– Mais ce n'était pas spécialement un fêtard invétéré avant d'être écarté. J'ai fait une petite enquête pour tenter de rassembler les pièces du puzzle Brody Easton. Et j'ai l'impression qu'il m'en manque quelques-unes. A priori, il n'avait pas de problèmes particuliers avec l'équipe. D'ailleurs, le management n'en a cité aucun au moment de sa mise à l'écart.

– La ligue ne voulait probablement pas d'une mauvaise presse. Il est peut-être devenu accro aux médicaments après son accident ou un truc comme ça.

– Il s'en est tiré avec quelques bleus et des coupures superficielles. Il n'a pas été gravement blessé.

– Et il y avait quelqu'un avec lui ?

– Non, il était tout seul dans la voiture. Il allait vite et il a perdu le contrôle.

– Ouais… Je ne sais pas. Mais tu pourras peut-être obtenir des confidences sur l'oreiller, non ? Indie se leva.

– Tu rentres quand ?

– Lundi soir.

– Je peux garder ça ? demanda Indie en me montrant la photo de Brody en caleçon.

– Je te la donne avec plaisir. Je ne veux pas de photo de cet abruti dans mon bureau.

– Bien évidemment.

Elle me lança un baiser avec la main et disparut.

La compagnie Delta Airlines affrétait des avions pour les équipes sportives professionnelles. Un Boeing 757 pouvait contenir plus de deux cents passagers, mais l'avion utilisé par la ligue avait été modifié. Des sièges avaient été supprimés pour laisser plus de place pour les jambes. À l'arrière de l'appareil, quelques sièges se faisaient face avec une table au milieu. Des espaces pensés pour permettre aux coachs de tenir des réunions pendant les vols.

Les cinquante-trois membres de l'équipe faisaient le voyage deux jours avant le match ensemble quand ils jouaient à l'extérieur. Il y avait également dix-sept coachs et quelques membres de l'équipe administrative. Une douzaine de journalistes voyageaient avec eux. Et comme WMBC était l'un des sponsors officiels de l'équipe, j'étais parmi ces journalistes. Et je déteste l'avion…

Cinq minutes avant l'embarquement, je sortis un Xanax de mon sac et l'avalai avec un verre de vin. La dernière chose que j'entendis fut la voix du pilote parlant d'un léger retard dû à une volée d'oiseaux un peu têtue. *Des oiseaux ?*

Je me réveillai et regardai immédiatement mon téléphone. J'avais dormi quatre heures sur les six heures de vol prévues pour nous rendre en Californie. Ma bouche était sèche, mes yeux l'étaient encore plus.

– Bonjour, marmotte.

La voix me surprit.

Un peu dans les vapes, je tournai la tête.

– Où… Où est Alan ?

J'étais assise à côté d'Alan Coleman quand je m'étais endormie, un journaliste de *Sports Chronicles*. Et à présent, c'était Brody Easton qui occupait son siège. Il arborait un sourire jusqu'aux oreilles.

– Je lui ai promis une interview exclusive sur les nouvelles règles de la ligue concernant l'alcool s'il échangeait son siège avec le mien.

– Et pourquoi faire une chose pareille ?

– Pour être assis à côté de vous.

– Ça vous a plu de me regarder dormir ?

– Beaucoup. Vous ronflez, vous savez ?

– Non, je ne ronfle pas.

– Bien sûr que si. Vous voulez voir la vidéo qui le prouve ?

J'écarquillai les yeux.

– Vous m'avez filmée pendant que je dormais ?

– Non. Mais vous avez un peu de bave séchée, juste là, dit-il en montrant la commissure de mes lèvres.

J'essuyai ma bouche du revers de la main sans savoir s'il se fichait de moi ou pas.

– Vous êtes venu juste pour m'ennuyer ?

– Plus ou moins.

Il sourit. C'était un vrai sourire. Même ses grands yeux verts participaient à ce sourire. *Merde.*

Juste à ce moment, l'avion fut pris dans des turbulences et d'un coup les effets apaisants du Xanax se dissipèrent. J'agrippai les accoudoirs de mon siège de toutes mes forces.

– Vous êtes nerveuse en avion ?

– Ce n'est rien de le dire.

– Vous auriez dû prendre quelque chose avant le vol.

– Je l'ai fait, mais ça ne marche plus.

– Vous voulez un verre pour calmer un peu tout ça ?

– Je ne devrais pas mélanger le Xanax avec plus d'alcool.

L'avion fit une embardée.

– OK, je vais prendre un verre de merlot.

Brody eut un petit rire avant de pousser le bouton d'appel. Une hôtesse brune tout en jambes arriva rapidement. Ignorant totalement mon existence, elle s'adressa à Brody.

– Que puis-je faire pour vous, monsieur Easton ?

– Pourriez-vous nous apporter un verre de merlot et une bouteille d'eau, s'il vous plaît ?

– Bien sûr.

À peine avais-je le verre entre les mains que je l'avalai quasiment entièrement d'un trait, comme s'il s'agissait d'un médicament. Je regardai Brody à nouveau et m'aperçus que, pour la première fois, je le voyais en costume. Ça lui allait bien.

– C'est sympa de vous voir porter un pantalon pour une fois.

– Je peux l'enlever si vous voulez.

– Il me faudrait beaucoup plus qu'un seul verre de merlot.

Easton leva immédiatement la main pour appuyer une nouvelle fois sur le bouton d'appel. Cela me fit presque rigoler.

– Non… Vraiment… Pourquoi êtes-vous assis à côté de moi ?

– Est-ce que vous avez jeté un œil aux passagers de cet avion ? Il y a une fille canon et une centaine de types poilus ? La question que je me pose, moi, c'est : pourquoi tout le monde ne se bat-il pas pour être à cette place ?

– Ça sonnait presque comme un compliment, monsieur Easton.

– C'en était un. Vous êtes canon. Et je vous aime bien.

– Vraiment ? Vous avez une curieuse manière de le montrer. Chaque fois que je vous vois, vous essayez de saboter mon interview.

– Chaque fois que je vous vois, je me mets à nu.

Il me lança un de ces sourires qui faisaient sa marque de fabrique.

– De là où je viens, c'est comme ça qu'on montre aux filles qu'on les aime bien.

– Vous avez grandi dans la jungle ?

– Brooklyn.

Le coach des attaquants nous interrompit.

– Brody, on doit faire quelques changements sur la phase Red Reverse Four. On a étudié les vidéos du match de la semaine dernière et il faut modifier un peu la tactique.

– OK, coach, j'arrive.

Brody prit ma main et y déposa un baiser. Puis il disparut avec le coach et le reste des joueurs. Je ne le revis plus jusqu'au match.

Comme toujours, un beau soleil baignait la ville de San Diego. La Californie me manquait beaucoup. En quittant la fac, je pensais que je reviendrais très souvent, mais ce ne fut pas le cas. À mesure que les années passaient, ma peur de l'avion était devenue de plus en plus envahissante, et, maintenant, je ne le prenais plus que quand le travail m'y obligeait. Ce voyage me rappela à quel point j'avais laissé mes peurs me contrôler plutôt que l'inverse.

J'étais le long de la ligne de touche, suivant le match avec Brett Marlin, qui commentait les phases de jeu. Une partie de mon job en tant qu'assistante du commentateur live était de voir ce qu'il ne voyait pas. Nous nous parlions pendant les coupures pub. Il était tout bonnement impossible pour une personne de suivre précisément ce que faisait la totalité des vingt-deux joueurs sur le terrain. Quatre yeux valaient mieux que deux. Comme prévu, la rivalité entre San Diego et les Steel déboucha sur un match intense. Le résultat de la rencontre allait déterminer les première et deuxième place de la division, et les deux équipes jouaient le match comme s'il s'agissait du Super Bowl. Les hurlements de la foule étaient si forts que Brett et moi avions du mal à nous entendre malgré nos casques. Les vibrations des pieds du public tambourinant se répercutaient dans ma poitrine. *Mon Dieu, comme j'aime ce genre de match !* Il ne restait que trente secondes de jeu effectif avant la mi-temps. Je me tenais tout près de la ligne d'en-but, regardant les Steel se mettre en place pour leur troisième tentative. L'action démarra. Brody se tourna vers son receveur, lequel était marqué de très près. Plutôt que de prendre le risque d'une interception, il attendit, évitant au passage la charge d'un défenseur qui devait peser presque cent cinquante kilos. Easton baissa un peu les épaules et chargea en direction de la zone d'en-but. Ses jambes s'agitaient à une allure folle et ne s'arrêtèrent que lorsqu'il eut passé la ligne. *C'est moi ou le soleil tape encore un peu plus fort tout à coup ?*

La foule se déchaîna alors, et je me surpris à applaudir discrètement. Les journalistes sont censés être neutres… C'était la mi-temps. Brody quitta le terrain en trottinant. Arrivé à ma hauteur, il me lança le ballon avec lequel il venait de marquer. Je n'avais pas réalisé qu'il m'avait vue.

Ma mère et moi avons passé des années à aller aux matchs, dans les box de la ligne médiane. J'adorais regarder mon père jouer. Évidemment, c'est le fait de grandir en allant aux matchs qui m'avait donné envie de devenir journaliste sportive. Je ne pouvais imaginer une vie sans que le football y tienne une place d'une façon ou d'une autre. Mais regarder Brody sur le terrain me procurait autre chose. L'observer se mouvoir sur le terrain, sexy et plein de confiance en lui… Ses longues enjambées, ses cuisses épaisses et puissantes, son courage, la façon dont il fonçait, tête baissée. Une telle force émanait de cet homme qu'il était impossible de ne pas être attirée. Et je n'étais pas la seule dans ce cas. Les femmes le sifflaient chaque fois qu'il enlevait son casque sur le terrain. Au cours de la deuxième mi-temps, il marqua un nouveau *touchdown* après une course solitaire. Quand il m'envoya une deuxième fois le ballon, quelques-unes de ses fans les plus hystériques me huèrent. Après le match, j'attendais tranquillement devant les vestiaires, lisant les textos et les e-mails reçus pendant la rencontre.

Indie : Ta jupe est trop longue. Remonte-moi ce truc de quelques centimètres avant d'entrer dans les vestiaires et de flirter avec Easton.
Delilah : Je ne flirte pas. J'interviewe. C'est mon JOB.
Indie : Oh mon Dieu, il t'a donné deux balles aujourd'hui. Je parie que tu auras droit à deux autres ce soir.

Génial. La caméra avait filmé Easton me donnant le ballon les deux fois. J'étais à peu près certaine que j'aurais droit à des réflexions lundi pendant la réunion de rédaction.

Je passai rapidement en revue le reste des messages, en effaçant quelques-uns lorsque je tombai sur un e-mail de Michael Langley :

Je voulais simplement vous dire à quel point j'ai apprécié passer un peu de temps avec vous à la soirée de la semaine dernière et que je pensais à vous. J'attends avec impatience que les choses se calment un peu pour vous afin de pouvoir vous emmener dîner. Et je vais essayer de planifier quelques entretiens. Bien à vous.

M.

Quel type adorable ! Peut-être pouvais-je terminer mon détox un peu plus tôt que prévu…

Je gardai le nez dans mon téléphone, lisant les mails de travail jusqu'à ce que la porte des vestiaires s'ouvre.

Une fois dans les vestiaires, j'interviewai un receveur, puis me dirigeai vers Jennings Astor, un défenseur dont le sac dans le troisième quart temps avait été déterminant. Comme d'habitude, une longue file de journalistes attendait pour parler à Easton. Le vestiaire de Jennings se trouvait à l'exact opposé, en diagonale de celui d'Easton. Je le vis donc finir une interview. La prochaine personne venue l'interroger était Sandra Halton, une journaliste venue couvrir l'équipe adverse. J'étais curieuse de voir comment il allait se comporter avec elle.

Pendant que Sandra était en train de se mettre en place, je croisai le regard de cet arrogant d'Easton.

Il me lança un grand sourire.

Je l'ignorai. Non, en réalité, *je fis semblant* de l'ignorer.

Depuis l'autre bout de la pièce, je tentais d'interpréter la communication non verbale qui émanait du corps d'Easton. Il n'avait pas fait tomber sa serviette sous les yeux de la belle journaliste blonde. En fait, il donnait même l'impression de la traiter exactement comme il traitait les reporters mâles. Pas de sourire narquois, pas de petite étincelle dans le regard soulignant un sous-entendu graveleux. Et il ne faisait pas le fanfaron avec son Subway non plus. Je me demandais si Sandra avait déjà eu droit à son bizutage. Je voulais vraiment savoir s'il lui avait déjà fait la même chose qu'à moi, mais je ne savais pas vraiment pourquoi cela avait tant d'importance à mes yeux.

Après en avoir terminé avec toutes les interviews dont j'avais besoin, je me dirigeai vers Easton. Je n'étais pas nerveuse pour un sou. En fait, j'étais même un peu… excitée.

Pendant que Nick préparait la caméra et les lumières, je lui dis :

– Merci pour… les balles.

Easton sourit.

– C'est un plaisir.

– Vous avez fait ça seulement pour que je sois obligée de vous remercier pour les balles, n'est-ce pas ?

– Du tout. Mais j'avoue que c'est un vrai bonus. J'ai fait ça pour que vous les emportiez chez vous et que vous pensiez à moi chaque fois que vous les regarderez.

– Je sais exactement où je vais les mettre.

– Dans votre chambre ?

– À la cave. C'est flippant comme endroit. Ça ira parfaitement.

Comme à son habitude, il ignora ma pique.

– Elles sont dans votre sac ?

– Oui.

Il se tourna, fouilla dans son vestiaire et en sortit un feutre.

– Donnez-les-moi, je vais les signer.

Pendant qu'Easton était en train de signer le deuxième ballon, Nick m'indiqua qu'il était prêt à tourner. Je fourrai les ballons dans mon sac et tentai vainement de dompter un peu ma crinière.

– Prêt ?

– Pour vous, toujours.

Je fis un léger signe de tête avant de lancer ma première question. Je m'attendais à ce qu'une nouvelle fois, il se débarrasse de sa serviette, mais, à ma grande surprise, il n'en fit rien. Il la garda autour de ses reins tout le long de l'entretien et ne fit aucun sous-entendu d'ordre sexuel. Mon bizutage était peut-être terminé.

Lorsque la caméra s'éteignit, je ne pus résister à l'envie de le remercier pour être resté couvert, cette fois-ci.

– Ça a été vraiment *dur*, répondit-il du tac au tac.

Je poussai un petit rire tout en rangeant mon micro et mon carnet de notes.

– Alors, ça y est ? C'est fini ? Je veux dire : le bizutage. J'ai remarqué que vous ne vous êtes pas dénudé devant Sandra non plus. C'est votre truc ? Vous cherchez à embarrasser les femmes journalistes au cours de leurs premières semaines en vous mettant tout nu ?

– Ça vous a plu. Je le sais.

– Vous avez vraiment la grosse tête. Je me demande comment vous arrivez à la faire entrer dans votre casque.

Il sourit.

– Grosse tête. Gros casque.

– Comment se fait-il que personne ne vous ait poursuivi pour harcèlement sexuel ?

Il haussa les épaules :

– Je ne fais ça avec personne d'autre.

Je fronçai les sourcils :

– Vous voulez dire que Sandra n'a jamais eu droit au coup de la serviette pendant une interview ?

– Nan.

– Ah mais, je suis une vraie chanceuse alors.

– Tout à fait. Dînez avec moi.

– Non.

– Non ?

J'aimais beaucoup le choc que lui avait procuré mon refus.

– Tout à fait : non.

– Pourquoi ?

– Je ne sors pas avec des joueurs.

– Vous êtes sortie avec un botteur de Saint Louis l'année dernière.

– J'ai dit que je ne sortais pas avec des *joueurs*, pas que je ne sortais pas avec des athlètes.

Pour une fois, Brody Easton ne sut quoi répondre. Je fis demi-tour et me dirigeai vers la sortie. À mi-chemin, je me retournai et lui dis :

– Au fait, vous avez vraiment fait des recherches sur les

hommes avec qui je sors ? C'est flippant. Vos balles vont assurément finir à la cave.

Je pris le premier vol de la journée le lundi matin plutôt que d'attendre le vol privé de l'équipe qui ne partait que tard dans l'après-midi. Monsieur Couilles se foutait royalement que je sois à l'autre bout du pays, il fallait que je sois présente à la conférence de rédaction du lundi.

Une fois arrivée à l'aéroport JFK, une voiture vint me chercher et m'emmena directement au bureau. Au bout d'à peine un kilomètre, nous étions englués dans un énorme bouchon. Je fouillai mon sac à la recherche de mon bloc-notes. Un coup de marqueur noir attira mon attention. Brody Easton avait écrit son nom sur le ballon. Mais pas seulement. Il y avait quelque chose d'écrit juste au-dessus : *J'aimerais vraiment te baiser. 212-538-0321.*

Je secouai la tête. Je pris le deuxième ballon et le fit tourner dans ma main avant de tomber sur ces mots : *Ne secoue pas la tête. Je sais que tu en as envie.*

Je me sentais tout à coup un peu excitée. Mais surtout totalement pathétique.

6

Delilah

– Les Steel viennent d'annoncer une conférence de presse pour mardi prochain à dix heures. La rumeur dit que la blessure de Tyrell Oden serait plus sérieuse que ce qu'on voulait bien croire. Et ils vont sans doute annoncer un renfort de mi-saison.

Le journaliste assis à côté de moi me donna un coup de pied sous la table pour attirer mon attention.

– Pardon ? Vous pouvez répéter ce que vous venez de dire ?

Monsieur Couilles souffla.

Je bredouillai une vague excuse.

– J'étais en train de refaire une interview dans ma tête.

– Votre tête devrait se trouver dans cette réunion, pas ailleurs. Et vos yeux, focalisés sur moi.

Je fis un signe affirmatif de la tête et il me parla à nouveau de cette conférence de presse.

– Je suis déjà inscrite, dis-je.

– Bien, soupira-t-il. À présent que l'esprit de mademoiselle Maddox est de retour parmi nous, j'aimerais que nous discutions un peu de Brody Easton.

Mmm… C'est exactement là que se trouvait mon esprit avant d'être ramené à la réunion. Je n'arrivais pas à chasser l'abruti de mes pensées.

– Phil Stapleton veut une interview en studio avec Easton pour son émission hebdomadaire. Et visiblement vous semblez avoir de bons rapports avec lui. Je l'ai vu vous passer un ballon après un *touchdown*, hier.

Deux ballons, en réalité. Ceux qui se trouvaient dans mon sac que j'avais posé dans mon bureau et sur l'un desquels était écrit : *J'aimerais vraiment te baiser*, pour être tout à fait précise. Je devais être tristement en manque de sexe vu ce que cette pensée provoquait chez moi. Je n'arrêtais pas de gigoter sur ma chaise.

– Je l'ai interviewé quelques fois, en effet. Mais je ne suis pas certaine que l'on puisse vraiment dire que nous ayons de bons rapports.

Monsieur Couilles me fit un vague signe de la main comme pour balayer mes objections :

– La semaine prochaine, invitez-le à une interview avec Phil. Nous le voulons sur *Soixante Minutes avec Stapleton.*

Brody Easton était connu pour ne pas faire autre chose que des interviews dans les vestiaires et paraître dans les conférences de presse de l'équipe. Il n'acceptait les articles dans la presse papier que lorsqu'il avait droit de regard sur le texte avant publication. Il avait décliné toutes les invitations à des interviews plateau en face-à-face depuis qu'il avait retrouvé sa place dans l'équipe.

– Il ne fait pas d'interviews en face-à-face.

– Ce serait une très bonne chose pour nous. On est à la traîne dans les audimats cette année, vous savez.

Je serrai les dents. Je savais ce qu'il insinuait. Pourtant, la vérité, c'est que nous avions un faible audimat pour cause de mauvais programmes. La plupart des reporters historiques de la chaîne se contentaient d'interviewer des joueurs avec qui ils étaient amis et parlaient généralement des grands événements du passé. Les téléspectateurs voulaient du nouveau. De nouvelles histoires.

– OK, je vais voir ce que je peux faire.

Je restai encore une heure à cette réunion inutile avant de retourner à mon bureau. Indie était assise dans ma chaise, jouant à lancer en l'air un de mes ballons de football. Celui sur lequel était inscrit : *J'aimerais vraiment te baiser.* Évidemment. Elle arborait un large sourire.

– Tu n'as pas quelque chose à me dire ?

– Ta gueule.

– J'ai comme l'impression que le détox est sur le point de se terminer.

– Je ne crois pas, non.

– Mais pourquoi ? Il est canon à un point que c'en est ridicule et il a visiblement craqué sur toi.

– Ce type ne craque pas sur moi, il veut juste me sauter.

– C'est pareil.

– Non. Il y a une différence majeure entre les deux.

– Tu es au courant qu'on est au vingt et unième siècle ? On peut baiser sans amour et sans engagement.

– Oui, je sais. Je suis déjà sortie avec des hommes.

– Tu sors avec des gars pendant quelques mois, finis par trouver ce qui ne va pas chez eux et puis tu fais un régime de sexe pendant six mois. Est-ce que ça ne serait pas plus simple de baiser, point barre ? Tu n'aurais pas besoin de six mois d'abstinence pour te remettre chaque fois. Tu pourrais juste baiser comme une folle toute l'année.

– Cette logique l'était bien plus dans ta tête avant qu'elle ne traverse tes lèvres, n'est-ce pas ?

Je tirai un dossier de mon armoire et commençai à le feuilleter.

– Alors, tu vas coucher avec Easton ?

– Tu n'as pas entendu le sarcasme dans ma voix ? Ce type veut juste me sauter. Il me laissera tomber à la minute où je céderai.

– Il t'a invité à sortir ?

– Il m'a invité à dîner avant de me délivrer son éloquent message sur le ballon.

– Tu vois, il craque sur toi.

Je me détestais de devoir l'admettre, mais j'espérais un peu que ça soit le cas. Je ne pouvais pas nier qu'il m'attirait physiquement. Quelle femme normalement constituée ne l'aurait pas été ? Mais je n'étais pas le genre de fille à me taper un mec pour une seule nuit. Je pensais au jour d'après – se sentir désirée puis immédiatement oubliée –, et ça me faisait penser à un saut à l'élastique où à la fin la corde se desserre. Une fabuleuse excitation au moment du plongeon pour tomber dans le vide et réaliser que rien ne vous retient. Et impossible de se rappeler pourquoi vous avez sauté.

Ce soir-là, épuisée par le voyage retour, j'allai me coucher très tôt. Mon corps était vidé, mais mon esprit tourbillonnait. Je pensais à Brody Easton et à sa façon de me regarder. Cela m'excitait terriblement, un sentiment viscéral impossible à dompter. Un émoi que je n'avais pas connu depuis Drew.

Drew.

Sur la table de nuit, j'attrapai le petit cadre ovale dans lequel se trouvait la photo, prise au lycée. Je ne l'avais plus vraiment regardée depuis des années. Drew portait son équipement de football, et le trait de noir sous ses yeux marron bavait un peu du fait de la transpiration. Je souris en me rappelant comment ce simple regard me donnait des papillons dans le ventre, à l'époque.

Allongée dans le noir, j'essayais de chercher à comprendre ma fascination pour Brody. Je finis par me dire que je devais simplement avoir un penchant pour les joueurs de foot. J'étais certaine que Freud aurait eu une ou deux choses à dire à ce sujet.

J'étais au dernier rang de la conférence de presse le mercredi suivant. Sur l'estrade se trouvaient cinq hommes. De gauche à droite le directeur sportif de l'équipe, le coach principal Bill Ryan, le receveur Colin Anderson, le coach de l'attaque, et à l'extrême droite se tenait Brody Easton. Le coach Ryan confirma que la saison de Tyrell Oden, l'un des joueurs-clés de l'attaque des Steel, était terminée. Il confirma également le recrutement de Colin Anderson qui rejoindrait l'équipe la même semaine.

Un ami m'avait déjà donné quelques détails sur ce recrutement la veille, et cela m'avait laissé le temps de faire quelques recherches. J'avais découvert que Colin et Brody avaient une histoire commune tumultueuse, bien que la chose ne fût jamais sortie dans les médias. Ils étaient à la même université. Ils faisaient même partie de la même ligne de défense au cours de la dernière année de Brody à la fac, avant qu'il soit drafté par une équipe professionnelle. Apparemment, les deux hommes ne s'entendaient pas bien du tout. On parlait même de disputes nombreuses en dehors du terrain. A priori, aucun journaliste n'avait l'info. Je ne le savais que parce que j'avais un ami commun avec Colin. Les facs de première division gardaient généralement pour elles les conflits entre joueurs. Ils ne voulaient en aucun cas entacher la réputation de futurs joueurs professionnels en leur donnant une image de querelleurs.

Après avoir fait son annonce, le coach Ryan ouvrit la discussion aux journalistes. Brody attrapa mon regard et me fit un clin d'œil ostensible. Ses méthodes de drague étaient si énormes que je ne pouvais m'empêcher de les trouver amusantes. Au moins un peu.

Toutes les mains se levèrent. Le coach donna la parole à un journaliste très connu installé au premier rang. Je vis Brody noter quelque chose sur un morceau de papier qu'il fit passer au coach.

Avant de donner la parole à quelqu'un d'autre, le coach Ryan jeta un œil au papier et scruta la salle. Ne me trouvant pas parmi la foule, il dit mon nom. Je me levai.

– Ma question est pour monsieur Easton.

Sur le coup, Brody eut l'air content.

– Avez-vous des inquiétudes concernant votre bonne entente avec votre nouveau receveur ?

Brody croisa les bras et se pencha en arrière sur sa chaise.

– Quelles étaient ses statistiques l'année dernière, mademoiselle Maddox ?

– Cent onze saisies, quatorze virgule trois yards de moyenne, onze *touchdowns*. Deuxième meilleur receveur de la ligue.

– Vous avez votre réponse. Vous avez une autre question, mademoiselle Maddox ?

J'entendis quelques ricanements dans la salle. Mais je voulais une vraie réponse.

– Ma question ne portait pas sur les capacités sportives de Colin Anderson. Nous savons tous qu'il a du talent. Ma question, peut-être faut-il que je la pose à nouveau, concernait la bonne entente entre vous et Colin Anderson.

Brody serra les mâchoires.

– Je n'ai pas prévu de sortir avec lui.

Nouveaux ricanements.

– Je m'en doutais un peu. Mais, sachant que vous ne vous entendiez pas du tout à l'époque de la fac, je me demandais si cela vous inquiétait.

Sa réponse fut courte et cinglante :

– Non. Tant qu'il fait son boulot, je ne suis pas inquiet.

– Merci.

Je repris ma place. La rumeur commença à monter dans la salle.

Brody me regarda avec une étincelle dans les yeux pendant tout le reste de la conférence de presse. Colin, de son côté, arborait un sourire méchant. Il avait eu l'air d'apprécier notre petite passe d'armes.

J'évitai de rester dans les parages une fois la conférence de presse terminée. J'avais rencard avec un mois de lessive en retard à qui je n'avais cessé de poser des lapins. J'étais en train d'envoyer un texto à Indie en marchant dans le hall pour quitter les lieux quand une main me prit par le coude.

– Bien vu. Il vous a fallu appeler tout le dortoir pour trouver cette minuscule information que vous avez lâchée tout à l'heure ?

– Je suis certaine que si j'avais interrogé tout le dortoir, mes oreilles auraient fini par saigner.

– Vous réalisez qu'à présent tous les journalistes vont décortiquer les moindres interactions entre l'autre torche-pot et moi ?

– Désolée.

– Non, vous ne l'êtes pas.

Je m'arrêtai. Brody me tenait toujours par le bras.

Je me tournai vers lui et haussai les épaules.

– OK, admettons que je ne sois pas désolée. Ça change quoi ?

Il me lança un regard de travers.

– Au fait, j'ai failli oublier : ma chaîne voudrait vous demander de faire une interview en plateau avec Phil Stapleton pour l'émission *Soixante Minutes avec Stapleton.*

– Vous me demandez un service après m'avoir clairement baisé il y a cinq minutes ?

Je fis un petit signe de tête suivi d'un sourire mielleux.

– Vous m'avez bien invitée à dîner juste après avoir saboté ma première interview.

Easton leva les sourcils.

– C'est ça alors : une vengeance ?

Nous arrivions aux portes du stade. Brody l'ouvrit et me laissa passer avant de prendre ma suite.

– Vous avez l'intention de me suivre jusqu'à la maison ?

– C'est une invitation ? demanda-t-il avec un sourire coquin.

Je secouai la tête et continuai de marcher. Nous n'échangeâmes pas un mot jusqu'à ce que nous soyons arrivés à ma voiture garée sur le parking du stade. J'ouvris la portière et m'installai derrière mon volant. Easton garda la portière ouverte.

– Je vais faire votre émission.

– Vraiment ?

– À deux conditions.

– Qui sont ?

– C'est vous qui faites l'interview et pas l'autre imbécile de Stapleton. Il fait souvent appel à des journalistes invités. S'ils me veulent, vous serez la journaliste invitée.

– Vous êtes sérieux ?

– Absolument.

– Je pense que Stapleton n'en sera pas ravi. Mais monsieur Cou…, mon boss le sera, lui.

– Marché conclu alors.

Je lui lançai un regard intense.

– Pourquoi êtes-vous gentil avec moi alors que je viens de dévoiler une info qui va peut-être tourner en tempête médiatique ?

– Je vous aime bien.

Je fis un signe de tête.

– OK, je vais parler à mon boss et lui dire d'appeler votre agent pour arranger l'interview.

– Ça me semble bien. Je peux emprunter votre téléphone ? Mon coach est certainement en train de se demander où j'ai bien pu aller.

Je lui tendis mon téléphone. Il composa un numéro et raccrocha avant de me rendre mon portable sans même l'avoir porté à son oreille.

J'étais perplexe, et ça se voyait sur mon visage.

– Vous ne m'avez pas parlé de la deuxième condition.

J'étais si excitée à l'idée qu'il m'accorde un entretien que j'avais sur le coup oublié qu'il y avait une deuxième condition.

– Alors, c'est quoi cette deuxième condition ?

– Nous dînons ensemble.

– Un dîner ?

– Exact.

– Et est-ce que cela implique de coucher après le dîner ?

– Je l'espère. Mais si vous préférez changer l'ordre et baiser d'abord, je n'y vois pas d'inconvénient.

– Non, merci.

– Calmez-vous, je plaisante. Quand je dis dîner, c'est dîner. Vous voyez le genre ? Je vous emmène dans un restaurant hors de prix où nous partageons un repas et je vous explique à quel point je suis génial ?

– Ah mais, comment refuser une telle invitation ?

Il me fit un clin d'œil.

– C'est bien ce que je me dis. Je suis irrésistible dans mon genre.

– C'est vous qui le dites.

J'étais en train de quitter le parking et encore en train de me demander pourquoi diable j'avais accepté son invitation quand mon téléphone vibra.

Brody : Mercredi soir. Je viendrai vous chercher au bureau à 18 h. Habillez-vous sexy.

7

Delilah

– Mais c'est quoi, là, tes fringues ?

Indie arriva dans mon bureau au moment même où j'y entrais après m'être changée dans les toilettes des femmes en ce mercredi soir.

– C'est nouveau. C'est pour mon rencard de ce soir.

– Mais tu es habillée comme une grand-mère de soixante ans qui s'apprête à emmener ses neuf petits-enfants à l'église.

Elle avait tout à fait raison. Il avait fallu que j'achète une partie de ces habits juste pour l'occasion. La boutique Goodwill sur la 72e Rue était l'endroit idéal pour ça. On y trouvait quantité de fringues de grand-mère pour moins de vingt dollars. Je jetai un œil à mon reflet dans la vitre de ma fenêtre. Un blazer trop grand en velours côtelé, un pantalon en polyester avec ceinture élastique (fichtrement confortable), chemisier crème en coton doublé de dentelle boutonné jusqu'en haut. Un collier court de fausses perles. Et les cheveux tirés en chignon très serré. Mocassins à pompons (OK, ça, je les avais déjà).

Je vérifiai la tenue de mon chignon avant de me tartiner les lèvres d'un rouge tirant sur le mauve. Je m'en étalai également un peu sur les dents.

– Tu n'aimes pas la façon dont je suis habillée ?

– Tu es sérieuse ? Tu as l'air folle.

Je lissai ma veste et attrapai mon énorme sac marron de grenouille de bénitier.

– Quoi, qu'est-ce qu'il y a ? Tu ne me trouves pas sexy ?

– Tu portes une culotte bouffante en dessous ?

J'éteignis la lumière de mon bureau.

– Et un soutien-gorge d'allaitement.

En réalité, je portais un string et un soutien-gorge à balconnet, mais la tête que faisait Indie méritait largement ce petit mensonge.

Elle me suivit en dehors de mon bureau. Heureusement, l'immeuble était déjà presque vide. Sinon, je me serais sans doute trouvée confrontée à d'étranges regards. J'avais vraiment l'air un peu cinglée.

– Tu as trouvé toutes ces horreurs dans ta garde-robe ? me demanda Indie.

– Non, je les ai achetées pour mon rencard de ce soir.

– Tu as acheté cet accoutrement ?

– Bien sûr.

– Je pense que tu as dû subir trop de stress ces derniers temps.

Elle m'embrassa gentiment sur la joue avant de sauter dans l'ascenseur pour rejoindre son bureau.

– Petit-déjeuner demain huit heures dans ton bureau. Je ne veux pas attendre pour avoir le compte rendu de cette soirée.

Dix minutes plus tard, je passai la porte à tambour en verre de WMBC et aperçus une voiture luxueuse garée en double file. Brody en sortit et fit le tour pour m'ouvrir la portière. Il me détailla de bas en haut, fronça les sourcils, cligna des yeux à plusieurs reprises, puis me lança un simple « Salut ».

Je répondis par un large sourire un peu idiot.

– Salut. On va où ?

– Euh…, à…, euh…, au restaurant du Regency.

Je faisais mon possible pour ne pas éclater de rire. Il ne

savait pas si mon accoutrement était ou non une blague. Il gagna des points en restant poli et en ne faisant aucune réflexion. Je ne pus m'empêcher de continuer à le chambrer un peu une fois installée dans la voiture.

– Tu es très élégant.

Il portait un pull en cachemire vert qui lui moulait les épaules, mais sans être trop serré, et un pantalon noir, élégant et sobre.

Il me lança un regard avant de se focaliser à nouveau sur la route.

– Merci.

Je n'arrivais pas à savoir si je l'aimais plus ou moins de ne pas m'avoir menti en me balançant un compliment sur mes vêtements.

– Ça te change, les cheveux comme ça. J'aime bien.

– Vraiment ?

– Oui. Ça fait un peu bibliothécaire sexy.

– Bibliothécaire sexy ?

– J'ai toujours eu un penchant pour les bibliothécaires. Tu vois…, défaire leur chignon, laisser glisser les cheveux sur le dos et ensuite les faire gémir entre deux étagères.

– Romantique…

Je me rencognai un peu dans mon siège à l'évocation de la scène.

– Je pense que les femmes ne sont pas aussi romantiques que tu le crois, dans le fond.

Je pouffai de rire.

– Et moi je pense que tu ne connais pas très bien les femmes.

– Et moi, je suis certain du contraire. Je crois que nombre de femmes, surtout celles qui travaillent dur et qui ont des tas de choses à penser, préfèrent un homme qui vient chez elle juste pour les prendre contre un mur plutôt qu'un gland qui se pointe avec un bouquet de fleurs et joue les jolis cœurs avec des gestes tendres toute la nuit.

– Mais on aime la tendresse et les fleurs !

Même si en ce moment un bon coup ne me ferait pas de mal.

– Ça veut dire que tu n'as jamais été baisée comme il faut contre un mur.

– Laisse-moi réfléchir. Je parie que tu aimerais m'en faire la démonstration, c'est ça ?

– On pourrait zapper le dîner.

– Tu es trop aimable. Mais je te rappelle que notre deal, c'était un dîner contre une interview.

Il haussa les épaules.

– C'est comme tu veux.

Nous arrivâmes enfin au Regency, et le voiturier qui m'ouvrit la portière connaissait Brody.

– Je vous la ramène demain matin, comme d'habitude, monsieur Easton ?

– En fait, il est probable que j'en aie besoin ce soir. Ça vous ennuierait de la garer pas trop loin ?

– Aucun problème, monsieur Easton.

Brody fit le tour de la voiture et posa sa main sur le creux de mon dos.

– Probable ?

– Un homme doit savoir s'accrocher à ses rêves, me dit-il en faisant un clin d'œil.

Une fois dans le hall, d'autres employées saluèrent Brody en l'appelant par son nom. Certes, c'était un nom courant, mais ils lui parlaient comme à un habitué.

– Tu viens souvent dîner à l'hôtel ? C'est sûrement très pratique au moment du dessert.

– J'habite ici.

– Tu habites au Regency ?

– Oui, pendant la saison. Le stade est à moins d'une heure de voiture, même quand il y a des embouteillages.

– Et où vis-tu entre deux saisons de foot ?

J'ai une cabane au nord de l'État. J'y passe le plus clair de mon temps.

– Une maison dans les bois ?

– Oui. Je travaille à sa construction depuis quelques années entre deux saisons. Je pense que j'aurai fini d'ici…, je ne sais pas…, vingt ou trente ans.

Il rigola.

– Tu travailles vite, on dirait.

Il me conduisit à travers le hall en direction du restaurant. Tout en marchant, il se pencha vers moi et me glissa à l'oreille d'une voix rauque :

– En fait, j'aime ça… prendre mon temps.

Le timbre de sa voix me retourna les orteils pourtant bien calé dans des chaussures orthopédiques.

Une partie de moi regrettait soudain de m'être attifée comme une grand-mère.

Nous nous installâmes à notre table dans ce magnifique restaurant, le Silver Ivy, et très vite une serveuse vint prendre notre commande pour les boissons. Elle battit de ses longs cils en regardant Brody et, sans doute jalouse de mes magnifiques vêtements, me jeta un regard assassin.

– Qu'est-ce qui vous ferait plaisir aujourd'hui, monsieur Easton ?

Elle avait vraiment dit ça ? Beurk !

– Bonjour, Siselee.

Il me regarda.

– Tu aimes le vin rouge ?

– Je le considère comme un des cinq aliments de base.

Il commanda un vin dont je n'avais jamais entendu le nom. La serveuse revint avec une bouteille qu'elle déboucha devant nous avant de me servir un verre. Elle plongea la bouteille dans un seau posé à côté de la table.

– Tu n'en prends pas du tout ?

Je posai la question à Brody, mais ce fut la serveuse qui répondit avant qu'il ait le temps d'ouvrir la bouche :

– Il ne boit que le mardi soir.

Elle leva le menton, contente de montrer qu'elle connaissait la réponse.

– L'entraînement, répondit Brody en guise d'explication.

La conversation se détendit peu à peu, et nos penchants naturels l'orientèrent sur des questions de sport. Nous nous disputions sur les noms des plus grands joueurs et goûtâmes nos plats respectifs sans arrêter de plaisanter. La conversation dévia finalement sur le nouveau receveur de Brody.

– Je lance, il attrape. Pas besoin d'être copains pour ça.

– Vous devez avoir confiance l'un dans l'autre. Mon père disait toujours que son receveur, c'était comme sa femme. Il avait besoin d'un partenaire en qui il avait toute confiance pour pouvoir prendre les bonnes décisions.

– Il faut que j'aie confiance en ses capacités, pas dans sa moralité.

– C'est ça, le problème ? Sa moralité ?

Brody recula sur sa chaise et croisa les bras.

– On est en interview, là ? Tout ce que je te raconte passera à l'antenne demain ?

– Non, excuse-moi. L'habitude. Depuis que je suis gamine, je m'engueule avec les gens sur le football. Je crois que, dans le fond, si je suis honnête, j'aime vraiment bien ça.

– Je crois que moi aussi. Et qu'est-ce que tu aimes d'autre ?

– Je n'ai pas beaucoup de temps libre en ce moment. Entre les voyages, les recherches, les stats que je dois connaître sur le bout des doigts, je n'ai pas beaucoup le temps de faire autre chose que bosser et dormir. Je n'ai pas eu une journée de libre depuis deux mois.

– Tu ferais quoi si tu avais une journée de libre ?

– Mmm… J'aime les musées et faire du vélo. Mais si j'avais une journée vraiment complète, je la passerais au lit à regarder des films.

– Quel genre de films ?

– Des films d'horreur de série Z. Plus c'est gore, plus j'aime.

– Sérieux ?

– Sérieux.

Je portai un toast muet dans sa direction avant de porter le verre à mes lèvres.

– Et toi ? Tu fais quoi quand tu n'as pas match ou entraînement ?

Ayant grandi avec un père quarterback, je savais que les journées off étaient une rareté pendant la saison de football. Même pendant les jours de « récupération » après un match, il leur fallait encore visionner les vidéos du match précédent pour préparer le suivant.

– Je resterais au lit aussi.

– Et tu regarderais quoi ?

– Ton visage pendant que je te pénètre.

Je m'étranglai avec ma gorgée de vin. Au moins, la toux me donnait une bonne raison d'être rouge pivoine.

– Ça va ?

Je pris une minute avant de répondre avec une voix rendue rauque par la toux :

– Pourquoi dis-tu des choses comme ça ?

Il haussa les épaules.

– Parce que c'est vrai. Si j'avais une journée complètement off, c'est ça que j'aimerais faire.

– Tu ne dis que des saletés.

– C'est parce que j'ai envie d'en faire avec toi, des saletés.

J'eus le sentiment de me retrouver, tout en haut d'une montagne russe, sur le point de dévaler une pente vertigineuse. À ceci près que le sentiment d'anxiété et d'excitation ne se logeait pas dans mon estomac, mais dans ma culotte. Et je commençai à me sentir humide.

Brody prit la bouteille de vin et remplit à nouveau mon verre.

– Dis-moi quelque chose d'embarrassant pour toi. Oui, d'embarrassant. Ça m'aidera peut-être à penser à autre chose qu'à faire des cochonneries avec toi.

– Mmm…, laisse-moi réfléchir.

Il se pencha vers moi.

– Dépêche-toi, tu m'excites quand tu réfléchis.

Je secouai la tête dépitée avant de lui raconter la première histoire embarrassante qui me vint à l'esprit. C'était une vieille histoire.

– Quand j'avais seize ans, j'ai dit à mes parents que j'allais dormir chez une amie. En réalité, j'étais partie camper avec un groupe de copains. Nous avons passé la nuit à boire de la bière assis autour d'un feu de camp. À un moment, alors que nous avions déjà bu pas mal de bière, nous avons décidé de faire griller des marshmallows. Je maîtrisais à l'époque autant le camping que l'alcool. Autant dire que j'étais saoule et qu'il valait mieux que je ne m'approche pas d'un feu. Nous avons ramassé des branches et y avons enfoncé nos marshmallows au bout. Ma branche à moi devait faire quinze centimètres.

Brody m'interrompit en souriant.

– La mienne est plus grande.

Je levai les yeux au ciel et continuai mon histoire :

– Bref… J'étais là, assise trop près du feu avec mon bâton trop court, tentant de griller mon marshmallow, et mes cheveux ont pris feu. J'ai eu de la chance de ne pas me brûler plus sérieusement, mais j'ai eu la moitié des cheveux roussis. Je me suis baladée la moitié de mon année de seconde avec la tête rasée. Et j'ai été consignée pendant un mois.

Nous rigolâmes tous les deux de bon cœur.

– Tu sais le plus drôle ? me demanda Brody.

– Quoi ?

– J'ai toujours envie de faire des cochonneries avec toi.

La serveuse vint débarrasser nos assiettes. Brody lui demanda quelques minutes avant de commander le dessert, ce qui me laissa un peu de temps pour reprendre mes esprits. Je croisai mes mains devant moi sur la table.

– Alors, c'est ça ? C'est comme ça que tu fais la cour ? Un dîner que tu m'imposes pour obtenir une interview, et maintenant, je suis censée coucher avec toi ?

– Au son de ta voix, j'ai comme l'impression qu'il ne faut pas que je réponde oui à ta question.

Avant que j'aie eu le temps de répondre, la serveuse était de retour.

– Désirez-vous des desserts ?

Brody, montrant le menu, répondit :

– Apportez un de chaque, s'il vous plaît.

La serveuse eut, en toute logique, l'air un peu perdue.

– Vous voulez tous les desserts ?

– C'est ça. Elle a besoin qu'on lui fasse la cour. Apportez-nous tous vos desserts.

Je ne pus m'empêcher de rire.

– Tu vois, me dit-il quand Siselee fut partie. Je peux être amusant aussi. Je te fais rire. Et je pense être sexy. Je pense que c'est une très belle cour que je te fais. Je ne comprends pas de quoi tu parles.

– Pardon ? Je n'ai jamais dit que je te trouvais sexy.

– Pas besoin de le dire. Ça se sent. C'est dans l'air quand nous sommes proches l'un de l'autre. Tu es aussi attirée par moi que je le suis par toi.

– Tu es cinglé.

– Admets-le.

– Honnêtement, là n'est pas la question.

– Allez, avoue.

– De toute façon, je ne fais pas dans le coup d'un soir.

– Et pourquoi pas ?

– Parce que pour moi le sexe doit être quelque chose de plus que simplement du sexe.

– Mais pourquoi ?

Il fronça les sourcils. Il semblait sincèrement ne pas comprendre ma réponse.

– J'ai besoin d'avoir une connexion, des sentiments pour la personne avec qui je couche.

– Tu veux dire… une relation ?

– Oui, une relation. Je ne parle pas de mariage, mais de rendez-vous, de se connaître l'un l'autre en dehors de la chambre à coucher.

Il soupira longuement.

– Je ne peux pas faire ça. J'ai besoin que les choses restent simples.

Je me forçai à sourire, me détestant d'être un peu déçue.

– Tu vois, c'est mieux si nous restons amis.

– Je n'ai pas d'amies. Enfin, pas celles que je n'ai pas…, enfin, tu vois.

– Eh bien, voilà qui sera une première pour toi.

– J'imagine.

Il me prit la main et la serra, comme pour sceller une nouvelle amitié, mais il ne lâcha pas. Il se pencha vers moi, gardant ma main dans la sienne pendant qu'il parlait.

– Je suis déçu. J'espérais vraiment voir tes vêtements recouvrir le sol de ma chambre.

– Même ces vêtements-là ?

La serveuse arriva avec le chariot à desserts, nous forçant à nous séparer. Ça me faisait mal de l'accepter, mais je fus contrariée de le voir lâcher ma main. Toutes ces douceurs allaient compenser un vide.

Les choses revinrent à la normale après ça. En tout cas, à la normale pour nous. Nous nous disputâmes encore un peu. Il dit encore deux ou trois choses déplacées, et nous mordîmes dans les treize desserts qui nous étaient présentés. J'étais contente d'avoir mis mon super nouveau pantalon élastique.

– Je suis gavée, dis-je en me rencognant dans ma chaise.

– C’est vrai que tu manges pas mal pour une si petite chose.

– C’est typiquement le genre de commentaire qu’on ne fait pas à une femme.

– À une simple amie, on a le droit, non ?

Ni l’un ni l’autre ne semblait avoir envie que la soirée se termine et ce ne fut que lorsque tous les clients eurent quitté le restaurant que je regardai l’heure, m’apercevant qu’il était très tard.

– Waouh ! Ça fait presque quatre heures qu’on est là.

– On ne dirait pas.

– Je sais. Cette soirée n’a ressemblé en rien à ce à quoi je m’attendais.

– Et tu t’attendais à quoi ?

– Je ne sais pas. Je ne m’attendais pas à faire vraiment ta connaissance.

– Tu t’attendais à ce que j’aie juste une belle gueule, c’est ça ?

Je ris de sa question, mais d’une certaine façon, il avait raison. C’est exactement ce à quoi je m’attendais. Une soirée bourrée de sous-entendus sexuels et de discussions sur le football. Évidemment, il y avait eu beaucoup de ça, mais il y avait eu aussi beaucoup d’autres choses. Il y avait longtemps qu’un premier rencard ne s’était pas aussi bien passé. *Merde, ceci n’est pas un rencard...*

Une heure plus tard, nous arrivions devant mon immeuble. Il se gara, coupa le moteur et sortit pour m’ouvrir la portière.

– Pas de portier ?

– Il part à onze heures.

– Je t’accompagne à l’intérieur.

Le hall d’entrée était calme et, comme d’habitude, un seul des ascenseurs de la tour fonctionnait. J’appuyai sur le bouton tout en ayant un débat avec moi-même. Devais-je ou non l’inviter à monter ?

Non. L'inviter prêterait à confusion.

Mais je n'avais vraiment pas envie qu'il s'en aille.

– Donc… J'appellerai ton agent pour arranger l'interview de ce week-end.

– Appelle-moi. N'appelle pas mon agent.

– OK.

L'ascenseur arriva et je me sentis soudain bizarre.

– Tu veux monter prendre un café ?

Il secoua la tête doucement.

– Très bien. Merci pour le dîner.

J'entrai dans l'ascenseur.

– De rien.

Les portes commençaient à se refermer. Brody lança sa main pour les maintenir ouvertes, se pencha et m'embrassa sur la joue. Sa bouche s'attarda un instant, puis il se pencha un peu plus avant de me murmurer à l'oreille :

– Je ne me fais pas confiance. Il faut que je maintienne un peu d'espace entre toi et moi. Sinon, notre amitié risque de ne pas bien se terminer.

Nous nous regardâmes pendant un instant. Mon cœur battait la chamade, mon sang circulait à toute allure dans mes veines comme si je venais de courir un marathon, et tous les cheveux de ma nuque étaient dressés par le courant électrique qui passait entre nous.

Il retira le bras qui retenait la porte de l'ascenseur et, comme la porte se fermait, il murmura :

– Fais de beaux rêves, mon amie.

Ils allaient être beaux, j'en étais certaine, parce que je savais qui allait en occuper le premier rôle.

8

Delilah

– J'imagine que tu es passée à la casserole hier soir ?

Indie tourna dans ma chaise de bureau ergonomique. Je laissai alors tomber mes sacs par terre et regardai le magnifique bouquet de fleurs qui trônait sur mon bureau.

– Ça vient d'où ?

Elle attrapa la petite carte du fleuriste.

– *Cityscape, fleuriste.* Elles ont été livrées juste avant que tu n'arrives.

– Il faut que je passe aux toilettes. Fais comme chez toi. Oh ! pardon, c'est déjà le cas. Je fourrai mon sac à main dans un tiroir, balançai mon téléphone portable sur mon bureau et lançai un regard au sac en papier kraft qui, je le supposais, contenait le petit-déjeuner promis par Indie.

– J'espère que c'est quelque chose de bien gras. J'en ai besoin ce matin.

Quand je fus de retour à mon bureau, Indie était en train de parler dans mon téléphone.

– Elle arrive. Les fleurs sont magnifiques, soit dit en passant.

Elle me tendit le téléphone avec un sourire malicieux.

– Bonjour.

– Bonjour.

La voix matinale de Brody était un peu rauque.

– Quelles fleurs ont été livrées ?

Je vérifiai avant de répondre :

– Des roses. Elles sont magnifiques. Merci.

– Pas très original.

– Pardon ?

– Quel blaireau enverrait de simples roses à une femme comme toi ?

– Tu veux dire… Ce n'est pas toi qui les as envoyées ?

– Non. Et le type qui t'a envoyé ça a dû demander à sa secrétaire de s'en charger sans même s'y intéresser. Il doit avoir un compte chez le fleuriste et c'est sans doute la commande standard. Le mec est un connard.

– Tu ne sais pas qui envoie ces fleurs. JE ne sais pas qui envoie ces fleurs. Mais c'est forcément un connard, c'est ça ?

– Oui.

– Parce qu'il a envoyé des roses ?

– Ouais. Connard. Certain.

J'émis un petit rire.

– Ta supposition est amusante. Je garde ça en tête pour quand je lirai la carte et découvrirai de qui vient ce gentil geste.

– Gentil geste.

Il s'esclaffa.

– Ce n'est pas vraiment ce que tu recherches. Et tu le sais.

Après avoir passé huit heures à me retourner dans mon lit cette nuit, je commençais à penser qu'il avait raison. Ça me coûtait de l'admettre, mais j'avais beaucoup pensé à Brody après son départ la veille au soir. J'avais ressassé la partie de notre conversation durant laquelle je lui disais que je ne pouvais pas avoir une relation sexuelle en dehors d'une vraie relation. J'avais commencé à douter de mon honnêteté envers moi-même. Après tout, peut-être qu'il n'y avait rien de mal à coucher avec un homme qui m'attirait. Pourquoi avais-je besoin d'un lien particulier pour profiter du plaisir d'une relation sexuelle ? J'avais vingt-six ans, et il n'y avait rien de mal à coucher juste pour le plaisir du sexe si j'en avais envie.

– Vous m'avez appelé pour autre chose que simplement m'expliquer ce que je veux vraiment, monsieur Easton ?

Il grogna.

– Quoi ?

– J'aime la façon dont tu prononces mon nom.

– Quoi ?

– Maintenant, je pense à ta bouche.

Je ris.

– Tu n'es pas très doué pour cette histoire d'amitié, n'est-ce pas ?

– Je t'ai dit que tu serais la première. C'est plus difficile que ce que je pensais.

– Je n'en doute pas.

– Est-ce que tu es en train de flirter avec moi, là, ma chère amie ?

– Tu me rends cinglée. Je n'ai aucune idée de ce que je suis en train de faire. Je ne sais même pas pourquoi tu m'as appelée.

– Ah merde, c'est vrai. Je veux que tu m'interviewes dans ma suite, à l'hôtel.

– Dans ta suite ?

– Ne sois pas inquiète, tu auras toute une équipe avec toi. Je ne peux pas attaquer devant eux.

– C'est vrai.

– Il faudra que j'attende qu'ils soient partis.

J'étais debout, devant mon bureau. Je fis un signe à Indie pour qu'elle dégage de mon fauteuil.

– On fait ça quand ?

– Samedi. En fin d'après-midi. Le match se joue à domicile dimanche. Donc, nous allons nous entraîner jusque vers deux heures.

– Cinq heures ?

– Ça me va.

– Merci. Tu ne sais pas à quel point j'apprécie que tu fasses ça pour moi. Mon boss va être ravi. Et il fait la gueule la plupart du temps. C'est dire.

– Content de te donner un coup de main.

– Je t'enverrai mes questions à l'avance demain soir.

– Pourquoi tu ne me les apportes pas toi-même ? Comme ça, on fera une répétition.

– À ton hôtel ?

– Tu as peur de ne pas réussir à te contrôler ?

– Bien sûr que non.

Peut-être.

– Sept heures. Je demanderai qu'on nous fasse monter le dîner.

– OK.

– Oh ! au fait, Delilah ?

– Oui ?

– Tu peux laisser les fringues de ta grand-mère chez toi. Ça ne m'empêchera pas d'avoir envie de te baiser contre un mur.

Il raccrocha le téléphone, me laissant bouche bée. Quand je repris enfin mes esprits, je tendis la main à Indie qui y déposa la carte du fleuriste.

Delilah, même ces fleurs ne sentent pas aussi bon que vous.

Michael Langley

– Elles viennent de qui ?

– Je ne devrais pas te le dire après ce que tu viens de me faire avec le téléphone.

– Quoi ?

J'ai juste supposé qu'elles venaient de Brody. Tu es sortie avec lui hier soir et il appelle à la première heure ce matin.

– Eh bien, tu t'es trompée.

– Je suis sûre que Brody était jaloux.

– Je ne crois pas.

Indie m'arracha la carte des mains d'un geste vif. Elle la lut, se frotta le nez.

– Michael Langley.

– Quoi ? C'est un type sympa. On a discuté à la collecte de fonds. Nous avons beaucoup de choses en commun.

– Tu sais ce qui lui manque ?

– Non.

– D'être Brody Easton.

– Je pense qu'il faut que tu ailles avec Brody Easton.

– J'aimerais bien, mais je respecte le Code des filles.

– Le Code des filles ?

– Tu ne couches pas avec un mec que ta meilleure amie aimerait mettre dans son lit.

– Je ne veux pas le mettre dans mon lit.

– Bien sûr que si.

Ce n'était pas la peine de discuter avec elle.

– Est-ce qu'au moins tu m'as apporté quelque chose de bon pour le petit-déjeuner ?

– Deux œufs, du bacon, du fromage.

– Merci, mon Dieu.

– Si tu avais couché avec Easton, tu n'aurais pas besoin de toute cette malbouffe, ce matin. Tu voudrais un yaourt ou je ne sais quelle nourriture saine.

– Donc, coucher avec Easton serait bon pour la santé ? C'est ça que tu es en train de me dire ?

– Exactement.

Plus tard dans l'après-midi, je fis une petite recherche dans l'annuaire de la compagnie pour trouver le numéro de Michael Langley. Sa secrétaire répondit à la deuxième sonnerie :

– Bureau de Michael Langley.

– Bonjour, ici Delilah Maddox. Est-ce que Michael serait disponible ?

– Oh ! bonjour, Delilah. Non, il est sorti. Un rendez-vous. Est-ce que je peux prendre un message ?

– Oui, bien sûr… Pouvez-vous… ?

Je repensai au commentaire de Brody.

– En fait, je l'appelais pour le remercier de m'avoir envoyé des fleurs. Mais c'est probablement vous que je devrais remercier. J'imagine que c'est vous qui m'avez envoyé le magnifique bouquet reçu ce matin.

– Il m'a quand même dit ce qu'il fallait que j'écrive sur la carte.

Elle rigola doucement, admettant innocemment une chose qui n'aurait pas dû avoir d'importance. Et pourtant, ça en avait pour moi. Sans que je sache pourquoi.

– Eh bien, merci beaucoup. Et dites-lui que j'ai appelé pour le remercier, lui aussi.

– Je le lui dirai.

Après avoir raccroché, je restai assise à mon bureau, les yeux dans le vague pendant quelques instants. Je sursautai en entendant cogner à la porte.

– Delilah Maddox ?

– Oui ?

Le livreur portait une grande boîte fermée par un gros ruban jaune et bleu. *Encore des roses ?*

– C'est pour vous.

Il posa la boîte sur mon bureau et partit. J'enlevai le ruban, notant au passage qu'il était aux couleurs des Steel. En enlevant le papier de soie qui entourait le bouquet, je m'attendais à trouver d'autres roses à longues tiges. Au lieu de ça, la boîte contenait de longs bâtons, des branches d'arbre, une douzaine, liées ensemble par un ruban aux mêmes couleurs que celui de la boîte. La carte qui accompagnait le tout était écrite de la main de Brody. Je la reconnus : c'était la même écriture que celle des ballons de foot.

Au cas où tu voudrais en faire à nouveau.
Des pensées pour toi.

Brody
(P.-S. – Des pensées impures.)

9

Delilah

J'avais l'impression de me rendre à un premier rencard. J'avais regardé l'horloge au moins autant de fois que je m'étais changée en ce jeudi soir. Le problème, c'est… qu'il ne s'agissait pas d'un rencard. C'était un rendez-vous de travail avec un gars dont j'avais déjà décliné l'invitation à avoir une relation sexuelle. Un gars dont, depuis, je ne cessais de me demander comment serait le sexe avec lui. Quels vêtements porter exactement pour ce genre de rendez-vous ?

Je n'attachai pas mes cheveux, les laissant couler en grandes boucles le long de mon dos. Je mis à sac mon placard, cherchant quelque chose d'à la fois professionnel, attirant, mais pas trop ouvertement sexy. J'optai finalement pour une jupe droite et une chemise rouge à petits boutons. J'ajoutai alors quelques gros bracelets, passai une paire de chaussures ouvertes accrochées finement autour de mes chevilles et jetai un dernier coup d'œil au miroir en pied de ma chambre. Il faisait encore suffisamment chaud pour aller jambes nues, et les hauts talons de mes chaussures semblaient allonger un peu plus mes jambes déjà longues. J'aimais bien ce que je voyais dans le miroir. Qui eût cru que j'allais réussir l'exploit d'avoir l'air à la fois pro et sexy ? Si seulement j'arrivais à m'arrêter de prétendre que je n'étais pas attirée par cet arrogant… À cinq heures pile, j'étais prête à frapper à la porte de la suite avec terrasse. La porte s'ouvrit avant que je puisse frapper, laissant mes phalanges taper dans le vide. Une très jolie petite brune me salua. Elle portait un tee-shirt très court et des leggings très serrés. La moitié de son ventre était offerte aux regards et elle avait une voix de *cheerleader*, pleine d'entrain.

– Hé ! cria-t-elle par-dessus son épaule en sautillant. Ton rendez-vous est là, Brody. On se voit demain.

Souriant toujours, elle s'effaça pour me laisser entrer et, avant de partir, me lança :

– Je l'ai bien épuisé. J'espère que ça ne mettra pas en l'air vos plans, quels qu'ils soient.

Fraîchement douché, portant un pantalon de survêtement et torse nu, Brody entra alors dans la pièce. Ses cheveux étaient encore mouillés et tirés vers l'arrière. *Merde*.

– Salut.

Il eut un regard attentif, balayant mon corps de bas en haut. Il s'arrêta à un mètre de moi.

– Tu es…

Je sentis la chaleur de son regard parcourir mon corps. Sans vergogne, il prit tout son temps pour lever les yeux sur mon visage et rencontrer enfin mon regard.

– Bon, comment ça marche au juste ? Est-ce qu'un ami peut faire un compliment ?

– Bien sûr.

Ses yeux brillèrent.

– Bien. On pourrait te manger.

Mon Dieu, ça fait décidément trop longtemps. Mon corps se raidit, et je dus retenir mon souffle pour ne pas laisser filer un soupir. L'image qu'il venait d'évoquer m'avait fait monter le rose aux joues. Je me voyais regarder ses épaules solides pendant qu'il me mangeait. Je savais que ça ne serait pas quelque chose de tendre, pas de baisers ou de suçotements. Non, cet homme me dévorerait tout entière.

– Je ne t'ai pas entendue arriver. J'avais besoin d'une douche rapide après le passage de Brittany. Cette femme a beau être toute petite, elle est d'une exigence dingue. Elle m'a rincé aujourd'hui.

Soudain, je fus douchée. Rien de mieux que de parler de ses cinq à sept avec une autre femme pour calmer ma furieuse libido.

– Merveilleux. Je suis contente que tu te sois occupé de tes besoins naturels. On peut peut-être laisser tomber les petits jeux et passer au boulot, maintenant ?

Le ton de ma voix était légèrement narquois.

Les sourcils de Brody s'agitèrent. Il s'avança vers moi, envahissant rapidement mon espace d'intimité. J'étais encore tout près de la porte. J'eus envie de reculer, mais je me retins.

– Il n'y a pas de petit jeu. Il n'y a rien que je désire plus que de te prendre contre cette porte, là, tout de suite. Et le fait que tu sois jalouse de Brittany, ma préparatrice physique, prouve que je suis dans le vrai : tu me désires autant que je te désire. Tu ne te l'es pas encore avoué, c'est tout…

Il baissa un peu le visage, de manière à ce que nos nez se touchent pratiquement.

– Pas encore. Mais ça viendra.

J'avalai ma salive. J'étais à court de mots pour une fois. Finalement, je poussai un léger grognement avant de faire un pas en arrière. Il passa sa main fiévreusement dans ses cheveux et dit :

– Il faut qu'on fasse ça ailleurs qu'ici. Je ne me fais pas confiance. Tout seul avec toi dans une suite d'hôtel… Je ne vais pas pouvoir.

Je pensais qu'il plaisantait, mais il quitta la pièce et revint quelques minutes plus tard portant un sweat-shirt et une casquette de base-ball.

– On va où ?

– Quelque part où je ne pourrai pas essayer de profiter de la situation.

Plutôt que de faire appel au voiturier, il opta pour la solution taxi.

– Amsterdam et 112e Rue, s'il vous plaît.

– Morningside Heights ? Tu ne pourras pas profiter de la situation, là-bas ?

– Exact.

J'avais les yeux collés aux peintures aux couleurs vives du plafond lorsque nous entrâmes.

– Cet endroit est incroyable. Je suis passée devant des centaines de fois, mais je n'étais jamais entré.

Brody et moi traversâmes Saint-Jean le Théologien. Il me conduisit dans une longue allée sur le côté gauche de la cathédrale et fit un signe de la main à deux prêtres assis sur un banc, discutant.

– On va où au juste ?

– Sur le toit.

– Le toit ?

– Oui. Je viens ici de temps en temps. J'avais un ami qui travaillait ici. Il avait un pigeonnier sur le toit. Quand j'étais gamin, je passais pas mal de temps dans le coin. C'est calme. La plupart des gens vont sur le toit de l'Empire State Building ou choisissent Top of the Rock pour avoir une belle vue. Tu peux voir la ville aussi bien de là-haut.

– Et tu as le droit d'aller là-haut ?

– Nan. On risque de se faire arrêter. Moi, je n'aurai aucun problème à m'enfuir quand les flics arriveront, mais toi, tu risques de te traîner avec tes chaussures sexy.

– Quoi ?

– Je plaisante. C'est ouvert au public pour des visites guidées. Mais je connais la plupart des gens qui travaillent ici ; donc, ils me laissent monter quand je veux. Carl a travaillé ici pendant cinquante ans. J'ai grandi auprès de lui et de sa femme Marlene.

Brody n'exagérait pas. La vue depuis le toit était vraiment spectaculaire. Il y avait une petite zone où s'asseoir, nichée entre deux flèches de l'église, d'où l'on pouvait admirer la ville tout entière.

– Et qu'est devenu le pigeonnier après la retraite de Carl ?

Il n'y avait plus ni cages ni pigeons à l'endroit où nous nous trouvions.

– Il a continué à s'en occuper un peu pendant sa retraite. Après sa mort, Marlene a fait don de tout au Pigeon Club du West Side. Beaucoup de gens aiment les pigeons dans cette ville.

Nous étions là, debout près du promontoire en briques, et Brody pointa du doigt quelques immeubles. Il connaissait plutôt bien le coin et son architecture.

– C'était quoi, ta majeure à la fac ? demandai-je.

– Tu veux dire que tu ne le sais pas ?

– Je suis meilleure avec les statistiques, les chiffres, qu'avec les mots.

– Ingénierie.

– Exact. Plutôt compliqué, surtout lorsque l'on fait partie d'une des grandes équipes de foot universitaires.

– Tu vois, je n'ai pas seulement une belle gueule. J'ai aussi un cerveau.

Je levai les yeux au ciel.

– C'est donc ici que tu emmènes tes conquêtes ? Je ne m'attendais pas du tout à ça.

– Si c'était un vrai rencard, je ne t'aurais pas emmenée dans un lieu où je ne peux pas te mettre en pièces ou te dire ce que je serais capable de faire à ton corps.

– Donc, je suis en lieu sûr ?

Brody me conduisit jusqu'à un banc de pierre et s'assit à côté de moi.

– C'est peut-être le seul endroit.

– OK, donc.

Je me raclai la gorge et fouillai dans mon sac pour en sortir mon carnet.

– Et si on commençait ? Je vais y aller doucement.

Il ricana.

– Je ne serais pas tendre avec toi si c'était mon émission.

Je ne relevai pas.

– Que pensez-vous des changements dans le coaching et le management de l'équipe prévus pour l'année prochaine ?

Le coach Ryan s'occupait des Steel depuis que Brody avait commencé sa carrière. C'est lui qui avait écarté Brody de l'équipe, mais c'est également lui qui l'avait réintégré et lui avait donné une deuxième chance. À présent, sa femme avait de graves problèmes de santé, et il se retirait à la fin de la saison.

Brody soupira.

– Je n'attends pas ça avec beaucoup d'impatience. Le coach est dur, mais il est juste et il a construit l'équipe que nous avons aujourd'hui. Je le respecte et j'aurais préféré qu'il reste. Mais je le respecte encore plus pour avoir fait passer sa famille en premier.

– Vous avez une idée de la personne qui pourrait le remplacer ?

– Aucune. Mais j'espère que la décision sera prise avant que le coach ne parte. Le plus tôt sera le mieux. La transition sera plus douce si les deux coachs travaillent ensemble pendant un temps. Bob Langley a bien su choisir les coachs, jusqu'à présent. J'espère que ça va continuer.

– Ce qui m'amène à ma question suivante : on dit que Bob Langley pourrait vendre…

– Les roses venaient de Langley ?

– Pourquoi le propriétaire de votre équipe m'enverrait-il des roses ? Je ne l'ai jamais rencontré.

Je savais exactement de quoi il parlait. Il pensait au fils de Bob, Michael.

– Son sac à merde de fils avec qui tu travailles, pas Bob.

– Je ne pense pas que ça te regarde.

– Peut-être pas. Mais je te pose la question.

Je soutins son regard.

– Oui.

– Ce mec est un…

– Je te rappelle que nous sommes dans une église.

– Tu le vois ?

– Il m'a invitée à dîner, si tu veux tout savoir.

– Tu acceptes de dîner avec lui, mais pas avec moi ?

– Son invitation a pour but de me connaître, pas de me pénétrer.

– C'est là que tu te trompes. Je suis juste plus franc que lui, c'est tout.

– Comment cette pré-interview a-t-elle tourné à l'interrogatoire ?

Brody recula, croisa ses bras sur sa poitrine.

– Une question contre une question.

– Pardon ?

– À chaque question que tu poses, j'ai le droit de t'en poser une à mon tour.

– C'est ridicule.

– Pas si tu veux faire cette interview.

– Laisse-moi deviner. Toutes tes questions seront personnelles ?

– Seulement lorsque les tiennes le seront.

– Très bien, soupirai-je.

Je mis de côté les questions personnelles. Scannant du regard ma liste de questions, j'éliminai d'emblée la première qui était clairement plus personnelle que professionnelle.

– L'équipe d'attaque semble plus efficace en deuxième mi-temps. Soixante-huit pour cent des points ont été marqués durant la deuxième période, et les Steel sont revenus au score à ce moment-là dans quatre de leurs cinq victoires. Que se passe-t-il, dans les vestiaires, qui galvanise ainsi l'équipe ?

Ma question eut l'air de plaire à Brody, qui passa cinq minutes à expliquer les changements opérés par le coach à la mi-temps. Contrairement à de nombreux quarterbacks, il ne s'arrogeait pas les améliorations qui menaient son équipe à la victoire, il les considérait comme venant d'un bon coaching.

– À moi, dit Brody pendant que je finissais de prendre des notes.

– J'ai presque peur de l'entendre. Mais vas-y.

– Si tu devais épouser l'un des personnages masculins de la série *L'Île aux naufragés*, lequel choisirais-tu ?

Je ris.

– C'est ça, ta question ?

– Oui.

Il arborait un sourire enfantin.

– Facile. Le professeur.

– Bonne réponse.

– Y avait-il une autre réponse possible ?

– Tu aurais pu choisir monsieur Howell. Il est vieux et riche.

Ma question suivante portait sur les pénalités infligées aux joueurs. Puis, ce fut le tour de Brody.

– Comment s'appelait ton premier animal de compagnie ?

– Je n'ai jamais eu d'animal de compagnie.

– Tout le monde en a un, un jour ou l'autre. Un chien, un chat, un lapin, un serpent, un lézard, un hamster, une tortue… Quelque chose ?

– Non. Nous voyagions beaucoup pendant les week-ends pour suivre les matchs de mon père ; du coup, il n'y aurait eu personne à la maison pour s'en occuper.

– Tu sais, maintenant, j'ai très envie de t'acheter un chien. Un gros, peut-être un terre-neuve ou un danois.

– N'essaye même pas.

Nous restâmes sur le toit de l'église pendant près de deux heures. La série de questions bizarres que m'avait posée Brody avait mis au jour de curieux points communs entre nous : le deuxième prénom de notre mère à tous les deux était Yvonne, nous n'aimions ni l'un ni l'autre le chocolat, et nous avions tous les deux grandi au numéro 333 de notre rue. J'avais pour ma part dû laisser tomber plusieurs questions personnelles, sachant que chaque fois il m'en poserait une à son tour. Cependant, il m'en restait une et il fallait que je la pose :

– Dernière question.

– Vas-y.

– Libre ou pris ?

J'expliquai le pourquoi de la question, tâchant de ne pas m'impliquer émotionnellement dans la réponse qu'il allait me donner.

– Toutes les femmes voudront savoir.

Il me regarda dans les yeux avant de répondre.

– Ni l'un ni l'autre.

Je n'étais pas préparée à cette réponse et je ne savais pas comment lui en faire dire plus. Je fis un signe de la tête et commençai à ranger mes notes. Je me redressai, me préparant à sa question.

– Allez, tu peux poser la tienne, à présent.

Brody se leva et me tendit la main pour l'aider à me relever à mon tour.

– Je réserve la mienne pour plus tard.

Nous quittâmes l'église et marchâmes un peu pour trouver un lieu où dîner. Comme Brody m'avait dit qu'il commanderait un room-service dans sa suite, je n'avais rien avalé de la journée. Mon estomac poussa un grognement au moment où nous nous asseyions à table.

– Qu'est-ce que c'était que ce bruit ? rigola Brody.

– Tais-toi. Tu m'avais dit que tu me nourrirais et au lieu

de ça tu m'as emmenée à l'église. Mon estomac se plaint et il en a le droit.

La serveuse marqua un temps d'arrêt en nous voyant.

– Vous n'êtes pas… Vous ne seriez pas… Brody Easton ?

– C'est bien moi.

– Mon Dieu ! cria-t-elle.

– Je suis une immense fan. Et mon fils de onze ans, qui est quarterback dans l'équipe de son école, dit que vous êtes le plus grand.

– Merci. Comment marche son équipe cette saison ?

– Ils ont perdu tous leurs matchs. Mais mon Joey ne s'avoue jamais vaincu. Il tient de moi pour la taille : il a du mal à voir au-dessus de la ligne d'avants. Mais il a plus de cœur que bien des garçons qui font deux fois son gabarit.

– C'est bien. Il a encore le temps de grandir. Dans le sport, quand vous avez du cœur, la moitié du chemin est faite.

– Il ne croira jamais que je vous ai rencontré.

– Eh bien, pourquoi ne prendrions-nous pas une photo ? Vous pourriez la lui envoyer.

Les yeux de la serveuse étincelaient, mais rapidement, son visage se ferma.

– Je n'ai plus de téléphone. Deux téléphones, ça revient trop cher, et mon fils en voulait vraiment un. Et puis, je suis toujours ici, de toute façon, et c'est bien que je puisse le joindre quand j'en ai besoin.

– Eh bien, utilisons mon téléphone.

– Vous feriez ça ? Il va être fou !

J'entrai alors dans la conversation :

– Je vais la prendre. Mettez-vous côte à côte.

Le visage de la serveuse s'éclaira lorsque Brody se leva et passa son bras autour des épaules de la jeune femme. Après avoir fait quelques clichés et vérifié qu'ils étaient bons, je tendis mon téléphone à la serveuse qui envoya la photo à son fils avec un mot gentil. Comme elle s'apprêtait à me rendre mon téléphone, Brody l'arrêta.

– Ça vous ennuierait de prendre une photo de nous deux ?

– Non, bien sûr.

Je jetai un regard interrogateur à Brody. Il me sourit légèrement et fit le tour de la table pour se trouver à côté de moi, se mettant à ma hauteur.

– Vous êtes prêts ? demanda la serveuse.

Brody se pencha sur moi et me glissa à l'oreille :

– Je préférerai de loin te manger, toi, que n'importe quoi d'autre dans le menu.

Il reprit sa position initiale et jeta un œil à mon visage pour voir mon expression.

– Prêt, répondit-il à la serveuse qui prit la photo, captant ses yeux scintillants qui déchiffraient mon regard vide.

Nous commandâmes, et je fis mon maximum pour faire comme si de rien n'était.

– Dis-moi quelque chose de toi, me demanda Brody.

Il posa son bras le long de la banquette.

– Comme quoi ?

– Je ne sais pas. N'importe quoi. Dis-moi un truc qui chez toi énerve les gens.

– Tu poses de drôles de questions.

– Heureusement que je ne fais pas le même boulot que toi, du coup.

Je rigolai doucement.

– C'est vrai.

Je bus une gorgée de mon soda en réfléchissant à sa question.

– Je parle pendant les films.

– Et alors ? Tout le monde parle à un moment pendant les films.

– Non, je veux dire je parle *vraiment* pendant les films. Généralement quand le film me plaît. Je m'excite et j'ai besoin de raconter de nouveau ce qui se passe sur l'écran à la personne qui est à côté de moi.

Brody eut un regard amusé.

– Donc, avec toi, il vaut mieux aller voir un film que tu n'aimes pas ?

– Eh bien… Disons que, quand je n'aime pas le film, j'ai tendance à rêvasser un peu, perdre le fil. Après, je pose plein de questions.

– Mais si tu sais que ça rend les gens dingues, pourquoi tu n'arrêtes pas ?

– Je ne peux pas m'en empêcher. Et toi, qu'est-ce que tu fais qui énerve les gens ?

– Je dis ce que je pense.

– Ah ça, c'est bien vrai !

– Ça t'énerve, toi ?

– Au début. Maintenant, c'est ce que j'attends de toi.

– Je suis comme un genre de champignon qui grandit à l'intérieur de toi.

– Charmant.

Les heures passèrent sans que nous nous en rendions compte. Surtout à cause de nouvelles disputes sur le football. Il était presque minuit quand nous nous apprêtâmes à quitter le restaurant. La serveuse nous apporta l'addition, et Brody refusa de me laisser payer. Pourtant, lui avais-je expliqué, techniquement, c'était un dîner de travail et je me ferais rembourser par la chaîne. Il ne dit rien. Je le vis seulement régler et laisser un pourboire de plusieurs centaines de dollars à la serveuse. Le fait qu'il cherche à me cacher son geste rendait ledit geste encore plus beau. Il héla un taxi qui grâce à la maigre circulation de la nuit me déposa devant mon immeuble en moins de quinze minutes. Brody demanda au taxi de l'attendre quelques instants et il m'accompagna à l'intérieur de l'immeuble.

– Merci pour cette pré-interview. Ça va largement me simplifier la tâche samedi.

– De rien.

J'appelai l'ascenseur.

– Et merci encore pour le dîner.

Brody hocha la tête.

– Tu sais, j'ai encore droit à une question personnelle.

J'avais complètement oublié.

– Tu gardes le meilleur pour la fin ?

– Oui, on peut dire ça.

Une palpitation dans mon ventre semblait savoir déjà ce qui allait se passer. Il passa sa main dans mes cheveux, repoussant une mèche derrière mon oreille. Sa main caressa ma joue, et il attrapa mon menton, le relevant légèrement. Il plongea alors son regard dans le mien.

– Qu'est-ce qu'il va falloir que je fasse pour me retrouver sur toi, Delilah ?

Je déglutis bruyamment. Cette fois-ci, il n'était pas en train de faire le malin, il était parfaitement sérieux. Il attendait une vraie réponse.

– Je t'aime bien. Tu es égocentré et trop direct. Malgré ça, j'aime vraiment passer du temps avec toi. Je ne veux pas d'une relation purement physique. Je veux plus que ça.

– Quoi, par exemple ?

– Je ne sais pas… Sortir tous les deux. De l'exclusivité. Passer du temps avec toi, pas seulement au lit. Aller au cinéma et parler pendant le film.

Je forçai un sourire.

– Je suis comme ça.

L'ascenseur arriva trop vite. La porte s'ouvrit derrière moi, et je m'attendais à ce que Brody dise quelque chose. Mais il se contenta de hocher la tête.

– On se voit samedi ? demandai-je.

Les portes se refermèrent, et l'ascenseur m'emmena à mon quatorzième étage. Mais j'eus l'impression qu'une petite partie de mon cœur était restée dans le hall…

10

Delilah

Cela faisait déjà deux jours que j'avais passé cette soirée en compagnie de Brody et je n'arrivais toujours pas à le sortir de mon esprit. Visiblement, je n'étais pas la seule.

– Mignon.

Indie fit un vague signe de la main, sans enthousiasme, au type qui, de l'autre côté du bar, venait de régler nos verres. Elle porta son martini à ses lèvres et soupira.

– Mais rien à voir avec Brody Easton.

– On peut éviter de parler de ça encore une fois ? Ton intérêt pour cet homme est en train de tourner à l'obsession.

– OK… Il reste toujours ce gars, là-bas.

Elle leva son verre en direction d'un homme mûr qui ressemblait à Hannibal Lecter, le psy cannibale du *Silence des agneaux*. Il était seul dans un coin, jetant des coups d'œil dans notre direction. Quand il vit que nous l'observions, son sourire s'élargit au point d'en devenir ridicule. Je me serais sentie plus à l'aise face à Hannibal portant son masque de cuir sur le visage.

– Je suis certaine qu'il sera ravi de briser l'hymen que tu t'es fait réinstaller avant de te manger le visage.

– Je pense que je vais passer mon tour. J'ai d'autres

plans. Michael Langley m'a envoyé un texto aujourd'hui, tu sais.

– Bien… Et tu as accepté de sortir avec lui ?

– J'ai été pas mal occupée. Je n'ai pas eu le temps de lui répondre.

– Tu retardes le truc parce que dans le fond c'est Brody que tu veux. Et tu le sais.

– Non.

– Bien sûr que si. Tu n'es pas occupée, là.

Elle fit un signe au barman, lui montrant nos verres vides.

– Vas-y, j'attends. Envoie-lui un message et dis-lui que tu es prête à sortir avec lui. Si tu ne retardes pas les choses à cause de Brody, il n'y a aucune raison que tu ne lui écrives pas. Ton détox est bientôt fini, de toute façon.

– Je vais le faire.

– J'attends, dit Indie en tapotant de ses doigts sur le bar.

Pour lui prouver qu'elle avait tort, je sortis mon téléphone et fis une rapide réponse à Michael.

– Alors, tu es contente ?

Je lui montrai l'écran de mon téléphone pour qu'elle puisse vérifier la mention Envoyé. Elle m'arracha l'appareil des mains pour lire ma réponse.

Merci. Encore une semaine très chargée. Mais on fait quelque chose la semaine prochaine, promis.

– Tu ne lui dis pas que tu vas sortir avec lui. Tu le repousses d'une semaine.

– Mais je suis vraiment occupée. Qu'est-ce que tu voulais que je lui réponde ?

Elle pianota sur mon écran et tourna le téléphone dans ma direction. Elle avait écrit :

Finalement, je ne pense pas pouvoir attendre une semaine de plus. Un dîner samedi soir ?

– Je ne suis pas aussi directe.

J'essayai d'attraper mon téléphone, mais elle le mit hors de ma portée.

Avec un grand sourire, elle dit :

– Maintenant, si.

Et elle appuya sur ENVOYER.

Mes yeux sortirent de leurs orbites.

– Je n'arrive pas à croire que tu aies fait une chose pareille.

Elle ignora ma remarque et commanda deux *shots* au serveur qui arrivait avec son troisième martini. Je n'étais pas une grosse buveuse et, pour moi, deux verres de vin étaient la limite de ce que je pouvais boire au cours de nos happy hours du vendredi. Pour être tout à fait honnête, je venais surtout pour la compagnie et les tapas qu'on nous servait avec les boissons. La moitié des gens de New York faisait ça. Personne n'avait envie de rentrer se faire à manger dans sa minuscule cuisine.

J'étais encore en train d'arborer une moue boudeuse quand mon téléphone vibra. Le nom de Michael apparut sur l'écran. Je me tournai vers Indie, levai le *shot* qu'elle m'avait commandé et le bus d'un trait. Puis, je bus le sien aussi. L'alcool me débarrassa un peu des chocottes. Je pris mon courage à deux mains et lus la réponse de Michael.

Je commençais à croire que vous me repoussiez. Votre message est un rayon de soleil dans une journée pourrie. Huit heures, samedi ?

Indie avait peut-être raison. Je repoussais ce rendez-vous à cause de mon attirance sourde pour un certain quarterback. Une attirance que je savais au fond de moi qu'il me fallait ignorer. Il n'y avait aucune raison objective pour que je ne recommence pas à sortir avec des hommes.

Je soupirai.

– OK, tu avais peut-être raison.

– Pardon ? Je n'ai pas bien entendu.

Je répétai, plus fort :

– J'ai dit que tu avais peut-être raison.

– J'avais entendu la première fois. Mais j'adore quand tu admets que j'ai raison.

Indie et moi restâmes au bar jusqu'à presque onze heures du soir. J'étais plus que pompette quand elle héla un taxi. Le chauffeur la déposa en premier. Prise dans des rêveries alcoolisées, je restai seule dans le taxi. Un bus s'arrêta juste à côté de nous. Une vieille pub sur le côté montrait le logo des Steel ainsi qu'une image de Brody. La pub disait : EASTON EST DE RETOUR.

L'alcool me poussait à prendre des décisions inconsidérées. Sans réfléchir, je pris mon téléphone et envoyai un message.

DELILAH : Je viens de voir ton image sur un bus. Ça te plaît d'avoir ton visage placardé dans les transports publics ?

Sa réponse arriva trente secondes plus tard :

BRODY : J'aime mon visage n'importe où tant que ça te fait penser à moi. Mais je préférerais qu'il soit entre tes cuisses.

Qui écrit des choses pareilles ? Et pourquoi est-ce que j'aimais ça ? La moitié sud de mon corps commençait à me le demander.

DELILAH : Tu es bon avec les mots, mon ami.
BRODY : Je suis bon avec la langue ? Quand vas-tu me donner la chance de te le montrer ?

Delilah : C'est tentant. Mais je pense que je préfère les hommes qui sont intéressés par plus que mes orifices.
Brody : Je bande juste parce que tu as utilisé le mot « orifices ».

J'éclatai de rire. Le chauffeur me regarda dans le rétroviseur. Je lui montrai mon téléphone en guise d'explication. Mais il s'en foutait.

Delilah : Bonne nuit, Brody.

Ce type était capable de me faire rire et de me coller le feu en même temps. Et j'adorais ça.

Brody : Rendez-vous dans tes rêves.

Aucun doute là-dessus…

Samedi après-midi, une épave. J'avais cette interview avec Brody à cinq heures suivie d'un dîner avec Michael Langley à huit. J'avais envie de tuer Indie pour m'avoir arrangé ce dîner.

– Nerveuse ?

Nick me regarda, puis regarda la route à nouveau. Nous avions avec nous plus de matériel que celui que nous utilisions habituellement pour faire les entretiens dans les vestiaires. Du coup, il avait pris une fourgonnette de la chaîne et m'avait embarquée.

– Ça se voit ?

– Tu tritures ce pauvre stylo comme une démente depuis que tu es montée dans le van.

Je serrai le stylo dans mon poing pour m'empêcher de continuer. La nervosité m'a toujours rendue remuante.

– Pardon.

– Ça ne me dérange pas. Mais ça m'étonne. Il me semblait que les interviews dans les vestiaires devaient être plus flippantes que cet entretien assis. Tu as toujours l'air si calme avant d'entrer dans les vestiaires.

– Je cache bien mon jeu habituellement, c'est tout. Et puis, j'ai un rencard ce soir, après l'interview. Et ça fait longtemps. Ça fait six mois que je m'interdis de sortir avec des mecs.

– Ah !... Ceci explique cela. À quelle heure ton rendez-vous ?

– Huit heures.

– Tu as tout le temps. On aura fini pour sept heures.

Nous arrivâmes à l'hôtel Regency avec quelques minutes d'avance. Brody nous ouvrit sa porte. Il sortait de la douche. Ses cheveux étaient coiffés en arrière, et des gouttelettes d'eau ruisselaient sur son torse ridiculement attirant. Mon Dieu, j'avais juste envie de me ruer sur lui et de lécher tout ça.

Brody surprit mon regard. Un sourire entendu vint éclairer son sublime visage. J'eus envie de lui claquer le beignet. Ou de l'embrasser à pleine bouche.

– Entrez. Je me suis dit que Delilah pourrait m'aider à choisir des vêtements pendant que vous vous installez.

Il serra la main de Nick et se pencha sur moi pour m'embrasser sur la joue.

– Tu es resplendissante.

Brody et Nick eurent une courte discussion sur le meilleur endroit où s'installer et échangèrent quelques banalités sur le sport. Brody était décidément un charmeur. Pour les hommes et les femmes. C'était naturel chez lui. C'était ce qui lui donnait une incroyable aura devant la caméra. Il exsudait la confiance, le charisme.

Il finit par se tourner vers moi.

– Prête à m'habiller ?

Je levai les yeux au ciel et suivis Brody dans sa chambre. Nick me lança :

– Ne prends pas autant de temps que quand c'est toi qui t'habilles ou sinon tu vas rater ton rencard.

Brody s'arrêta tout net, au point que je lui rentrai dedans.

– Un rencard ?

Je déglutis bruyamment comme si j'avais fait une bêtise.

– Oui, j'ai un rendez-vous ce soir après notre interview.

– À quelle heure ?

– Huit heures.

Je fus surprise de voir qu'il ne réagissait pas plus. Une fois dans la chambre, il ouvrit son dressing et me demanda négligemment :

– D'après toi, costume ? Ou quelque chose de plus décontracté ?

– Plutôt décontracté. Pantalon de toile et pull, d'après moi.

– Ça marche.

Il tendit la main vers le dressing rempli de pulls parfaitement pliés.

Je remarquai que tous ses habits étaient pliés de la même façon.

– J'imagine qu'il y a quelqu'un qui s'occupe de ton linge.

Il s'approcha de moi. Tout près. Je sentais la chaleur de son corps. De son magnifique torse nu.

– Oui. Sinon, nous serions en train de trier des piles de fringues sur le sol.

J'essayai de faire comme si cette proximité n'avait aucun effet sur moi et me concentrai sur l'aide que je devais apporter dans le choix des vêtements. J'attrapai un pull marin en cachemire.

– Celui-ci ? Tu en dis quoi ?

Il haussa les épaules.

– Si ça te plaît, je le mets.

– Tu n'es pas difficile.

– J'aimerais pouvoir dire la même chose de toi.

– Quelque chose me dit que si c'était le cas j'aurais déjà perdu tout intérêt à tes yeux.

– C'est ce que tu penses ? Que je ne m'intéresse qu'à la chasse ?

Je le regardai droit dans les yeux.

– Oui, c'est ce que je crois. Je pense que c'est la chasse qui t'intéresse. Je me dis aussi que ça doit être nouveau pour toi. Normalement, c'est toi qui es le chassé et pas le chasseur.

Il fit un pas dans ma direction. Je reculai et heurtai une étagère. Il plaça se deux mains contre le mur, m'emprisonnant. La logique aurait voulu que je cherche à m'enfuir, mais au lieu de ça je n'avais qu'une envie : presser mon corps contre le sien. Heureusement, il me restait encore un peu de self-control tout au fond du cerveau.

Il approcha son visage du mien.

– Qui vois-tu ce soir ?

– Ce ne sont pas tes oignons.

Il se pencha encore un peu plus. Nos lèvres n'étaient qu'à quelques centimètres.

– Est-ce que quand tu es près de lui tu ressens ce que tu es en train de ressentir en ce moment même ?

Non !

– Peut-être.

– Conneries ! Dis-moi que je peux t'embrasser.

Il baissa un peu la tête et passa son nez le long de ma gorge. Mon corps tremblait.

– Non.

Le mot était sorti dans un soupir. Ma voix était épaisse et rauque. Il commençait à m'atteindre.

Il continua à passer son nez le long de ma peau. Ce toucher sensuel laissait une traînée de chair de poule. Quand il atteignit mon oreille, sa voix était tranchante, pleine de désir.

– Dis-moi que je peux t'embrasser. Je sens ton corps se remplir d'excitation. Dis-le-moi.

Mes genoux tremblaient, et ma bouche s'ouvrit, prête à avouer sa défaite. *J'ai tellement envie de l'embrasser...*

Heureusement, la voix de Nick brisa l'instant :

– Brody, je peux tirer un câble depuis… Oh !… Pardon. Je ne voulais pas déranger.

Brody répondit sans même bouger.

– Fais ce que tu as à faire, Nick.

– Ouais. OK, mec, dit Nick en partant.

Ce ne furent que quelques secondes de distraction, mais elles m'avaient permis de reprendre mes esprits et me sortir de ce désir qui me rongeait.

– Ce n'est vraiment pas professionnel.

Je me baissai et quittai l'endroit. Je passai quelques minutes dans la salle de bain avant de rejoindre Nick dans le salon. Il avait pratiquement fini de tout préparer.

– Vraiment désolé. Je n'avais pas compris que ton rencard de ce soir était avec Brody.

J'ouvris la bouche, mais la réponse vint de l'homme qui venait d'entrer dans la pièce.

– Ce n'est pas le cas. Mais, putain, ça devrait.

Je me retournai et trouvai Brody portant le pull que j'avais choisi pour lui et un pantalon qui lui allait à merveille. Le bleu profond du pull faisait ressortir l'intensité de son regard. Des yeux qui s'insinuaient en moi.

– Le coach a demandé à me parler. Je dois le rappeler. Il faut que je vous laisse un petit moment. Mettez-vous à l'aise. Je vais commander du room-service en attendant.

– Pas de problème. Merci, Brody, répondit Nick.

Easton quitta le salon pour se rendre dans sa chambre.

Il y resta presque deux heures…

Je finis par m'aventurer jusqu'à la porte de sa chambre. Pas un bruit. Rien n'indiquait qu'il était encore au téléphone. Je cognai doucement à la porte, mais n'obtins pas de réponse. Je cognai à nouveau. Le silence fut la seule réponse. Je me risquai alors à ouvrir doucement la porte. Brody était couché au milieu de son lit king size. Il semblait endormi.

– Brody ?

Il ouvrit les yeux.

– La femme de mes rêves.

Je posai mes mains sur mes hanches.

– Qu'est-ce que tu fous ?

– J'ai dû m'endormir.

– Avant ou après ton faux coup de fil avec ton coach ?

Il s'assit sur le lit et passa sa main dans ses cheveux avant de lancer :

– Tu es prête ? On peut commencer ?

– Ça fait plus de deux heures que je suis prête.

– Désolé. J'imagine que tu as décommandé ton dîner de ce soir ?

Brody souriait. Je lui souris en retour, mais ce n'était pas un sourire amical. Plutôt du genre « Retourne-toi que je te mette mon pied au cul ».

– Ce n'est pas un problème. On peut sauter le dîner et passer directement à ce qu'il a prévu après.

Le sourire de Brody disparut. Le mien s'agrandit.

Dix minutes plus tard, nous étions enfin assis, prêts à démarrer l'interview.

Les premières questions furent posées sur un ton cassant. Mon agacement transpirait. Ses réponses étaient courtes. Les choses commencèrent à changer aux environs de la quatrième question, quand nous entrâmes dans un débat passionnant sur les statistiques. Nous avions plus d'une heure et demie d'interview, bien que le temps imparti pendant l'émission ne fût que de vingt-deux minutes.

Nous arrivions enfin à la dernière question :

– Libre ou pris ?

Sa réponse, pendant la pré-interview avait été : « Ni l'un

ni l'autre », ce qui, me semblait-il, était la réponse la plus adéquate au vu de sa vie sentimentale. Il n'était pas pris, mais il n'était pas libre non plus.

Cependant, cette fois-ci, quand je lui posai la question, il me prit par surprise en répondant :

– Pris.

Je fus désarçonné un instant, mais me remis rapidement en mode journaliste.

– Vraiment ? C'est nouveau ?

– Oui.

– Mais nouveau à quel point ?

– Tellement nouveau qu'elle ne le sait pas encore.

– Pardon ?

– Je compte bien le lui dire juste après cette interview.

– Le lui dire ? Pas le lui demander ?

– Voilà. Nous jouons au chat et à la souris depuis quelque temps. Et j'ai évité de lui en parler parce que je ne suis pas le meilleur du monde pour les vraies relations.

– Et ça a changé, à présent ?

– Oui. Elle me rend fou. Mais je ne peux pas arrêter de penser à elle. Il est temps pour moi de rendre la chose officielle et de me retirer du marché. Et voir ce qui se passe.

Je ne savais pas du tout comment répondre. Je décidai donc de terminer l'interview. Je me retournai vers la caméra et terminai l'entretien :

– Vous avez entendu, mesdames. Brody Easton n'est plus sur le marché. Je suis sûre que quantité de femmes sont effondrées par la nouvelle. WMBC souhaite bonne chance au meilleur joueur du Super Bowl pour son match de demain, et bonne chance pour sa toute nouvelle relation. Ici, on se dit que l'un sera plus facile à gérer que l'autre.

Nick éteignit la caméra. Pendant qu'il rangeait les spots, il dit :

– Excellente interview. Ça va être difficile de faire un montage pour ne garder que vingt-deux minutes.

– Merci, Nick.

Brody et moi aidâmes à ranger le reste du matériel. Quand tout fut terminé, il était un peu plus de neuf heures. Nick regarda son téléphone.

– Tu veux que je te dépose à ton rendez-vous ? Tu es déjà très en retard.

– Merci, mais j'ai envoyé un message un peu plus tôt pour reporter.

Nick hocha la tête.

– Je te dépose chez toi ?

– Je m'en occupe, dit Brody. Laisse-moi t'aider à ranger ton bordel dans la fourgonnette.

J'attrapai un sac, mais Brody me le prit des mains.

– Reste là. Je m'en occupe. J'arrive tout de suite.

Pendant sa courte absence, je remis en place le mobilier du salon que nous avions dû bouger avant l'interview. Brody rentra juste au moment où je finissais de replacer les coussins sur le canapé.

– Tu devrais avoir des coussins monogrammés pour ton canapé. Tu aurais moins l'impression d'être à l'hôtel et un peu plus à la maison.

– À quel moment tu as reporté ton rendez-vous ?

Je serrai un coussin contre ma poitrine.

– Après être sortie de ta chambre.

Aller à un rendez-vous après ça ne me semblait pas bien. Aller à un rendez-vous alors que j'ai des sentiments pour un autre homme. Ça aurait été mal de commencer une relation avec un homme alors que mes pensées sont ailleurs.

– Tu reportes indéfiniment.

– Vraiment ?

Il hocha la tête et s'approcha du canapé. Il me prit la main et me regarda dans les yeux.

– Je peux être exclusif avec toi. De toute façon, t'imaginer avec quelqu'un d'autre me rend complètement dingue. J'insiste sur l'exclusivité. Et nous allons sortir ensemble.

Il va falloir que tu sois un peu patiente avec moi sur la question de la relation. Il y a longtemps que je n'en ai pas eu une. Je vais probablement merder et t'emmerder, mais j'aimerais vraiment essayer.

La vache ! Hors de question que je lui dise à présent que j'étais prête à céder sur la relation uniquement sexuelle. J'avais gagné la bataille. Et ça s'était joué à trente secondes.

– OK.

– OK ?

– Oui, j'ai envie d'essayer aussi. Tu es un connard arrogant, mais tu as un truc que j'aime.

Il prit mon autre main et la porta à ses lèvres, déposant un doux baiser.

– Génial ! Alors, on dîne et on baise après ? Ou alors on baise et on dîne après ?

– Difficile pour une jeune fille simple comme moi de choisir entre deux offres si alléchantes.

On joue à pile ou face.

– Face tu me donnes ton choix, pile je choisis ton choix. C'est gagnant à tous les coups pour toi.

Il me fit un clin d'œil.

– Au passage, j'adore quand tu utilises « léchant » dans la conversation. Vilaine fille.

Je ris.

– Et si on commençait par un vrai rencard ?

– OK. Allons-y.

– Pas si vite.

Le visage de Brody changea. On aurait dit que j'avais tabassé son chien.

– Quoi ?

– Si on fait ce qu'on a dit, essayons de faire les choses bien. Tu as un match demain. Je veux une vraie soirée. Pourquoi pas le week-end prochain ?

– Pas question !

– Impatient ? À ce point ?

– La patience a un goût amer. C'est le fruit qui est doux.

– Tu ne viens pas de citer Aristote ?

– Peut-être.

Il tira sur ma main, m'attirant d'un coup à lui.

– Dîner. Mercredi soir. Je passerai te chercher à sept heures.

– OK.

– Et maintenant, embrasse-moi, bon sang.

Je n'eus pas le temps de répondre. En un battement de cils, ses lèvres étaient collées aux miennes. Il entoura ses bras autour de moi dans un geste possessif, me serrant encore un peu plus fort. Mes genoux tremblaient. Mon cœur battait à tout rompre, et une armée de papillons battait furieusement des ailes dans le creux de mon ventre. Avec un grognement qui fit écho dans nos bouches et vibra dans tout mon corps, il lécha mes lèvres et ouvrit ma bouche. Sa langue se mélangea à la mienne avec force, me prenant tout ce que je pouvais donner. C'était un baiser intense et désespéré comme je n'en avais jamais connu. Mes mains fouillèrent ses cheveux pendant qu'il attrapait les miens d'un geste brusque et tira ma tête en arrière. Je gémis, sentant le désir m'envahir comme un torrent. Je soupirai fort en le sentant dur contre mon ventre.

Nous restâmes ainsi pendant un long moment, nous serrant l'un l'autre, nous touchant, hésitants. Quand il relâcha enfin son étreinte, il prit ma lèvre inférieure dans sa bouche et la suça en grognant de plaisir.

– Baise-en-ville. Prends un baise-en-ville mercredi. Cette fois-ci, tu ne repartiras pas.

II

Brody

– Tu sais, quand j'étais gamin, on avait de vrais joueurs de football. Ils portaient des casques en cuir et n'avaient pas de trêve de milieu de saison. C'est quoi, ces tapettes qui ont besoin d'une semaine de repos en plein milieu du championnat ?

– Quand tu étais gamin, ils inscrivaient le score au silex sur une plaque de granit.

Je tendis un maillot à Grouper. La semaine suivante était la semaine rétro, où l'équipe portait des uniformes anciens. J'en avais commandé un de plus pour Grouper III.

– Dis à Guppy que je l'ai signé avec un marqueur lavable cette fois-ci. Je ne veux pas que sa mère reçoive encore un coup de fil de l'école disant que son fils porte un maillot qui pue.

Grouper regarda le maillot un instant et soupira de nostalgie.

– Je me souviens de ce maillot. C'était l'époque où les joueurs n'étaient pas des lopes.

– Va te faire voir, vieux machin.

Marlene était assise sur le bord de son lit, portant un bonnet de bain aux motifs floraux. Elle griffonnait des notes sur son carnet alors que l'animateur du *Juste Prix* s'apprêtait à donner les réponses.

– Tu vas nager aujourd'hui, Marlene ?

Je me penchai et l'embrassai sur la joue.

Elle me regarda. Ses yeux étaient vides.

– Vous êtes le chauffeur du bus.

– Non, je suis Brody. Tu te souviens ?

Elle avait l'air encore désorientée.

– J'habitais la maison à côté.

Elle me reconnut enfin.

– Le Brody de Willow.

Elle regarda autour de moi.

– Elle est avec toi, aujourd'hui ?

– Non, pas aujourd'hui, Marlene.

Je détestais quand elle me posait ce genre de question. Parfois, c'était plus simple quand elle ne savait plus qui j'étais.

– Elle travaille sur un projet artistique dans ma cabane. Tu sais comment elle est quand elle travaille.

Ma réponse sembla lever ses inquiétudes. Je changeai de sujet, allant sur son terrain préféré :

– Alors, ça s'est passé comment, l'émission, aujourd'hui ?

Elle regarda son carnet.

– J'aurais remporté tout le toutim. La femme qui était en finale, Kathryn, elle était complètement à côté de la plaque.

– Tout le monde ne peut pas être comme toi. Ou alors, ce ne serait pas un jeu, n'est-ce pas ?

Marlene attrapa la télécommande sur sa table de nuit et éteignit la télévision.

– C'est à quelle heure, la piscine ? Je ne savais pas qu'ils avaient changé le planning.

– À onze heures.

Je jetai un coup d'œil à ma montre : il était midi cinq.

Nous discutâmes de tout et de rien pendant un temps, puis Shannon arriva, portant un petit gobelet qui contenait quelques pilules. Elle les tendit à Marlene avec un verre d'eau.

– Ils sont en retard pour la piscine ? demandai-je.

– Non. La piscine, c'est le mercredi à deux heures.

Je regardai le bonnet de bain de Marlene, puis Shannon à nouveau.

Elle haussa les épaules.

– Elle s'est énervée quand j'ai essayé de le lui enlever ce matin. Je lui ai dit qu'il n'y aurait pas piscine avant demain. Elle m'a dit que j'avais de la merde dans la tête. Hein, Marlene ?

Marlene hocha la tête et rendit le gobelet à Shannon.

– C'est ça : de la merde dans la tête.

Shannon me fit un clin d'œil en levant le pouce et sortit de la chambre.

Une heure plus tard, Marlene m'aida à lui enlever le bonnet de bain en caoutchouc. Ce satané truc était si serré qu'il laissa une grosse trace rouge sur son front.

– Il va falloir que j'y aille. J'ai entraînement cet après-midi.

– D'accord. Tu embrasses ma petite-fille pour moi et tu lui dis de ne pas travailler trop dur.

– Promis.

12

Delilah

J'étais enfin de retour dans mon bureau après une séance de plus de deux heures dans la salle de montage lorsque la fille de l'accueil entra dans la pièce. Elle portait un vase plein, non pas de fleurs, mais d'eau. Son visage montrait l'incompréhension. Et le mien fit de même. Jusqu'à ce que je m'aperçoive que le vase n'était pas vraiment vide. Dedans, un petit poisson bleu nageait paisiblement. Au fond du vase, des petits graviers bleu et jaune. Elle me tendit la carte du fleuriste et lança un regard à l'autre vase sur mon bureau, celui qui contenait des branches. Elle quitta la pièce en secouant la tête l'air accablé.

Je lus la carte.

Je l'ai appelé Brody. Ne me remercie pas.

Je souris en me rappelant soudain notre conversation sur le fait que je n'avais jamais eu d'animal de compagnie. Pour un homme qui clamait que les femmes ne désiraient pas vraiment de petits gestes et des fleurs, mais plutôt un bon coup debout contre un mur, j'avais bien l'impression qu'il venait de faire les deux.

Plus tard dans l'après-midi, j'étais en train de visionner à nouveau l'interview de Brody sur mon ordinateur portable. Sa voix rêche et la confiance qui émanait de lui me donnaient un avant-goût du rendez-vous à venir. J'étais anxieuse et excitée, nerveuse aussi. Je fermai les yeux, écoutant sa voix, je me penchai en arrière sur ma chaise et le visualisai soudain, debout, devant moi, m'ordonnant de me déshabiller.

Déboutonne ta jupe.
Enlève ton soutien-gorge.

Mon Dieu, l'imaginer suffisait à m'exciter.

Baisse cette jupe.
Plus bas, Delilah.
Tu sais ce que je vais te faire.

Soudain, on frappa à ma porte. Je bondis de mon siège. *Merde.*

– Hé ! Excuse-moi si je t'ai fait peur. Je pensais que tu m'avais vu.

– Michael. Salut. J'étais en plein boulot.

J'avais annulé notre dîner à la dernière minute l'autre soir et il avait été très compréhensif. Je ne lui avais pas totalement menti en lui disant que mon interview de Brody avait pris plusieurs heures de retard. Le soir précédent, il m'avait écrit pour trouver une nouvelle date. Ne sachant pas quoi répondre, je n'avais pas répondu.

– Je suis simplement passé dire bonjour. Savoir comment tu vas.

– Je vais bien. Très occupé. Désolé de n'avoir pas encore répondu à ton message. J'ai eu un emploi du temps de dingue ces derniers temps.

Ses yeux se portèrent sur le bouquet de roses posé sur le placard derrière moi, puis il nota le vase plein de branches sur le coin de mon bureau. Il eut l'air assez logiquement surpris. Ils donnaient une touche de folie à mon bureau plutôt austère. Mais il ne releva pas cette étrangeté.

– Ça te dirait de dîner ce soir ?

– Je suis prise, désolée.

– Encore le boulot ?

Michael attendit ma réponse. Ça me gênait de lui dire que j'avais un rencard. Sans doute parce que je me sentais coupable de voir le type à cause de qui j'avais annulé notre dîner du samedi précédent. Je mentis :

– Oui. Il faut que je tourne à nouveau une partie de l'interview que j'ai faite.

Une lueur de soulagement passa sur son visage.

– Le patron n'a droit à aucun avantage par ici, n'est-ce pas ?

– J'ai bien l'impression que non, me forçai-je à rigoler.

– Un soir de la semaine prochaine alors ?

Je fis un geste de la tête qui ne voulait rien dire. Dieu merci, mon téléphone sonna.

– Excuse-moi un instant.

Je fus soulagée de pouvoir couper court à la conversation en répondant au téléphone.

– Delilah Maddox.

La voix rauque et sexy de Brody retentit dans le combiné.

– Tu as pris ton baise-en-ville avec toi ?

Je jetai un œil à Michael qui se tenait toujours dans l'encadrement de la porte.

– Oui.

– À dire vrai, tu n'auras besoin de rien de ce qui s'y trouve. Je viens te chercher dans une heure. Tu auras ton dîner. Et puis après, tu auras droit à ma version des gestes gentils que tu aimes tant ?

Je m'éclaircis la gorge.

– OK. Ça me paraît bien.

– Il y a quelqu'un dans le bureau avec toi ?

– Oui, c'est bien ça.

– Tu portes une jupe ?

– En effet.

– Enlève ta culotte avant que je vienne te chercher.

– Hum…

– Dans une heure, Delilah. Pas de culotte. Je salive à l'avance à l'idée de savoir quel goût tu as.

Il raccrocha, me laissant là, comme une idiote, corps vibrant et bouche ouverte.

– Oui.

Je repris pied.

– Excuse-moi.

– Je te laisse travailler. Je t'appelle la semaine prochaine ?

– Parfait, oui.

Peut-être que d'ici là, je me serai laissé pousser un peu de courage.

J'avais passé dix minutes dans les toilettes à retirer, puis remettre ma culotte au moins trois fois. La porte s'ouvrit, et j'entendis deux femmes dont je ne reconnaissais pas les voix. *C'était ridicule.*

Je décidai de relever le défi. Je mis mon string en boule et le fourrai dans la poche à fermeture éclair de mon sac à main. En quittant les toilettes, je me sentis comme libérée. Je me lavai les mains et gagnai la sortie de l'immeuble.

À travers la porte vitrée de l'immeuble, j'aperçus Brody adossé à sa voiture. Il jouait avec ses clés en regardant les gens entrer et sortir de l'immeuble. J'étais à peu près aussi nerveuse qu'excitée en arrivant sur le trottoir. Quand il me vit, un délicieux sourire éclaira son visage. Il croisa les bras et me regarda intensément arriver vers lui. La rue était pleine de gens marchant dans toutes les directions et, pourtant, il ne semblait voir que moi. C'était dingue. La façon dont il me regardait, détaillant chacun de mes mouvements avec un air de désir. Ça m'excitait déjà un peu. Mais mon corps s'alluma dès qu'il me toucha. Soudainement, j'étais affamée, mais je n'avais pas envie de dîner. Il tendit sa main vers la mienne, l'attrapa et m'attira à lui de toutes ses forces. À ma grande surprise, il m'embrassa, là, dans la rue, devant tout le monde. Et quel baiser !

Mon cerveau avait court-circuité quand le baiser fut terminé. Il encercla mes hanches, me gardant tout contre lui.

– On pourrait zapper le dîner.

Mon corps tout entier avait envie de ça, exactement ça. Mais je répondis :

– Je ne vais quand même pas te faciliter la tâche à ce point, non ?

– Tu n'as fait que me la compliquer depuis que je t'ai rencontré.

Il me serra encore un peu plus fort. Je sentais très clairement sa « sincérité ». Grosse et dure, contre mon ventre.

– Alors, on va où ?

– On dîne et on va au musée.

– Au musée ?

– Tu m'as dit que tu adorais les musées, l'autre jour.

– Pour un type qui ne croit pas aux gestes gentils et autres conneries de fleurs, je trouve que tu te débrouilles pas mal.

Il m'emmena dans un petit restaurant que ne fréquentaient pas les célébrités. Malgré cela, entre le moment où il laissa la voiture au voiturier et le moment où nous fûmes assis à notre table, deux personnes avaient arrêté Brody.

– Je suis désolé.

– Pas de problème, je connais ça. En revanche, je ne me souviens pas qu'aucune des femmes des mecs qui arrêtaient mon père dans la rue l'aient jamais regardé comme te regardait la femme du dernier mec qui t'a parlé.

– J'ai rencontré ton père une fois.

– Vraiment ?

– Oui, pendant une retraite de l'équipe au cours de ma première année. Il m'avait pris à part et nous avions marché côte à côte pendant une demi-heure.

– Et vous avez parlé de quoi ?

– Il m'a dit que, si un jour je m'approchais de sa fille, il m'écrabouillerait les noix.

Mes yeux s'écarquillèrent.

– Vraiment ?

– Nan, je déconne.

Je ris. Ça m'arrivait souvent quand j'étais avec Brody. Il avait cet improbable talent de me faire changer d'humeur en une fraction de seconde. Un instant, je riais, l'instant d'après, j'étais morte d'excitation, prête à grimper aux rideaux.

Nous venions à peine de commander du vin et des entrées qu'un nouveau fan interrompit notre conversation pour demander un autographe. Nous étions en plein milieu de la saison et je dînais avec le quarterback de l'équipe deuxième au classement.

– Ça t'ennuie, toi, la célébrité ?

– Habituellement, non. Généralement je ne fais rien d'assez important en public pour que cela me dérange d'être interrompu. Tu me crois si tu veux, mais je sors assez peu.

– Je t'ai vu photographié en compagnie de quantité de femmes.

– Généralement, c'est dans des événements. Soit des obligations liées aux sponsors, soit à l'équipe. Je suis incapable de me rappeler la dernière fois que j'ai eu un rendez-vous comme celui-ci.

– Et comment ça se fait ? Ce ne sont sûrement pas les opportunités qui manquent.

– Je préfère rester concentré sur la saison.

– Et donc, tu n'as jamais eu de relation sérieuse ?

Brody se pencha légèrement en arrière sur sa chaise et regarda autour de lui.

– J'ai déjà eu une relation, si.

– Une seule ?

– Une seule.

Ses mâchoires se serrèrent. Clairement, la conversation le mettait mal à l'aise. Mais je voulais en savoir plus sur lui.

– Qu'est-ce qui s'est passé ?

– Ça s'est terminé.

– C'est tout ce que je vais arriver à obtenir..., alors que ça fait des semaines que tu essaies de me coller dans ton lit.

Brody fronça les sourcils.

– Pourquoi ai-je toujours l'impression que tu es en train de m'interviewer quand on est ensemble ?

– Probablement parce que tu ne lâches pas beaucoup d'informations...

La serveuse s'approcha de notre table.

– Je peux débarrasser ?

Brody acquiesça

– Ce serait gentil.

Quand elle repartit, Brody tenta de changer de sujet.

– Alors, le journalisme, donc ?

Mais je n'allais pas le laisser s'en tirer à si bon compte. Je bus une gorgée de vin et ignorai sa pathétique tentative.

– Donc, tu as vraiment eu une relation avant ?

– Oui.

– Et ça s'est terminé quand ?

– Je ne sais pas, Delilah. Je n'ai pas mon planning sous les yeux ! Il y a quatre ans, quelque chose comme ça.

– Et uniquement des coups d'un soir depuis ?

– Voilà.

– Intéressant.

– Pas vraiment. Je peux poser des questions, maintenant ?

– Fais-toi plaisir, répondis-je en faisant un geste de la main pour lui céder la place.

Il se gratta le menton un instant.

– Si tu devais te retrouver seule sur une île déserte pendant un mois et que tu ne puisses emporter que trois choses, ce serait quoi ?

Je partis dans un grand rire.

– Tu aurais juste pu me brancher foot ou politique pour changer de sujet.

– J'aurais pu, mais j'aimerais vraiment savoir si l'un des trois objets serait un vibromasseur.

– Tu penses vraiment que si je ne pouvais emporter que trois choses sur une île déserte, j'emporterais un vibro ?

– En fait, je l'espérais même un peu.

– Je ne pense pas que ce serait sur ma liste, non.

– Alors, quoi ?

– Je ne sais pas. Comme ça, sans réfléchir ? Des allumettes, de l'eau et un filet de pêche.

– Un choix intelligent. Je suis déçu. Mais au moins tu ne mourrais pas de faim.

– Tes questions sont bizarres. Tu sais ça, non ?

– Peut-être. Mais ta réponse m'en dit beaucoup sur toi. Je me rends compte que tu as l'esprit pratique. Tu sais que tu peux te soulager avec les mains ; du coup, tu ne t'encombres pas d'un objet inutile.

Il tapota sa tempe avec le doigt.

– Bien pensé.

– Laisse-moi te demander quelque chose. Si nous finissons par coucher ensemble…

Brody m'interrompit :

– Si ?

– Quand… Quand…, tu sais…

– Quand je te baiserai.

– Oui, voilà. Est-ce que tu arrêteras de parler de sexe à tout bout de champ ?

Il se pencha vers moi.

– Aucune chance. Je suis même prêt à parier que ce sera pire une fois que je t'aurai baisée.

– OK. Compris.

Mon Dieu qu'il fait chaud tout à coup. Il fallait que je change de sujet, ou ce dîner allait se terminer très vite. En m'inspirant de la question de Brody, je demandai alors :

– Si tu devais choisir une princesse Disney, ce serait laquelle ?

Brody sourit.

– Elle est pas mal, celle-là. Laisse-moi réfléchir.

Il resta silencieux pendant un moment ; cela me surprit. Il prenait ma question au sérieux.

– La belle au bois dormant, sans le moindre doute. Elle passe sa journée au lit, à dormir, en attendant qu'un abruti quelconque en collants vienne l'embrasser.

– Je ne l'aurais pas exactement présentée comme ça. Mais OK, continue.

Il se frotta le menton.

– La voix de Blanche-Neige me rendrait dingue. Et puis, je fais un mètre quatre-vingt-huit, alors qu'elle s'intéresse plutôt aux mecs petits.

Il fit une pause.

– Je ne pense pas connaître d'autres princesses. Attends. Non. Cette petite, là, dans *Aladdin*, elle est très bonne. Ou alors, la petite sirène. Mais est-ce qu'une sirène peut écarter les jambes ? D'ailleurs, est-ce que c'est une princesse ?

La soirée se poursuivit de la même façon. Nous nous posâmes chacun notre tour des questions idiotes. Je me dis que je devrais peut-être poser une question bizarre comme ça à chacune de mes interviews. Une fois qu'il eut payé l'addition, Brody se rendit dehors pour attendre le voiturier. Il y avait un petit attroupement de gens qui discutaient. Brody me tira par la manche et m'emmena à l'écart, tournant le dos à la petite foule pour ne pas attirer l'attention.

– Position favorite ?

– Facile. Quarterback. Je suis la fille de mon père.

Il se pencha sur moi et me murmura à l'oreille :

– Je voulais dire, ta position favorite nue.

– Oh !

Oh !

Il attendait une réponse.

– Je ne sais pas. Je n'y ai jamais vraiment réfléchi.

Je déglutis bruyamment.

– Et toi ?

Il prit mes mains et les joignit derrière mon dos. Il me tenait les poignets d'une seule de ses deux larges paumes. De l'autre, il repoussa une mèche sur mon visage.

– Dessus. Peu importe comment. J'ai envie d'être sur toi depuis le jour où je t'ai rencontré. Pourtant, j'aimerais aussi beaucoup te voir me chevaucher, mais je pense qu'être sur toi, c'est vraiment ce que je préférerais. Probablement en missionnaire. Parce que, sans que je sache pourquoi, j'ai envie de voir ton visage au moment où je vais te pénétrer.

Ce n'était pas la chose la plus romantique que l'on m'ait dite, mais je ressentis ses mots dans tout mon corps.

– Brody…

Il passa ses lèvres doucement sur les miennes.

– Notre visite au musée va être très courte.

La tendresse de ses gestes, alliée à la crudité de ses mots, provoqua en moi un désir ardent, comme jamais je n'en avais connu. J'approchai ma bouche de la sienne et laissai les mots résonner dans nos lèvres :

– Oublions le musée…

Nous nous arrêtâmes devant l'hôtel qui servait de résidence à Brody pendant la saison de football. Brody fit un signe au voiturier et sortit de la voiture, en fit le tour en trottinant pour m'ouvrir la portière.

– Je la gare pour la nuit, monsieur Easton ?

Brody enlaça mes doigts et me tira vers la porte, répondant sans même se retourner :

– Je ne ressortirai peut-être jamais.

Mon souffle s'accéléra quand l'ascenseur arriva au dernier étage. Nous n'étions pas seuls dans la cabine, mais tout ce que je pouvais sentir ou entendre, c'était Brody. J'observais sa poitrine qui montait et descendait au gré de sa respiration dans le reflet de la porte argentée. Mon souffle s'accordait au sien. Il se tenait derrière moi, et je sentais son haleine contre ma nuque. Je ne faisais pas exprès de suivre le rythme de sa respiration ; cela se fit naturellement. Ce n'était pas le seul rythme sur lequel nous allions nous accorder, c'était certain. Une alchimie sexuelle intense et brute courait entre nous deux comme un torrent depuis notre première rencontre.

Le son du loquet se refermant derrière moi fit écho dans toute la suite. J'avançai dans la chambre sans me retourner. Brody était derrière moi. Il ne me touchait pas, mais je sentais sa présence toute proche. Il jeta ses clés sur la table. Mon corps était en feu, plein déjà de l'instant qui allait suivre.

La suite était plongée dans le noir, une absence de lumière qui semblait décupler mes sens. Brody m'attrapa les hanches par-derrière et m'attira à lui. Il plaça mes cheveux d'un côté et plongea son visage dans mon cou, passant doucement son nez le long de ma veine jugulaire. Je laissai échapper un léger gémissement et levai mes bras au-dessus de ma tête avant de les passer autour de son cou. L'idée de ce qui allait se produire me faisait trembler.

– Il y a tant de choses que j'aimerais te faire.

Brody parlait bas, d'une voix rauque, pleine d'un désir que je ressentais, moi aussi.

– Comme quoi ?

Il garda sa bouche près de mon oreille pendant que ses mains continuaient de caresser mon corps. Doucement, il fit courir ses doigts sur mes hanches, jusqu'à la ceinture, puis, remontant ses mains, il attrapa mes seins, les serrant fermement.

– J'ai envie de te sucer les seins. Très fort. Mordiller tes tétons jusqu'à ce que tu n'en puisses plus.

– Quoi d'autre ?

Toute ma timidité s'était envolée. J'étais comme folle.

– Puis, je vais te dévorer. Je veux que tu t'asseyes sur ma bouche, que tu contrôles la façon dont je te lèche, la force de ma langue.

– Oh mon Dieu !

– Et puis, quand tu seras bien mouillée, prête, que tu ruisselleras pour moi, que je sentirai que tu n'en peux plus, je vais tenir tes mains au-dessus de ta tête et te baiser. Je ne vais pas pouvoir y aller doucement la première fois. Ce sera pour demain matin, quand des flots de soleil se déverseront sur ton corps nu, que je pourrai voir les changements de ton visage à chaque coup de reins, entendre comment ton souffle change au moment où j'entre profondément en toi.

Les mains de Brody abandonnèrent mes seins et descendirent le long de mon corps. Il prit le lobe de mon oreille dans sa bouche et me tira à nouveau à lui. Je sentais son érection à travers son pantalon, poussant contre le bas de mon dos.

– Ce cul. J'en ai envie aussi. Peut-être pas ce soir. Mais bientôt. Je veux pénétrer la moindre parcelle de ce corps. Tout essayer avec toi. Posséder ton corps tout entier.

Je frottai mes fesses contre son sexe.

Il soupira.

– Le premier jour, dans le vestiaire, tu te souviens ? Après ton départ, j'ai bandé tout le reste de l'après-midi. Même la douche froide en compagnie de footballeurs velus n'a pas réussi à me calmer. Je suis rentré à la maison et je me suis branlé en pensant à ton beau visage.

Il me retourna, ma tête tournait de tout ce sang qui courait dans tout mon corps à vive allure. Il dévora ma bouche, m'embrassant comme jamais on ne m'avait embrassée. Dominateur mais sans puissance excessive. Posé mais désirant. Il avait pris le contrôle de mon corps. Nos langues se mélangeaient, nos corps se fondaient l'un dans l'autre. Il s'écarta un court instant, juste le temps de me retirer ma chemise.

Il baissa la tête, fit glisser mon soutien-gorge et engloutit mon téton dans sa bouche affamée. Je fermai les yeux tandis que sa langue s'enroulait, qu'il suçait comme un damné. Il passait d'un sein à l'autre, léchant et mordillant, me laissant pantelante.

Il passa sa main sous ma jupe et poussa un grognement de plaisir en découvrant que je ne portais pas de culotte.

– Putain… Tu l'as enlevée.

Il glissa un doigt en moi. J'étais humide, prête. Il glissa un deuxième doigt.

– Je voulais vraiment prendre mon temps pour une première fois avec toi, mais il faut que je te pénètre tout de suite. Je me rattraperai plus tard, c'est promis.

Il ne plaisantait pas. Une minute plus tard, j'entendis le son d'un emballage de préservatif se déchirer et je me retrouvai contre le mur.

– Dis-moi si tu veux bien que je te prenne contre le mur.

– C'est plus que d'accord.

Il leva ma jupe et me souleva.

– Passe tes jambes autour de moi.

Il me porta jusqu'au mur et m'y plaqua. Il se positionna et me souleva légèrement, m'empalant sur sa queue. Je m'accrochai à ses épaules, laissant échapper un gémissement quand il plongea en moi. Il resta un instant immobile.

– Ça va ?

– Très bien.

Il prit ma bouche et commença son va-et-vient en moi. Mon corps se referma sur lui comme un poing, et chacun de ses coups de reins me balançait en douceur, faisant monter le plaisir en moi. Jamais ça n'avait été aussi bon, particulièrement une première fois.

Après avoir vaincu mon corps tendu, il commença à bouger plus vite. Plus fort. Ses coups de reins devenaient plus profonds, plus puissants. D'une main, il m'attrapa les fesses. Son rythme s'accéléra, ses coups de reins devinrent des coups de boutoir, et nous commençâmes à gémir plus fort quand il se mit à bouger ses hanches, frottant la base de sa queue contre mon clitoris.

Je me laissai aller. Mes muscles étaient agités de spasmes.

– Brody.

Il augmenta sa cadence.

Alors qu'il me besognait sans relâche, je sentis mon corps rendre les armes, partant dans un orgasme total. Mon corps se relâcha. Brody accéléra encore pour quelques coups, puis poussa tout au fond de moi, jouissant à son tour.

De nombreuses heures et de nombreux orgasmes plus tard, j'avais ma tête posée sur le torse de Brody. J'écoutais battre son cœur. J'étais pleine d'un espoir nouveau et je m'endormis avec une étrange sensation de calme. Peut-être était-ce dû à la plus grandiose partie de jambes en l'air de ma vie, peut-être était-ce parce que je me sentais en sécurité, protégée par Brody dont les bras m'enserraient tendrement. Quel que fût ce sentiment, il n'allait pas durer.

13

Brody

J'arrivai assez tard chez Marlene. J'avais mis pratiquement deux heures pour m'arracher du lit une fois que Delilah était partie au travail. Je l'avais aussi un peu retardée, mais je n'avais pas pu résister quand je l'avais vue dans sa petite jupe noire. Elle était habillée de manière si décente, avec ses petits escarpins et ses cheveux attachés en chignon, que je n'avais qu'une envie : prendre cette belle bibliothécaire sur le bord du lit. Quand elle était partie, ses vêtements étaient un peu froissés, et ses cheveux, légèrement défaits, arborant le typique sourire de la fille qui vient de se faire baiser. Ça lui allait très bien.

J'allais largement payer ma nuit de cardio vigoureux le lendemain. Les entraînements de milieu de semaine étaient les plus durs. Après une nuit pareille et très peu de sommeil, j'étais sûr que j'allais déguster à l'entraînement. Mais je m'en foutais. Je ne m'étais pas senti comme ça depuis très longtemps. Quatre ans, pour être exact.

Grouper était en train de nettoyer le sol de la salle à manger quand je passai près de lui. Sans ballon à lui envoyer, il me fallut improviser. Le service était terminé, mais l'équipe était en train de jeter les restes ; aussi, j'attrapai deux petits cartons de lait et criai :

– Passe longue ! Allez, sinon tu vas devoir te taper des flaques de pisse de vache.

Grouper marmonna quelque chose, mais partit en courant de l'autre côté du réfectoire. J'envoyai les deux premiers cartons dans ses mains. Juste au moment où il s'apprêtait à attraper le troisième, Shannon m'appela, ce qui eut pour effet de distraire Grouper. Le troisième carton passa à travers ses mains ouvertes et le percuta à l'épaule juste avant de tomber par terre et d'exploser, mettant du lait partout.

– Tu lances comme une merde.

– Meilleur joueur du Super Bowl, vieux. Meilleur joueur du Super Bowl.

Le visage de Shannon m'indiqua clairement que mon après-midi n'allait pas être aussi agréable que ma matinée.

– Qu'est-ce qu'il y a, Shannon ?

– Elle est dans un mauvais jour, Brody.

Sa voix trembla ; elle était émue. Elle avança la main et me toucha le bras. Les infirmières de la maison de retraite de Marlene étaient incroyables. Elles en avaient tellement vu avec ces personnes âgées dont elles s'occupaient, qu'il leur en fallait beaucoup pour s'émouvoir.

– Physiquement ou moralement ?

Moralement. Des choses lui sont revenues à propos de Willow. Des choses dont elle ne s'était pas souvenue depuis bien longtemps.

Marlene était désemparée. Elle pleurait. Je m'assis à côté d'elle sur son lit et lui pris la main.

– Qu'est-ce qui ne va pas, Marlene ?

Je ne savais pas ce qui lui était revenu en mémoire exactement et je ne voulais pas rendre les choses encore pires qu'elles ne l'étaient.

– C'est Willow.

Au cours des quatre dernières années, j'avais appris à parler de Willow. Ça n'avait pas été facile au début, mais le temps avait adouci la douleur qui s'emparait de moi quand j'entendais son nom.

– Qu'est-ce qu'il y a, avec Willow ?

– Elle m'a appelée hier soir. Elle m'a dit qu'elle allait venir me voir la semaine prochaine, pour mon anniversaire. Et puis, la police est venue ce matin.

Je lançai un regard à Shannon, qui hocha la tête.

– Quelqu'un l'a effectivement appelée hier soir.

Elle prit le dossier de Marlene et en tourna les pages.

– L'infirmière de nuit l'a noté. On suppose que c'était un démarchage. Peut-être la personne s'appelait-elle Willow ?

Marlene commença à sangloter.

Shannon soupira.

– Elle est comme ça depuis une heure. Elle n'arrête pas de radoter en parlant de la police et d'un corps trouvé dans une rivière.

Ne plus penser à Willow pendant ma vie quotidienne était une chose, mais les souvenirs étaient toujours là, présents, enfouis. Nos souvenirs. Les bons souvenirs surpassaient en nombre les mauvais, même si les mauvais portaient une ombre noire sur les bons.

– Ça va aller, Marlene, ça va aller.

J'essayais de la rassurer comme je l'avais fait quatre ans plus tôt dans la salle d'attente de l'hôpital. C'était la même bataille intérieure que je subissais. Sauf que maintenant, la démence de Marlene n'était pas récente. Les jours où elle se rappelait les détails de la vie de sa petite-fille étaient devenus rares. Il y avait moins de raisons de lui dire toute la vérité aujourd'hui qu'à l'époque.

– Elle était si bleue, Brody. Si bleue.

La vision qui m'avait hanté chaque fois que je fermais les yeux pendant plus d'un an remonta à la surface d'un coup. Willow conduite sur une civière dans la salle des urgences. Le jour de la rivière, Willow était déjà chétive depuis longtemps. Ma Willow avait disparu depuis longtemps, remplacée par une junkie, à trois grammes d'héroïne par jour, disparaissant pendant des semaines. Lorsqu'elle nous rendait d'occasionnelles visites, elle ne venait que pour nous voler ce que nous refusions de lui donner.

Les pleurs de Marlene se perdirent dans un sanglot. Je la pris dans mes bras. Je n'avais aucune envie de rejouer cette nuit où ils avaient sorti Willow de l'East River. Si seulement les gens ne perdaient que leurs mauvais souvenirs…

– Ils pensent qu'elle ne va pas s'en sortir, Brody.

– Je sais. Ça va aller, Marlene, ça va aller.

Des petits bouts de nuit, de cette terrible nuit, continuèrent d'affluer pendant l'heure qui suivit.

– Vingt-six degrés… Son corps est à vingt-six degrés, Brody.

– Ils sont en train d'essayer de la réchauffer. Ils font tout ce qu'ils peuvent, Marlene.

Je laissai les choses suivre leur cours. Pas de raison d'empirer la situation. Comme je l'avais fait la dernière fois, je restai là, à la réconforter jusqu'à ce que ça passe. Je n'avais aucune raison de lui briser le cœur à nouveau en lui disant la vérité, de lui rappeler toutes ces choses horribles et l'obliger à revivre l'enfer qu'elle avait déjà vécu. D'autant qu'elle ne s'en souviendrait pas le lendemain.

Le sédatif que l'infirmière avait donné à Marlene finit par faire effet. Elle se calma avant de s'endormir.

– Vous pouvez me faire une injection à moi aussi, plaisantai-je auprès de Shannon quand elle vint nous voir.

– Vous avez un entraînement aujourd'hui, non ?

– Oui.

Elle sourit tristement.

– Alors, non. Mais si vous voulez parler avec le docteur Pallen, elle est justement en train de faire le tour des résidents. Je peux l'appeler et lui demander de venir discuter avec vous si vous le souhaitez ?

– Merci, Shannon, mais ça va aller. Ce que vous lui avez donné va la tenir endormie pendant combien de temps ?

– Elle sera dans les limbes probablement une grosse partie de la journée.

Elle posa sa main sur mon épaule, tandis que je regardais Marlene dormir.

– Ne vous inquiétez pas, Brody, nous la surveillons de près. Nous vous appellerons s'il se passe quoi que ce soit ou si elle se réveille encore dans le même état.

– Je ferai un saut après l'entraînement ce soir.

– Je préviendrai les infirmières de nuit pour qu'elles vous laissent entrer en dehors des heures de visites.

– Merci.

Dire que je m'étais fait démonter à l'entraînement relèverait du doux euphémisme. Entre la nuit blanche et ce qui tournait dans ma tête après la visite à Marlene, rien d'étonnant à ce que je me fasse secouer comme un putain de prunier. L'équipe avait même fini par me ménager, ce qui avait mis le coach hors de lui.

Après l'entraînement, mon genou était en feu et gonflé. À force de me faire plaquer à tout bout de champ, il s'était tordu dans tous les sens et me faisait souffrir le martyr. Le préparateur physique de l'équipe m'ordonna de me plonger quinze minutes dans le bain de glace. À croire que la plongée dans les souvenirs endurée pendant la matinée n'avait pas suffi. Il fallait à présent que je barbote dans de l'eau glacée, comme si l'on cherchait à me rappeler le corps de Willow frigorifié tiré des flots.

14

Delilah

Brody m'avait envoyé des messages tous les jours depuis la nuit passée ensemble. Et nous avions parlé au téléphone deux fois. J'avais grandi en ne voyant mon père que de temps en temps pendant la saison de football ; aussi, je comprenais parfaitement que Brody soit particulièrement occupé. Mais cela ne m'empêchait pas d'être déçue. Le sexe avec lui avait été tout bonnement spectaculaire. Cependant, c'étaient les heures passées avec lui qui m'avaient fait ressentir des choses que je n'avais pas ressenties depuis des années. *De l'espoir.* C'est ça que la nuit passée ensemble m'avait offert. J'avais pratiquement oublié ce que ça faisait. Comme je montais dans l'avion pour suivre le déplacement des Steel au Texas pour leur prochain match à l'extérieur, je me souvins de la raison pour laquelle j'avais laissé tomber la notion même d'espoir après Drew. Parce que voir ses espoirs écrabouillés, c'est atroce.

Je me dirigeai vers mon siège, au rang 26, au moment même où le commandant de bord nous demandait de nous installer rapidement. Nous avions eu l'autorisation de vol plus tôt que prévu et il ne voulait pas perdre sa place dans la queue des avions qui décollaient. Une tempête était annoncée pour les heures prochaines. *Super. Une putain de tempête. Pile ce que j'avais besoin d'entendre.* La circulation était si dense, ce matin, que je n'avais pas eu le temps de prendre un verre ou de m'enfiler un Xanax avant de monter dans l'avion. Le décollage allait être un vrai désastre.

Comme j'arrivais à ma rangée, Brody leva les yeux et croisa mon regard depuis son siège un peu plus loin. Je ne me sentais pas bien. Je souris et me pressai de ranger mon sac. Je vérifiais ma ceinture de sécurité pour la troisième fois quand la voix de Brody s'éleva :

– Connors ! lança-t-il au journaliste assis à côté de moi.

– Rangée 31.

Il fit un geste du pouce l'invitant à rejoindre le fond de l'avion. Le journaliste regarda Brody, puis me regarda, moi.

– On est sur le point de décoller.

– Exactement. C'est pour ça que tu as intérêt à te grouiller.

– Toutes mes affaires sont au-dessus de mon siège.

– Je te les apporterai une fois que nous serons en l'air. Il y a une bouteille de merlot et un siège vide à côté de moi.

Connors râla, mais fit malgré tout l'échange. Brody s'installa à mes côtés.

– J'imagine que tu n'avais pas remarqué le siège vide à côté du mien.

C'était bien le cas.

– J'étais concentrée sur le besoin de m'asseoir rapidement. Et surtout sur le fait que nous allons voler et qu'il va falloir attendre vingt minutes avant que mon Xanax fasse effet.

L'avion commença à rouler. Il avançait à l'allure d'un escargot, mais j'avais déjà les mains agrippées à mon siège.

Brody retira un à un mes doigts de l'accoudoir et les mêla aux siens.

– Je suis là.

– Quand on sera en chute libre à sept cents kilomètres-heure, tu seras là aussi ?

Brody ferma un instant les yeux. Je commençais à flipper complètement et je n'arrivais plus à me contrôler. Brody se retourna et s'adressa au journaliste derrière nous.

– Cinq rangées derrière. Siège 31A. Passe-moi cette bouteille de merlot.

Je m'envoyai un verre avant même le décollage. Mais ça n'aidait pas vraiment. Encore moins quand le commandant nous annonça que nous étions troisièmes dans la queue et que nous allions décoller dans cinq minutes.

– Tu sais, cette main, elle marche bien. Je gagne ma vie avec.

Brody regarda nos mains jointes. La mienne serrait de toutes ses forces, et mes ongles s'enfonçaient dans sa peau jusqu'à la percer.

– Désolée.

– Je plaisante. Serre autant que tu veux.

Il se pencha plus près.

– J'aime quand tes ongles s'enfoncent en moi. J'aime la manière dont ils m'arrachent la peau quand tu es tout près et que je ralentis.

– Vraiment ? Tu vas te lancer là-dedans alors que je suis au bord de la crise cardiaque ?

Il rigola.

– Il faut bien te distraire.

– Eh bien, pourquoi pas plutôt me parler du temps qu'il fait ? Ou de sport ? Savais-tu que le botteur des Eagles est le joueur qui a joué le plus de matchs d'affilée depuis 1971 ? Ou qu'il y a huit joueurs qui portent le nom de Smith dans le championnat, ce qui est un record…

Je racontais, délirais. Brody décida de me faire taire. Il posa sa bouche sur la mienne, m'embrassant de cette manière si particulière qui faisait trembler mes genoux. Agressive, mais contrôlée, comme s'il ne pouvait pas se rassasier de moi. J'étais complètement prise par ce baiser et ne remarquai même pas que nous avions décollé quand il m'en fit la remarque.

– Tu vois, un décollage, ça peut être génial si on se détend.

– Même pas drôle.

La façon dont il me regardait fit grandir en moi cet étrange sentiment d'inconfort que j'avais depuis quelques jours. Mais nous étions en pleine saison et j'étais sans doute la mieux placée pour savoir sur quoi il devait se concentrer en priorité. Nous discutâmes quelques minutes avant que mon Xanax commence à faire effet. Finalement, je posai ma tête sur son épaule et m'endormit. Au réveil, l'avion était sur le point d'atterrir.

– Il y a eu des moments où je me suis demandé si tu respirais encore.

Je me remis droit sur mon siège.

– J'étais vraiment dans les vapes.

– J'ai vu. J'ai essayé de te réveiller pour qu'on rejoigne le club de la « baise à trois mille mètres », mais tu n'as pas bougé. J'ai même enlevé ta culotte, mais tu étais aussi morte qu'un tronc d'arbre.

– Tu n'as pas fait ça ?

Il haussa les épaules et sourit, narquois. Puis, il se replongea dans son cahier, récapitulant les phases de jeu.

Je passai une main sur les plis de ma jupe et discrètement vérifiai que j'avais toujours ma culotte.

Sans lever la tête de son cahier, Brody lança :

– Je savais que tu vérifierais.

Deux bus nous attendaient à la descente de l'avion pour nous conduire à l'hôtel. Une fois là-bas, contrairement à d'habitude, on nous conduisit dans une salle de conférences, où une demi-douzaine d'employés de l'hôtel étaient là pour nous donner nos clés de chambre.

Évidemment, Brody n'eut pas besoin de donner son nom.

– Bonjour, monsieur Easton. Bienvenue à l'hôtel Sonetta. Mon nom est Gail. Si vous avez besoin de quoi que ce soit, mon numéro de téléphone et celui de mon manager se trouvent à l'arrière de cette carte de visite, et voici deux clés pour votre suite.

Elle griffonna quelque chose sur son bloc-notes et tendit un stylo à Brody pour qu'il signe.

– Merci.

Gail se tourna vers moi.

– Vous faites partie de l'équipe ou vous êtes un membre de la presse ?

– Elle est avec moi, répondit Brody.

L'employée hocha la tête et s'apprêtait à aller s'occuper des autres joueurs quand je pris la parole.

– J'ai aussi une chambre réservée. Il faudrait que je fasse le check-in.

Brody me regarda intensément. Puis, il s'adressa à Gail :

– Elle n'a pas besoin d'une chambre.

– Si. Absolument.

– Tu ne dors pas avec moi cette nuit ?

Gail avait l'air particulièrement gênée. Et moi aussi, je l'étais.

– Je n'ai pas dit ça. Mais si tu continues de m'embarrasser devant cette jeune femme, ça pourrait bien arriver.

Je me tournai vers Gail.

– Maddox, avec deux « d ».

Brody ne pipa mot jusqu'à ce que Gail ait fini de m'enregistrer. Puis, il tendit ses deux clés à Gail.

– Je voudrais faire mon check-out.

– Pardon ?

– J'aimerais faire mon check-out. Je n'ai pas besoin de chambre, je dors dans la sienne.

Il me fit un signe de la tête.

– Euh…

La pauvre Gail ne comprenait plus rien.

– Vous avez une suite, monsieur Easton. La chambre de mademoiselle Maddox est une chambre standard.

– Elle a un lit ?

– Évidemment.

– Alors, je voudrais rendre ma clé.

Ma chambre se trouvait au sixième étage. Gail n'avait pas menti : elle était tout ce qu'il y a de plus standard : un lit, un dressing, un petit frigo, une télé et une salle de bain. Brody rangea nos valises dans le placard pendant que je me rafraîchissais un peu. J'avais l'impression de me réveiller à peine d'une longue nuit de sommeil et pas d'une sieste provoquée par de la chimie. Quand je sortis de la salle de bain, je le trouvai couché en plein milieu du lit, mains derrière la tête.

– Tu ne voulais pas être avec moi ?

C'était la première fois que je voyais sa confiance en lui vaciller. Ça avait quelque chose de touchant. Je retroussai un peu ma jupe et montai sur le lit, enserrant ses hanches.

– Il faut que je donne mes factures toutes les semaines et je ne voulais pas qu'on me demande où était celle de cette semaine.

– Ils devraient s'en foutre, non ? Après tout, tu leur ferais économiser de l'argent ?

– Mon boss me fait un peu la vie. Il était contre ma promotion. C'est son boss à lui qui m'a choisie pour le job.

– Pourquoi ne voulait-il pas te donner ce boulot ?

– Parce que c'est un connard sexiste qui pense que les femmes n'ont rien à faire dans les vestiaires. Ça te parle, ça, non ?

– Je t'ai juste emmerdée parce que je t'ai immédiatement trouvée archi-sexy.

– J'essayais de faire mon boulot.

– Je sais. Je suis un connard égoïste. Je n'ai pas vraiment réfléchi à ça. J'ai juste voulu t'embêter et je me suis laissé emporter.

– Et Susan Metzinger ? Tu n'as pas arrêté de dire qu'elle n'avait rien à faire dans les vestiaires.

– Elle n'avait rien à y faire.

– Et pourquoi ? lançai-je depuis ma fibre féministe.

– Elle est venue dans le vestiaire et m'a foutu la main au paquet. Et je n'étais pas intéressé.

– Vraiment ?

– Oui. Gleason de WMBC a tout filmé. Il était en train d'interviewer Smith juste à côté.

Il fit une pause.

– Un des sept Smith.

– Et pourquoi tu n'as rien dit ? Elle t'a pourri dans tous les médias.

– Je devais me sentir mal de l'avoir rejetée.

– Donc, tu n'as vraiment rien contre les femmes dans les vestiaires ?

– Je n'aime pas que toi tu t'y trouves.

Il m'attira à lui.

– Pourquoi ?

– Parce que la seule queue que j'ai envie que tu voies, c'est la mienne.

– C'est curieusement gentil, ce que tu viens de dire.

– Je suis un mec curieusement gentil. Maintenant, tais-toi et embrasse-moi.

J'étais assise sur lui, mon torse contre le sien.

– Je suis au-dessus de toi, là. Tu m'as dit que ce ne serait peut-être pas ta position favorite avec moi.

– On va s'en assurer.

Brody avait une réunion avec l'équipe, et j'avais de mon côté un peu de travail. Quand il rentra, nous commandâmes un room-service pantagruélique et passâmes toute la soirée au lit. J'avais dormi dans l'avion et je n'étais pas fatiguée. Et comme Brody n'avait besoin que de quatre à six heures de sommeil, même lorsqu'il fournissait un effort dix fois plus grand que celui dont était capable un humain en pleine forme, il n'était pas fatigué.

Après quelques rounds d'exploration de nos corps respectifs, nous reprîmes notre jeu de questions-réponses pour mieux nous connaître. Je posais des questions normales, et Brody, des questions idiotes. Pendant un bon moment, les choses restèrent légères, et puis Brody, sans le savoir, me lança sur une partie de ma vie dont je n'avais jamais parlé.

Je traçais des petits huit sur son torse nu quand il me posa une nouvelle question incongrue :

– Si tu pouvais interviewer n'importe quelle personne qui a traversé ta vie, vivante ou morte, ce serait qui ?

Je ne réfléchis pas à la réponse, et sans doute aurais-je dû :

– Drew Martin.

Mes doigts arrêtèrent de dessiner. À la seconde où les mots eurent quitté ma bouche, je regrettais déjà de les avoir prononcés.

– Je connais ce nom…

– Il est passé pro un an après toi.

Brody me bougea doucement. Nous étions allongés sur le côté, tous les deux. J'aurais préféré garder ma tête sur sa poitrine, afin qu'il ne voie pas mon visage.

– Je devrais être jaloux ? dit-il, plaisantant à moitié.

– Non, je ne pense pas.

J'avalai ma salive. Les mots étaient toujours aussi difficiles à prononcer.

– Il est mort.

– C'était un membre de ta famille ?

Je hochai la tête négativement.

– Il a fait partie de ta vie ?

– Oui.

– Tu as envie d'en parler ?

– Pas vraiment.

Il me surprit en m'attirant à lui avant de m'embrasser sur le front.

– OK, on en parlera quand tu te sentiras prête.

15

Delilah

Les Steel avaient un match le dimanche et jouaient à nouveau le jeudi soir. Comme le temps de récupération entre les deux matchs allait être court, l'équipe repartait dimanche soir plutôt que d'attendre le lundi matin. Cela signifiait qu'il n'y aurait pas d'interview dans les vestiaires après le match, cette fois-ci. Les journalistes présents sur la touche pourraient essayer d'attraper un joueur qui quittait le terrain, mais l'accès à l'équipe était limité à des interviews-vestiaires après l'entraînement seulement.

Les journalistes étaient autorisés à partir de cinq heures. Je travaillai à l'hôtel, depuis mon ordinateur portable pendant toute la matinée, réussis à me traîner jusqu'à la salle de sport de l'hôtel pour un jogging sur tapis de quarante-cinq minutes et partis ensuite pour le stade, où les Steel devaient commencer à s'entraîner à partir de trois heures. Je m'installai dans les gradins et regardai les diverses parties de l'équipe effectuer des exercices.

Cela faisait bien longtemps que je ne m'étais pas assise sur le métal froid des gradins un jour d'automne frisquet juste pour assister à un entraînement. Une grande partie de ma vie s'était pourtant déroulée dans des gradins d'un stade de football. C'était un peu comme s'il y avait eu deux actes dans ma vie et que le rideau fût tombé sur l'acte un.

Pourtant, j'étais là à nouveau. Ça avait quelque chose d'irréel. Parler de Drew la nuit précédente et regarder l'équipe que mon père avait menée pendant tant d'années ; tout cela pesait lourd sur ma poitrine. Quand Drew et moi avions commencé à sortir ensemble, il jouait au foot anglais. Il n'avait jamais même essayé le foot américain. Je me souviens quand j'avais présenté Drew à mon père. Nous étions en seconde et il était terrorisé à l'idée de rencontrer le grand Tom Maddox.

Mon père lui avait dit de s'asseoir et avait passé deux heures à lui vendre l'intérêt de devenir botteur de précision au foot américain plutôt que joueur de foot anglais. Cet automne, Drew fut pris dans l'équipe de foot américain et devint rapidement le botteur titulaire.

Un long sifflement me tira de mes pensées. Brody avait passé un bon moment à discuter avec le coach Ryan pendant que les différentes unités s'entraînaient. Mais à présent, c'était à l'équipe offensive de se mettre en place. Les joueurs trottinèrent jusqu'au terrain, remplaçant l'équipe défensive dont les membres se mirent à courir autour du terrain. Je n'entendais rien, mais je regardai attentivement Brody prendre sa place au centre du terrain, donner des instructions, pointer diverses choses. Les autres joueurs suivaient les instructions, s'ajustant à ses demandes.

Il était exactement le même sur le terrain qu'en dehors : agressif, confiant, certain que tout tournait autour de lui et pleinement responsable. J'avais l'impression d'être une pom-pom girl et j'étais aussi un peu excitée de regarder Brody de si près à l'entraînement. Cette partie de ma vie m'avait manqué. J'aimais le jeu en lui-même. Mais voir quelqu'un pour qui j'avais des sentiments se mouvoir sur un terrain avait pour moi une saveur particulière. Les lancers, les bonds qu'ils effectuaient, la pureté des gestes, ces vingt-deux hommes rassemblés pour former un tout… Le foot avait quelque chose de naturellement beau.

Je n'avais, certes, jamais cessé d'être plus ou moins impliquée dans le football, mais cet après-midi passé sur les gradins réveilla quelque chose en moi. Je ne savais pas si c'était seulement mon amour pour ce sport ou l'espoir de pouvoir combiner l'amour du sport et celui d'un homme sur le terrain. L'ambiance dans les vestiaires après un entraînement était bien différente de celle d'après-match. Tout le monde était plus détendu, et même les coachs rigolaient. Nick était arrivé dans la matinée et m'avait rejoint au stade. Nous fîmes l'interview d'un jeune receveur qui allait jouer son premier match ce week-end. Puis, nous allâmes à la pêche à de plus gros poissons. Brody étant comme d'habitude entouré d'une quantité de journalistes, je cherchai un autre joueur en attendant qu'il soit libre.

Je décidai de me diriger vers un joueur également très entouré. Ce n'était pas sans raison. Colin Anderson s'apprêtait à jouer son premier match avec les Steel, et personne n'avait encore découvert la raison de sa querelle avec Brody quand ils étaient à la fac. Nick et moi attendîmes vingt bonnes minutes avant de pouvoir l'interroger. Du coin de l'œil, j'aperçus Brody qui nous observait, l'air de rien. Il me regarda, puis scruta longuement Colin. Il me regarda ensuite à nouveau jusqu'à ce que nos yeux se croisent.

Quand ce fut enfin notre tour, je me présentai comme je le faisais chaque fois.

– Bonjour, Colin, Delilah Maddox. Je suis…

– … avec Brody Easton.

Il me lança un sourire sournois, puis jeta un œil à Brody qui était en pleine interview. Les regards des deux hommes se croisèrent un instant, comme on croise le fer.

– En fait, je suis journaliste chez WMBC Sports News. Est-ce que je peux vous poser quelques questions pour notre reportage d'avant-match ?

– Tout ce que vous voudrez.

– Prêt, Nick ?

J'avais un mauvais pressentiment. J'avais envie que ça soit terminé avant même que ça commence.

Heureusement, Nick était un rapide, et nous étions prêts à tourner trente secondes plus tard.

– Bravo pour ce transfert, Colin. Vous êtes excité à l'idée de jouer votre premier match avec l'équipe dimanche ?

– Oui. Ça ne fait que quelques semaines que je suis là, mais je m'y sens bien. Je crois que j'ai trouvé une maison, avec les Steel.

Je crevais d'envie, bien entendu, de demander ce qui s'était passé à la fac avec Brody, mais je ne le fis pas. Quelque chose me disait qu'il avait envie d'en découdre avec Brody et je n'avais pas envie d'être l'étincelle qui met le feu aux poudres.

L'interview de Colin se déroula sans accroc. Colin était charmant et professionnel. Après l'entretien, Nick éteignit sa caméra, et je rangeai mon micro dans mon sac.

– Merci de nous avoir accordé du temps, Colin, et bonne chance pour le match de dimanche.

Il me prit par surprise et m'embrassa sur la joue.

– Tout le plaisir est pour moi.

Comme je repartais, il m'arrêta.

– Je suis dans la suite 801. Ça ne me dérange pas de partager si ça vous convient. Ce sera comme à la vieille époque avec Brody.

C'est quoi, ce bordel ?

– Viens, Delilah, me dit Nick. Le vestiaire reste autorisé encore dix minutes et il faut absolument que l'on mette Easton en boîte.

Mon esprit tourbillonnait tandis que nous attendions notre tour pour interviewer Brody. C'était ça, cette querelle ? Ils avaient partagé une fille à la fac ? Je n'étais pas naïve ; je savais que certaines filles auraient fait n'importe quoi pour sortir avec un joueur de football. Même s'il n'était pas encore professionnel. En fait, les groupies de footballeurs étaient encore plus nombreuses dans les facs qu'ailleurs. De jeunes corps aux hormones en folie et la starification venue avec les retransmissions télévisées des matchs universitaires. L'assurance de Brody avec les femmes ne venait certainement pas d'avoir passé des heures dans sa chambre à étudier. Je savais que les joueurs avaient toujours de nombreuses opportunités. Et je savais qu'il était joueur. Je n'avais pas vraiment besoin de cette piqûre de rappel en pleine figure concernant l'homme avec qui je couchais, un homme dont j'étais en train de tomber amoureuse. J'étais soulagée d'avoir à attendre un peu avant d'interroger Brody. Cela me donna le temps de me calmer et de me rappeler que ce qui se passait dans les vestiaires concernait ma carrière et pas ma vie privée. Je devais me comporter en professionnelle. Quand ce fut notre tour d'interviewer Brody, je fis bonne figure.

– Beaucoup d'interviews aujourd'hui pour vous, je vais faire court.

– Qu'est-ce qu'il t'a dit ?

– Qui ?

Je savais diablement de qui il parlait.

– Anderson.

– Il a répondu à mes questions.

– Et après qu'il t'a embrassée ? Qu'est-ce qu'il t'a murmuré à l'oreille, bordel ?

J'espérais qu'il n'avait pas vu…

– Rien. Ce n'était rien.

– Delilah, grogna-t-il.

– On peut en parler plus tard ? Je préférerais que nous ayons cette conversation en privé.

Brody se tourna vers Nick et le regarda. Nick était en train de préparer la caméra, mais il comprit tout de suite.

– Vous voulez que je vous laisse quelques minutes ?

Je dis non exactement au moment où Brody disait oui. Le pauvre Nick avait l'air déchiré.

– Laissez-nous une minute, Nick, s'il vous plaît.

Brody avait demandé poliment, mais son ton ne souffrait aucune contradiction.

Nick s'écarta.

– Qu'est-ce qu'il a dit, Delilah ?

– C'est sans importance.

– Ça en a pour moi. Est-ce qu'il t'a draguée ? Je peux survivre à ça si c'est ça qui te fait peur. J'aurai une discussion avec lui une autre fois, mais je ne vais pas faire une scène si c'est seulement ça.

Je regardai Brody dans les yeux. Il était sincère.

– Oui. Il flirtait. Il m'a dit qu'il était d'accord pour partager. Que partager avec toi serait juste comme à la vieille époque de la fac.

Je m'attendais à ce que Brody se mette en colère. J'espérais aussi qu'il tiendrait sa promesse de ne pas faire d'esclandre. Merde, j'avais tort. En une seconde, il fut sur Colin et le plaqua contre son vestiaire. Les journalistes criaient, les joueurs sautaient par-dessus les bancs pour séparer les deux hommes, et les coachs bousculaient tout le monde pour s'approcher de leurs deux stars. Brody envoya un coup de poing, quelqu'un attrapa Colin et le tira vers la droite, et le poing de Brody termina sa course dans la porte de son vestiaire, enfonçant le métal. Les deux hommes cherchaient à se battre, mais tant de gens s'étaient interposés qu'ils ne pouvaient s'atteindre et qu'aucun coup ne fut échangé. Quand les deux hommes furent enfin séparés, le coach Ryan émit un long sifflement pour attirer l'attention de tous et demanda à tout le monde ne faisant pas partie de l'équipe d'évacuer le vestiaire. Les journalistes furent rassemblés comme du bétail et conduits vers la sortie.

– C'est quoi, ce bordel entre eux ? me demanda Nick quand nous fûmes sortis.

Je n'en avais aucune idée, mais j'étais bien décidée à le découvrir.

16

Delilah

Il était un peu plus de minuit quand la porte de la chambre de l'hôtel s'ouvrit dans un grincement. Comme Brody n'était pas rentré, j'avais supposé qu'il ne dormirait pas avec moi cette nuit-là. Et ça m'allait parfaitement. Après la façon dont il avait réagi, je ne tenais pas spécialement à me retrouver dans la même pièce que lui.

Clairement, les deux hommes avaient un passif. Mais Brody n'allait pas être le seul à pâtir des événements de la journée. La façon dont il s'était comporté validait complètement la théorie de mecs comme monsieur Couilles, qui affirmaient que les femmes n'ont rien à faire dans des vestiaires de foot. Sans compter que je n'avais vraiment aucun besoin de voir ma vie personnelle étalée au grand jour. Mon job était de raconter des histoires, pas d'en faire partie. Cependant, incapable de m'endormir, me demandant s'il allait bien, j'avais passé un temps infini à me retourner dans le lit.

La chambre était plongée dans le noir total. Je me dis qu'il valait mieux que je fasse semblant de dormir. La nuit porte conseil. Il ne sort généralement rien de bon d'une engueulade au milieu de la nuit.

Brody n'alluma aucune lumière. Il resta de l'autre côté de la chambre et se déshabilla. Je l'entendis poser ses affaires sur une chaise. Puis, il se dirigea vers la salle de bain et n'en alluma la lumière qu'une fois la porte fermée. Quelques minutes plus tard, il se glissa dans les draps à mes côtés. Mes yeux étaient fermés, mais je sentais bien qu'il me regardait.

– Elle s'appelait Willow.

C'était à peine un murmure. Il y avait tant de tristesse dans sa voix que j'oubliai immédiatement que j'étais fâchée contre lui.

Malgré l'obscurité, je pus voir ses yeux. Ils étaient si pleins d'angoisse que cela me serra la poitrine. Je posai ma main sur sa joue et il ferma les yeux pendant un instant. Il les rouvrit et continua :

– J'avais treize ans quand elle est venue s'installer dans la maison à côté de chez moi. Elle avait emménagé chez sa grand-mère avec sa mère. Elle était sublime. Et sauvage. Je n'étais pas un saint, loin de là, mais Willow… Elle avait une fêlure en elle.

Il fit une longue pause. J'avais envie de dire quelque chose, mais je ne trouvais pas les mots. Je ne savais pas où allait son histoire, mais je sentais qu'elle se terminait mal. J'attendis qu'il soit prêt pour la suite.

– Sa mère était une junkie. Elle n'est pas restée dans les parages très longtemps. Elle disparaissait pendant des mois d'affilée et revenait de temps en temps, juste pour voler de l'argent à sa mère et foutre Willow en l'air.

– Je suis désolée.

– Nous faisions les bêtises normales des ados turbulents, comme sauter dans la piscine commune au milieu de la nuit, nous prenions le train pour aller jusqu'à Harlem River, là où le cours de la rivière rencontre la Spuyten Duyvil Creek, ou alors nous piquions une bouteille d'alcool à la grand-mère de Willow et prenions le métro en nous passant la bouteille planquée dans un sac en papier kraft. Des conneries d'ados. Mais Willow poussait toujours pour en faire plus. Et ça empirait chaque fois que sa mère se pointait. Nous vivions dans deux immeubles juste à côté, à Brooklyn. Proches, mais pas mitoyens. Il devait y avoir quelque chose comme un mètre ou un mètre cinquante entre les deux toits de nos immeubles. Quand sa mère réapparaissait, Willow venait chez moi en sautant d'un toit à l'autre. Elle sautait sans même penser aux dix mètres de hauteur et à la chute possible contre le béton du trottoir. Petit à petit, de sauvage, elle est devenue dangereuse.

Un trou se créait peu à peu dans le creux de mon estomac en l'entendant parler de Willow. Pour plusieurs raisons. D'abord, j'avais rencontré Drew à peu près à l'âge où il avait rencontré Willow. Je savais comment mon histoire s'était terminée et je savais que le chemin que prenait son histoire n'allait pas être joli non plus.

– Je pourrais passer des heures à te raconter toutes les merdes qu'on a traversées ensemble au cours des années. Mais je vais passer directement aux clés de ce qui s'est passé aujourd'hui, pour que tu comprennes bien pourquoi j'ai perdu mon sang-froid.

– OK.

– Quand nous étions en terminale, Willow s'est mise à suivre les traces de sa mère. Elle a découvert la drogue et est passée très vite de l'expérience au besoin d'être défoncée tous les jours.

Brody laissa échapper un rire triste.

– Tu aurais dû voir ça, à deux heures du matin, dans le métro avec une fille dix-huit ans que tu viens de sortir d'une maison à crack et une vieille femme de soixante-dix ans en peignoir et en bigoudis. Certains soirs, il fallait que je charge Willow sur mon dos parce qu'elle ne pouvait plus marcher. Et la pauvre Marlene était toujours là, à mes côtés.

Brody fit une nouvelle pause. Ses mots me frappèrent en plein cœur.

– Je la détestais tellement… Mais je ne pouvais pas m'arrêter de l'aimer.

Je pris sa main et la serrai.

– J'étais pris dans les meilleures universités du pays, mais je voulais rester dans les parages. Donc, j'avais restreint à Syracuse et l'Université de Géorgie. Mon père me poussait à intégrer les Bulldogs de l'Université de Géorgie, et nous savions tous pourquoi, même si nous n'en parlions pas du tout. Quand Willow a disparu pendant six semaines juste au moment où il m'a fallu faire un choix, j'ai été si en colère que je me suis engagé avec l'Université de Géorgie. Quand je suis parti, je suis resté en contact avec Marlene et je prenais régulièrement des nouvelles de Willow, mais j'ai commencé à passer à autre chose.

– C'est compréhensible. Tu en avais déjà fait tellement…

– L'été entre ma première et deuxième année, je suis rentré à la maison. Marlene avait fait une crise cardiaque légère, et ça semblait avoir un peu réveillé Willow. Elle ne se droguait plus et travaillait même à temps partiel dans un magasin de musique qu'elle aimait beaucoup. Nous avons passé pas mal de temps ensemble, et je n'avais aucune envie de retourner à la fac quand le mois d'août s'est terminé. J'avais l'impression d'avoir retrouvé la fille dont j'étais tombé amoureux et j'avais peur qu'elle disparaisse à nouveau une fois que je serais parti. Marlene avait compris que je n'avais pas envie de retourner à la fac ; aussi, elle décida qu'elle et Willow viendraient voir mon premier match de la saison. De cette façon, j'allais la revoir à peine trois semaines après mon départ.

Brody fit une nouvelle pause.

– Je te promets que j'en arrive bientôt au fait.

– Prends ton temps, il n'y a aucune urgence.

– Deux jours après mon retour à la fac, alors que j'avais repris l'entraînement, Willow a arrêté de répondre au téléphone. Ce n'était jamais un bon signe. J'en ai parlé à Marlene, qui m'a dit que Willow n'était pas rentrée du week-end. On s'entraînait six heures par jour, les recruteurs de la Ligue nationale professionnelle venaient en repérage aux entraînements, et moi, tout ce à quoi je pensais, c'était rentrer à la maison. Mais je ne pouvais pas. Finalement, elle a refait surface, principalement parce qu'elle était à court d'argent. Et pendant les trois semaines qui ont suivi, elle a profité des faiblesses de sa grand-mère. Je ne m'attendais pas tellement à la voir débarquer à mon premier match. Pourtant, Marlene avait réussi à la mettre dans un avion. Elle voulait bien faire. Elle pensait que l'éloigner de ses dealers et la rapprocher de moi lui ferait du bien. Mais trouver de la drogue sur un campus universitaire est bien plus facile que ce qu'on croit. Après le match, Willow a disparu, et Marlene et moi avons passé toute une semaine à la chercher, mais les drogués que j'ai interrogés avaient bien plus peur de perdre leur dealer que de se faire casser la gueule. Les gens qui n'ont rien sont difficiles à retrouver.

J'avais peur de lui demander comment les choses avaient finalement tourné, mais comme nous n'avions pas encore abordé la question Colin, je savais que le pire était encore à venir.

– Je ne sais pas quoi dire.

– Il n'y a rien à dire. C'est à moi de parler. Je te dois une explication et des excuses. Si tu veux bien, quand j'aurai terminé mon explication, je te ferai de longues et multiples excuses.

Même en plein milieu d'une douloureuse explication, Brody restait Brody. Cela me fit sourire. C'était la première fois depuis les gradins dans l'après-midi.

– Bon, terminons-en avec l'histoire pour passer rapidement aux excuses ! lui lançai-je.

Nous avions besoin à ce moment précis d'un peu de légèreté.

– Colin était en première année à l'Université de Géorgie. Nous nous sommes rencontrés dans les premiers jours d'août, et il ne m'a pas plu d'emblée. Il était plein de frustration et il parlait sans cesse des femmes comme si elles n'étaient rien d'autre que des objets sexuels. Sans compter qu'il était très colérique et s'emportait facilement. Le type est resté un connard.

Brody s'apprêtait à parler de l'histoire avec Colin ; c'est alors que le ton de sa voix changea.

– Un soir, avec d'autres gars de ma fraternité, je me suis traîné à une soirée. C'était en dehors du campus et je n'étais vraiment pas d'humeur. Quand on est arrivés, ça ne ressemblait en rien aux fêtes habituelles avec les gobelets en plastique et le mauvais punch. L'endroit était un trou à rats, rempli de gens sordides fumant de la merde dans une pipe en verre qui sentait le plastique brûlé. Colin était déjà là avec quelques autres nouveaux de l'équipe. Il était encore en train de se vanter à propos d'une fille avec laquelle il allait baiser. Elle était en train de se défoncer avec un copain à lui, et il savait qu'après elle serait prête pour lui. La soirée allait être bonne, selon lui. La façon dont il parlait de cette femme me rendait malade. Je lui ai dit que, si elle était trop défoncée pour comprendre ce qui lui arrivait, ça allait juste être un putain de viol.

– Pour que tu réagisses comme ça aujourd'hui, je me doutais qu'il s'agissait de quelque chose de vraiment grave.

– Tu n'as encore rien vu…

Les choses allaient devenir bien plus sordides. Ma première supposition, qui était que les deux garçons s'étaient engueulés à propos d'une quelconque pom-pom girl, semblait très loin de la vérité, à présent.

– C'était moi qui avais conduit jusqu'à la soirée, et certains copains avaient envie de rester un peu. Du coup, j'ai dû rester moi aussi plus longtemps que ce que je voulais. De plus en plus de gens arrivaient à la soirée, et je n'aimais pas du tout leur allure. J'avais vraiment envie de me casser avant que les flics ne débarquent. Finalement, j'ai dit aux gars que je passais aux toilettes et qu'après je me cassais. Soit ils rentraient avec moi, soit ils trouvaient quelqu'un d'autre pour les conduire. Comme il y avait des gens absolument partout, au début, je ne me suis pas méfié des deux gars qui attendaient devant une porte juste à côté des toilettes. Pendant que j'attendais mon tour, j'ai demandé ce qu'ils faisaient et un des gars m'a dit qu'un copain à eux était à l'intérieur avec une meuf défoncée au crack super bonne.

– Non…

– Je ne sais pas pourquoi, mais même là, je n'ai pas percuté. Je suis entré aux toilettes et, quand je suis sorti, les deux types étaient toujours là. J'étais en train de descendre l'escalier quand j'ai entendu l'un des deux dire : « Comment elle s'appelle, déjà, la gonzesse que Colin a chopée là-dedans ? » L'autre connard a répondu : « Je sais plus. Rose, Violette, Meadow ? Un nom de fleur ou d'arbre à la con. »

Je posai ma main sur ma poitrine.

– Oh mon Dieu !

– Je t'épargne les détails, mais Willow n'était absolument pas en état de faire le choix de coucher avec qui que ce soit. Elle pouvait à peine parler. Il a fallu que je la porte sur mes épaules pour la sortir de là.

– C'est un viol.

– Presque, si tu veux mon avis. Heureusement, ce n'est pas allé si loin. Colin a raconté qu'ils déconnaient tous les deux et puis qu'il a réalisé qu'elle était trop dans les vapes et donc qu'il a voulu l'aider. Sauf qu'il avait son pantalon aux chevilles…

– Est-ce qu'il a été puni pour ça ?

– Non. Si ce n'est que je lui ai cassé le nez. Je suis allé voir la police. Mais c'était ma parole contre la sienne. Willow ne se souvenait de rien et avait de toute façon disparu avant que les flics ne finissent leur enquête. Du coup, tout ça a été classé. Et il a fallu que j'envoie la balle à ce connard pendant encore deux ans. J'espérais être enfin débarrassé de lui quand les Steel l'ont acheté à la mi-saison.

– Ensuite, il m'a utilisée pour t'emmerder en faisant ce commentaire déplacé sur le partage.

– Je suis désolé qu'il t'ait impliquée.

– Ce n'est pas ta faute.

– Peut-être. Mais je suis désolé de la façon dont j'ai agi.

– Tu vas être suspendu ?

– Je ne le saurai que demain. Je vais avoir une amende, ça, c'est certain, mais j'espère que ce sera tout. Le coach était calmé quand je suis parti.

– Tu es allé où après lui avoir parlé ?

– J'avais besoin de m'aérer un peu la tête. Me remettre un peu en ordre de marche avant de rentrer. Je ne veux pas que mon passé s'invite dans mon avenir.

– J'apprécie. Vraiment.

– Tu me pardonnes ?

J'avais envie d'en savoir tellement plus. Au moins savoir ce qu'était devenue Willow. Est-ce qu'elle faisait encore partie de sa vie ? Mais en regardant Brody dans les yeux, je compris qu'il était déjà très éprouvé. Il avait besoin d'une pause.

– Je ne te pardonne pas encore.

– Non ?

– Peut-être une fois que tu m'auras fait les multiples excuses que tu m'as promises.

Il attrapa mes fesses.

– Il n'y a rien que j'aimerais plus, là, tout de suite, que de m'excuser en te baisant.

Le sort de Willow pouvait bien attendre le lendemain.

17

Delilah

Nous dormîmes jusque tard le lendemain matin, ayant passé la nuit, jusqu'aux premiers rayons du soleil sur ces excuses. Je laissai l'eau chaude couler sur mes muscles endoloris, puis m'adossai au mur de la douche. Je fermai les yeux et repensai à la nuit précédente. Je ne savais pas si c'était dû aux émotions qui m'avaient parcourue pendant que Brody parlait ou pas, mais le sexe avait eu une saveur particulière, plus intime. Nous avions bien plus fait l'amour que couché ensemble. Cette pensée me serra le cœur. La dernière personne avec qui j'avais ressenti ça, c'était Drew. Je savais que c'était parfaitement ridicule, mais une partie de moi se sentait coupable d'avoir des sentiments qui grandissaient en moi. La nuit précédente, Brody m'avait dit qu'il souhaitait laisser son passé derrière lui. C'était aussi mon cas. Mais pour cela, il allait me falloir lui avouer qu'une partie de mon cœur appartiendrait pour toujours à un autre homme.

J'étais en route pour mon rendez-vous de onze heures pour interviewer un coach assistant des Texas Lions quand je reçus un appel me demandant si je pouvais repousser le rendez-vous à deux heures. Brody avait déjà quitté l'hôtel pour se rendre à l'entraînement, alors, ne pouvant me résoudre à retourner dans une chambre d'hôtel vide, je m'arrêtai pour prendre un café, dont j'avais d'ailleurs grand besoin. Le Starbucks sentait la citrouille et l'automne, ce qui me sembla un peu étrange étant donné qu'il faisait plus de vingt-cinq degrés dehors.

– Je vais prendre un *latte* citrouille épicé. Je voulais juste un bon vieux café, mais l'odeur m'a conquise.

La minuscule serveuse me répondit à la vitesse d'une mitraillette.

– M'en parlez pas, j'en ai déjà bu trois ce matin. Je suis sur les nerfs.

Vu la façon dont tu parles, je l'aurais deviné...

– Quel est votre nom ? dit-elle en pointant son stylo sur un gobelet.

– Delilah

– C'est un joli prénom.

Mes yeux s'arrêtèrent sur son badge : PUMA.

Elle s'en aperçut.

– Oui, c'est mon vrai prénom. Mes parents étaient hippies.

Je pris un air sincère.

– C'est joli. Assez unique.

– Au moins, ils m'ont donné un deuxième prénom assez cool : Ophelia. Ça sonne un peu comme Delilah. Et mon nom de femme mariée est sympa et simple : Oar.

Je souris et avançai jusqu'à l'autre bout du comptoir, où Poo était en train de préparer mon *latte*.

Je m'installai sur un énorme fauteuil en cuir pour siroter ma boisson. J'ouvris mon MacBook pour me tenir un peu au courant des nouvelles du jour. Je me brûlai la langue avec le pseudo-café bien trop chaud.

Je me connectai alors au *newsfeed* de WMBC. Un temps d'arrêt. Là, sur la première page d'un article d'Associated Press, une photo de Brody et moi sortant de l'ascenseur l'autre jour. La photo était prise depuis un angle, mais on pouvait clairement voir sa main posée sur mes fesses.

Puis, je lus le titre : *Le trio amoureux d'une journaliste de WMBC*. En dessous, il y avait des photos de la bagarre dans les vestiaires. L'une d'elles montrait Colin plaqué contre son vestiaire, avec l'avant-bras de Brody contre sa gorge. Le visage de Colin arborait le même sourire narquois que lorsqu'il avait nargué Brody.

Merde. Qui allait me prendre au sérieux, après ça ?

Mon téléphone vibra : le bureau. Je pris une profonde respiration et répondis :

– Delilah Maddox.

– Tu portais une culotte ou pas ? J'ai fait une capture d'écran et agrandi la photo… Je ne vois aucune marque de culotte.

Indie. Dieu merci. Je respirai.

– Je suis la risée du bureau ?

– Aucune idée. J'ai fermé la porte de mon bureau aussitôt que j'ai vu la photo apparaître dans le *newsfeed*. Il se peut que j'aie passé quelques minutes à reluquer le torse de Brody avant de voir ce qui se passait à la hauteur de ton joli derrière.

– Tu devrais être mes yeux et mes oreilles au bureau.

– Après la photo que je viens de voir, je crois que je préférerais être tes seins et ton cul.

Je racontai à Indie ce qui s'était passé, gardant pour moi les détails de la querelle entre Colin et Brody. Je ne voulais pas trahir la confiance de Brody. Ce qu'il m'avait dit, il l'avait raconté à la femme avec laquelle il sortait, pas à la journaliste cherchant une histoire à raconter. Je me contentai de dire à Indie que les deux hommes avaient un « passé commun ».

– Il rentre ou il t'attend ?

– Nous sommes censés rentrer ensemble avec l'équipe après le match.

– Je pensais qu'il ne serait pas autorisé à rentrer avec l'équipe.

– Et pourquoi pas ?

– J'en sais rien. L'article dit que les joueurs suspendus ne sont pas autorisés à être en contact avec les autres membres de l'équipe, ni même à assister au match. Du coup, j'ai imaginé qu'il prendrait un autre vol.

– Brody ne pense pas être suspendu. Il m'a dit qu'il écoperait probablement d'une amende.

– Euh… J'imagine que tu n'es pas allée plus loin dans l'article que la photo de tes fesses. Brody a été suspendu. C'est sorti il y a une heure.

Je raccrochai rapidement et lus le reste du *newsfeed* jusqu'à ce que je tombe sur un autre article, celui auquel Indie faisait référence. *Easton renvoyé à l'est.* L'article expliquait que Brody avait été suspendu et qu'il avait reçu une amende pour violation du code de conduite de l'équipe. Colin Anderson, de son côté, avait juste eu droit à une amende.

Merde.

Et remerde.

Brody allait être ravagé par la nouvelle de sa suspension. Et je n'avais même pas été foutue d'apporter le scoop à mon employeur alors que j'étais impliquée dans l'histoire.

J'avais essayé de joindre Brody par téléphone et par texto tout l'après-midi. Aussitôt mon interview terminée, je m'étais précipitée à l'hôtel.

– Hé ! Qu'est-ce que tu fous ?

Brody était assis sur une chaise dans la chambre, un verre à la main, rempli d'un liquide clair.

– Je prouve que tout le monde a raison sur moi.

Il avala d'un coup le fond de son verre.

Je m'assis sur le bord du lit.

– Je suis désolée. J'ai entendu. J'ai essayé de te joindre tout l'après-midi, mais ton téléphone doit être éteint.

– Il l'est. Pour toujours.

Il tourna les yeux vers son téléphone, posé sur la table à côté de lui. L'écran était explosé. Pas besoin de demander comment c'était arrivé.

– Tu ne peux pas faire appel de la décision ?

– Je n'ai aucune intention de faire appel.

– Pourquoi ? Surtout avec Colin qui s'en tire si bien.

– Parce que ça va me ramener à certaines choses. Je n'ai vraiment pas besoin de ça.

– Je ne comprends pas.

– Après mon incorporation dans la ligue professionnelle, j'ai commencé à avancer, à faire ma vie. Et puis Willow a réapparu. J'ai perdu tout sens commun. J'ai eu un accident de voiture un soir, parce que je fonçais dans la nuit pour la retrouver alors qu'elle était défoncée quelque part. J'ai commencé à rater des entraînements, des séances de musculation, et je n'arrivais plus à me concentrer sur les matchs. Mes performances ont commencé à piquer du nez, et le coach m'a mis sur le banc, histoire de me donner une leçon. Aspiré à nouveau par la vue de Willow, j'ai fini par perdre ma place au sein de l'équipe.

– Je comprends.

– Vraiment ?

– Oui. Après la mort de Drew, je n'arrivais pas à reprendre ma vie. Mes notes étaient en chute libre. J'ai arrêté d'aller en cours. Finalement, j'ai dû prendre un semestre sabbatique. Et puis, petit à petit, c'est devenu plus facile, mais il me suffisait d'un vague souvenir pour retomber.

– J'avais compris qu'il était important pour toi.

– Nous nous sommes fiancés juste après le lycée, mais nous voulions attendre qu'il soit drafté dans une équipe professionnelle avant de nous marier. Un samedi, il conduisait son quad et il a percuté quelque chose. Le quad s'est retourné et il s'est brisé le cou. Il est mort sur le coup.

Brody poussa un long soupir et me tendit la main.

– Viens ici.

J'allai m'asseoir sur ses genoux.

– Tu es putain d'incroyable, tu sais ça ?

– C'est l'alcool qui parle ou c'est toi ?

– Tu as dit « alcool » et j'ai entendu « le cul ». J'ai un vol retour pour New York ce soir. Mais là, je bande et j'ai besoin d'un petit quelque chose avant de partir.

– Tu te rends compte qu'en moins de cinq minutes tu es passé de l'état de dépressif à celui d'obsédé sexuel ?

– Je te l'ai dit : j'essaie d'avancer.

Il commença à déboutonner mon chemisier.

– Ton vol est à quelle heure ?

– Environ une heure après que je t'aurai baisée deux fois.

18

Brody

Même pendant l'intersaison, je me débrouillais toujours pour aller voir Marlene les mardis. Les équipes du dimanche de Broadhollow Manor ne m'avaient jamais vu avant. Je signai à la réception et me présentai.

– Nous avons parlé quelques fois au téléphone cette semaine. Je m'appelle Karen. Je fais les nuits pendant la semaine et les dimanches. Je suis ravie de vous rencontrer, monsieur Easton.

– Brody.

– Brody.

– Comment va-t-elle aujourd'hui ?

– Toujours pareil. Je ne sais pas ce qui l'a mise dans cet état la semaine dernière, mais à présent, c'est oublié. Elle est à nouveau elle-même.

– Vous voulez dire qu'elle conseille aux infirmières de porter moins de rouge à lèvres pour que les gens s'intéressent plus à leur silhouette qu'à leur visage ?

Karen rigola en mettant la main devant sa bouche.

– Je l'ai entendue, celle-là. Elle est vraiment drôle.

– … dit la jeune femme qui pourrait retirer entièrement son rouge à lèvres.

L'infirmière rougit.

– Est-elle dans sa chambre ?

– Je pense qu'elle est encore dans la salle commune. Un membre de l'équipe était en train de jouer aux dames avec elle tout à l'heure quand je suis passée.

Je ne m'attendais pas à ce que le membre de l'équipe soit Grouper. Il ne portait pas son uniforme habituel, mais une chemise à carreaux avec un gilet par-dessus.

– Allons bon, qu'est-ce que tu fais là ? Tu n'es pas en train de draguer ma nana, n'est-ce pas ?

Grouper me fit un signe de la main et marmonna quelque chose.

– C'est dimanche, dit Marlene. On joue aux dames et on regarde la télé. Mais il n'y a pas de foot aujourd'hui.

– Comme j'étais dans les parages, j'ai fait un crochet par ici pour voir si tout allait bien.

Grouper essayait de me faire croire que sa visite était impromptue.

– Il met la télévision toutes les semaines avant qu'on ne commence à jouer. Je n'aime pas tellement le football, mais comme nous jouons aux dames, je ne dis rien.

– Allons bon. Ce vieux brigand vient même quand il est de repos, hein ?

– Ce n'est pas gentil. Ce n'est pas un brigand. Il est juste un peu vieux et bouge lentement. Et il est un peu dur d'oreille aussi.

Je souris à Grouper. La seule chose qui me plaisait dans l'idée de devenir vieux était d'avoir le droit de dire ce que je pensais et que ça ne choque personne.

Grouper me lança un regard mauvais.

– C'est drôlement calme, ce dimanche, sans match à regarder.

Je me doutais bien qu'il allait m'emmerder avec ma suspension.

– Je ne suis pas très content moi non plus qu'il n'y ait pas de match aujourd'hui.

– Il y a de quoi ! Tu gâches ton talent.

Une heure plus tard, j'étais assis face à Marlene, et Grouper nous regardait jouer aux dames. Cinq minutes après le début de la partie, la moitié de ses pions était devenue des dames et elle m'avait pris la moitié des miens. Elle me fit un double saut que je n'avais pas vu venir.

– Mais t'es vraiment un requin !

Grouper ricana.

– Tu pensais que je la laissais gagner ?

– En fait, je n'imaginais pas que tu étais capable de la battre. C'est pour ça que je me suis immiscé. Histoire de donner un peu de fil à retordre à Marlene.

En réalité, je pensais vraiment que Grouper la laissait gagner.

– La seule qui ait jamais réussi à me mettre en difficulté, c'est ma Willow.

Marlene arriva à ma base avec un nouveau pion.

– Dame.

Grouper et moi nous regardâmes. Nous attendions en silence ce qui allait suivre. La dernière fois qu'elle avait pensé à Willow, ça ne s'était pas bien passé.

– Ne me charge pas trop, Marlene, ou alors la prochaine fois que tu voudras un sandwich de chez Heidelman, il ne faudra pas compter sur moi.

Marlene ignora mon commentaire.

– Dis à Willow d'apporter le damier en bois qui se trouve dans le dernier tiroir du meuble de rangement chinois dans la salle à manger.

Je fus estomaqué de voir qu'elle était capable de se souvenir de l'endroit où le damier était rangé, mais pas qu'elle n'avait pas vu son unique petite-fille depuis trois ans.

– M'en occuperai.

– Elle m'a dit qu'elle était très occupée, mais qu'elle viendrait me voir pour mon anniversaire.

– Ah oui…

– Et dis-lui de s'arrêter chez Zen Garden en venant. Ils font la meilleure soupe won-ton de la ville.

Grouper se mêla à la conversation.

– Vous savez que le sel n'est pas bon pour vous.

Ouais… Pas de quoi s'inquiéter. Si j'étais sûr d'une chose, c'est que Willow ne viendrait pas.

19

Delilah

J'étais aussi nerveuse que d'habitude quand je montai dans l'avion en ce lundi après-midi. L'équipe et les journalistes pour la plupart étaient rentrés après le match la veille au soir, mais j'avais dû rester pour interviewer le jeune running-back d'une équipe universitaire dont on disait déjà qu'il était un grand espoir et que les clubs allaient se le disputer à la saison prochaine. Brody avait l'air bien quand je lui avais parlé au téléphone un peu plus tôt, mais la défaite de son équipe la veille devait peser lourd sur sa conscience. Le quarterback remplaçant s'était fait intercepter quatre passes, ce qui avait coûté la victoire à l'équipe.

La voix du commandant de bord résonna dans les haut-parleurs. Il nous expliqua qu'à cause du mauvais temps sur la côte est, les décollages étaient tous retardés. Nous retournions à la porte, mais ne serions pas autorisés à débarquer. Nous étions conviés à rester tranquilles dans nos sièges et à reprendre un verre. *Facile à dire…* Pourquoi tous les vols que j'empruntais dernièrement se déroulaient-ils dans le mauvais temps ou avec un scénario catastrophe quelconque ? Une fois que l'avion fut à l'arrêt, je fis un rapide tour aux toilettes avant de chercher mon téléphone dans mon sac pour appeler Brody et le prévenir que j'allais être en retard. L'écran de mon téléphone s'alluma, puis s'éteignit aussitôt. Plus de batterie.

– Merde.

– Vous avez besoin de quelque chose ?

Mon voisin de siège avait une bonne soixantaine. J'avais pensé à lui demander son téléphone, mais je ne connaissais pas le téléphone de Brody par cœur. Je ne l'avais jamais même composé. Je montrai mon téléphone.

– Mon téléphone vient de me lâcher et je ne connais pas le numéro de la personne que je dois appeler. Je suis censée la retrouver chez moi, mais j'imagine que nous allons être en retard.

– Ah ! le manque de téléphone portable. Les effets en sont aussi terrifiants que ceux du manque d'héroïne, paraît-il.

– Vous n'en avez pas ?

– Non.

– Et quelqu'un vient vous chercher à l'aéroport ?

– Oui, ma femme.

– Et elle, elle a un téléphone ?

Légèrement amusé, il remua la tête.

– Alors, comment va-t-elle savoir que l'avion a du retard ?

– J'imagine qu'elle va appeler l'aéroport depuis la maison, comme elle le fait depuis quarante ans. Je suppose que la personne qui vous attend ne fera pas ça ?

– Je suis sûre que non.

Je souris et rangeai mon sac sous mon siège.

– Mais alors, comment tuez-vous le temps sans Candy Crush ?

– Candy quoi ?

Je passai une demi-heure à lui expliquer les subtilités d'un jeu qui semblait moins passionnant lorsqu'on le racontait que quand on y jouait. Mon nouvel ami m'expliqua pour sa part l'art du cognac. Quand l'hôtesse de l'air vint nous demander ce que nous voulions boire, il demanda simplement deux gobelets. Puis il sortit une bouteille de son sac et me fit goûter sa liqueur de prédilection. Ça avait un goût de chiottes, mais combiné avec mon Xanax, je fus plongée dans un profond sommeil. Quand l'avion atterrit, il était l'heure exacte à laquelle Brody était censé me retrouver chez moi. Sachant que la circulation allait être infernale, je décidai de passer par les toilettes et de brancher mon téléphone tout en me rafraîchissant un peu. Le téléphone reprit vie au bout de quelques minutes. Suffisamment pour me permettre d'envoyer un message à Brody.

Delilah : Viens d'atterrir. Téléphone déchargé avant décollage. Déjà chez moi ?
Brody : Tout juste garé sur le parking.
Delilah : Désolée. Sans doute une bonne heure avant d'arriver. Dans deux minutes, sonne à l'appartement 3E. Patrick a une clé. Je lui envoie un texto tout de suite et lui dis de te la donner.
Brody : Pourquoi Patrick a-t-il la clé de ton appartement ?

Il fallait que je quitte les toilettes ; pas le temps de discuter logistique.

Delilah : Pour ouvrir la porte.

Je souris avec un air un peu mauvais, sachant qu'il n'allait pas du tout aimer ma réponse. Puis, je me débranchai et rentrai enfin à la maison. Le trafic était étonnamment fluide, et je fus de retour chez moi en une demi-heure. C'était assez curieux de rentrer à la maison après un voyage dédié au football et d'avoir Brody qui m'y attendait. C'est comme si les rôles traditionnels avaient été inversés.

– Y a quelqu'un ?

La lumière de la cuisine était allumée, mais le reste de l'appartement était plongé dans le noir. En me dirigeant vers la chambre, je vis que la salle de bain était elle aussi allumée.

– Je suis là.

La porte était ouverte. Je restai bouche bée en entrant dans la pièce. La vision qui s'étalait sous mes yeux était hilarante.

– Mais qu'est-ce que tu fais ?

– Exactement ce que tu vois.

– Tu…, tu prends un bain à bulles ?

Brody était immergé dans ma baignoire, sa tête posée contre le carrelage du mur. Son corps était trop grand : ses jambes en dépassaient largement. La pièce était envahie par une odeur de savon parfumé.

– Je n'ai pas de baignoire chez moi. J'aime m'immerger dans l'eau. Ça fait du bien à mes muscles.

– Et tu t'immerges généralement dans un bain à bulles ?

J'avais du mal à retenir mon rire.

– Je n'ai rien de tout ça chez moi… Pas l'habitude…

Il me montra une grande bouteille en plastique rose qui était pleine à mon départ, mais dont il ne restait à présent que la moitié.

– Il paraît que ça détend les muscles.

– On en utilise un bouchon, généralement.

– J'avais les muscles vraiment endoloris.

– Tu es assez ridicule, là.

– Comment ça ? Tu ne trouves pas ça sexy ? Si je te voyais dans la même situation, ça m'exciterait à mort.

– Disons que c'est assez… féminin.

Il plongea sa main dans l'eau et attrapa le gland de son sexe à moitié en érection qu'il sortit de l'eau.

– Tu trouves ça très féminin, toi ?

Il se masturbait tranquillement.

Les bulles disparurent. Tout ce que je voyais, c'était sa main puissante autour de son sexe épais. La vision était tout ce qu'il y avait de plus érotique. Je n'avais jamais vu un homme se masturber. Mes yeux étaient soudain collés au spectacle.

– Tu te donnes du plaisir dans ta baignoire, parfois, Delilah ?

J'avalai ma salive.

– J'ai envie de te regarder faire. Te voir glisser tes doigts dans cette petite chatte humide et te faire jouir. Ma queue durcit rien qu'en y pensant.

Il accéléra son mouvement. J'arrachai mes yeux à cette vision puissamment érotique pour regarder son visage. Sa mâchoire était serrée, tendue. Je rencontrai alors son regard. Brody déglutit. Sa pomme d'Adam fit un aller-retour dans sa gorge tandis qu'il me regardait de ses yeux vert pâle, pleins de désir. Il n'eut pas besoin de me toucher. Son regard suffit à faire monter un désir fou dans mon corps soudain vibrant. Il ouvrit la bouche. Sa voix était basse, autoritaire.

– Enlève ta chemise.

Je suivis toutes ses instructions à la lettre. Mes vêtements disparaissaient un à un à mesure qu'il me commandait de le faire. Bientôt, j'étais debout, devant lui, ne portant que mes sous-vêtements et mes chaussures à talons.

Il scruta un instant mon string noir.

– Enlève-le, je veux te voir tout entière.

Sa main serra sa queue encore un peu plus fort. Il accéléra sa masturbation.

– Est-ce que tu es mouillée, Delilah ?

Je passai mes doigts dans mon string et le fit glisser doucement le long de mes jambes. Je répondis dans un soupir :

– Oui.

Je me baissai pour enlever mes chaussures à talons hauts, tenus par une lanière à mes chevilles.

– Garde-les.

J'arrêtai mon geste.

– Tu vas avoir besoin d'un peu de hauteur.

Il se leva alors. Son corps était sublime, une masse de muscles sculptés et une peau légèrement hâlée. Sa queue épaisse appuyait sur son ventre plat et musclé. Je me passai la langue sur les lèvres sans même y faire attention.

– Tu vas te pencher sur le lavabo. Je vais te prendre par-derrière.

– Oh mon Dieu, oui !

– Et je veux que tu te regardes dans le miroir. Je vais te baiser de toutes mes forces jusqu'à ce que tu jouisses. Puis je vais m'enfoncer très fort dans ta chatte et te remplir de tout mon sperme.

– Mon Dieu, Brody.

Mes genoux tremblaient à mesure qu'il avançait vers moi. Il me tourna légèrement vers le miroir, repoussa mes cheveux sur le côté et embrassa mon cou par-derrière. Sa poitrine était humide, mais chaude et dure, contre mon corps. Il frotta sa queue contre mes fesses.

– Écarte les jambes.

J'obtempérai.

– Plus.

Doucement, il bougeait son corps de haut en bas derrière moi. Son sexe frôlait mon cul pendant que, d'une main, il frottait doucement mon clitoris.

– Tu es bien mouillée.

C'était si bon… Mes yeux se fermaient malgré moi. Je poussai un gémissement puissant quand il enfonça deux doigts dans mon vagin. De son autre main, il me prit le menton et tourna ma tête légèrement pour avoir accès à ma bouche. Il écrasa ses lèvres contre les miennes. Son baiser était sauvage, affamé. J'aimais sentir que ses gestes n'étaient ni doux ni contrôlés ; ils trahissaient une émotion, un désir. Il attrapa alors mes seins, les serra, pinça fort mes tétons au point qu'une délicieuse douleur m'envahit. Je passai alors mes mains dans ses cheveux humides et tirai. Je voulais qu'il soit encore plus près de moi.

Nous étions tous les deux pantelants, insatiables, quand il se détacha de ma bouche, griffant ma lèvre inférieure de ses dents de carnivore.

– Penche-toi.

Il poussa légèrement mon dos du plat de la main, me guidant.

– Tiens-toi au rebord.

Mes mains s'agrippèrent au lavabo en granit ; les mains de Brody vinrent les recouvrir.

– Regarde, maintenant.

Je levai les yeux pour rencontrer mon reflet dans le miroir. Brody avait raison : la hauteur était parfaite grâce aux quelques centimètres gagnés par mes talons. Mon visage était en feu, mes cheveux, en bataille, et mes yeux étaient pleins d'un évident désir.

– Putain, c'est magnifique.

Il frotta son sexe contre le mien, trempé, plusieurs fois avant de s'enfoncer en moi. Une fois qu'il sentit que j'étais prête, il fit exactement ce qu'il avait promis. Il me baisa de toutes ses forces jusqu'à ce que je jouisse puissamment. Puis, il me pénétra encore plus fort, tout au fond, et éjacula dans un rugissement de carnassier.

Quelques instants plus tard, Brody me souleva doucement et me porta jusqu'au lit. Je me pelotonnai contre son corps de marbre.

– Mmm… Je pourrais facilement m'habituer à ce genre de comité d'accueil.

– Tant mieux, ma belle, parce que j'ai jeté le vibromasseur que tu avais dans le dernier tiroir de ta table de nuit.

Je me figeai, ne comprenant pas s'il plaisantait.

Brody ricana et m'attira à lui.

– T'inquiète, je rigole. Mais je suis content de savoir qu'il y en a un. J'aimerais bien l'utiliser sur toi un de ces jours. Encore mieux : je crois que j'aimerais beaucoup te regarder l'utiliser toi-même.

– Tu ne penses à rien d'autre, jamais ?

– En effet. La petite chatte de Delilah. Tout le temps.

Je lui donnai un coup de coude, et nous partîmes dans un grand rire. J'aimais avoir Brody dans mon lit, à mes côtés. Pendant plus d'une heure, dans le noir, nous discutâmes, nous racontant nos derniers jours respectifs. Ça semblait… normal… Naturel. Il était presque minuit et je commençais à ressentir la fatigue.

– Brody ?

– Oui ? répondit-il en m'embrassant l'épaule.

– Tu es en train de me faire un câlin ? Brody Easton câline les femmes ?

– Juste toi, ma belle. Mais ne sois pas étonnée si tu es réveillée par un autre genre de câlin tout à l'heure. Je n'en ai pas fini avec ton cul.

J'inspirai longuement. Moi non plus, je n'en avais pas fini avec le sien.

Je passai toutes les nuits avec Brody durant la semaine qui suivit. Certains soirs, je lui avais même préparé un dîner, et nous avions eu des discussions enflammées sur le sport. D'autres soirs, nous achetions de la nourriture à emporter que nous dévorions assis au milieu du salon pendant que nous tâchions d'en apprendre plus sur l'autre. Musiques préférées, films préférés, aliments détestés. Grâce aux questions décalées de Brody, nous savions également à présent quel costume nous portions pour la fête d'Halloween de nos huit ans et en quel animal nous aimerions être changés si cela devait arriver (Brody serait un lion, moi, un dauphin). Quoi qu'il en fût, la soirée se terminait systématiquement dans les bras de Brody. Monsieur Couilles avait été très en colère que je ne donne pas l'histoire des vestiaires à WMBC. Je ne pouvais pas lui donner tort lorsqu'il me dit que ma relation avec Brody avait affecté mon jugement professionnel. Puis, deux jours plus tard, il réalisa enfin quel parti il pourrait tirer de cette relation personnelle. Brody avait accepté de donner une interview exclusive si son équipe atteignait les play-offs. Cela changea l'humeur de mon boss à mon égard. Au moins pour un temps.

Un matin, Brody quitta la maison très tôt pour se rendre à son premier entraînement depuis sa suspension. Mes oreillers rouges étaient éparpillés dans la chambre, victimes de nos ébats de la veille au soir. En me levant, rêveuse, je les ramassai, récupérant aussi le coussin monogrammé que j'avais depuis le lycée. Je passai mes doigts sur le mot brodé sur le coussin : *Love*. Je pensai alors brièvement au garçon qui me l'avait offert, de nombreuses années auparavant. Drew s'effaçait peu à peu. Et je m'en voulais. Pourtant, je savais que je n'avais pas le choix. J'avais passé trop d'années à vivre dans une sorte de brume. Pour la première fois depuis l'accident, j'avais envie de vivre pleinement ma vie, pas de la regarder passer devant mes yeux. Je voulais vivre.

Après une longue douche, je me préparai pour partir travailler. J'étais assise sur le bord de mon lit, enfilant mes bottes en cuir quand mon regard fut attiré par la photo de Drew, encadrée sur ma table de nuit. Brody n'y avait pas fait la moindre allusion alors qu'il était impossible qu'il ne l'ait pas vue. Mon regard s'attarda un instant sur le visage de mon tout premier amour, puis je fermai les yeux, me remémorant tous les bons souvenirs. Jusqu'à présent, j'avais toujours considéré Drew comme « mon amour » et non « mon premier amour ». M'apercevoir d'un coup qu'il avait été le premier, mais qu'il ne serait sans doute pas le dernier fut un véritable choc pour moi. Je me levai alors, pris la photo entre mes mains et fis ce que je n'avais jamais imaginé pouvoir faire. Je rangeai l'image de Drew dans une boîte, au fond de mon placard. Drew serait toujours dans mon cœur, mais, enfin, il y avait à présent de la place pour quelqu'un d'autre.

20

Brody

Après l'entraînement, j'étais passé chez moi pour récupérer ce damier en bois que j'avais acheté pour l'anniversaire de Marlene. Ce n'était pas exactement le même que celui qu'elle avait eu ; celui-ci était plus beau, mais il lui ressemblait. En route, je m'arrêtai chez le fleuriste et y achetai un beau bouquet plein de couleurs.

– Salut, vieux machin ! lançai-je à Grouper en arrivant.

Il leva la tête et me regarda bizarrement.

– Je me demande bien ce qui te rend si heureux aujourd'hui, tête de nœud.

– Et pourquoi ne serais-je pas heureux ? Je suis beau gosse, j'ai un bras qui déchire et tu bosses pour moi et non l'inverse. La vie est putain de belle !

Il secoua la tête.

– Ça doit être contagieux. Je n'ai pas vu Marlene de si bonne humeur depuis des années.

– Elle a quatre-vingt-un ans aujourd'hui. Je suis sûr que tu n'étais pas aussi en forme qu'elle quand tu avais son âge.

Grouper marmonna quelques mots incompréhensibles.

– Où elle est ? Dans la salle commune.

– Je crois que sa visiteuse l'a ramenée dans sa chambre

– Une visiteuse ?

– Quelqu'un qui est déjà venu il y a quelques jours. Elle a apporté un cadeau à Marlene, elle aussi.

– Mais qu'est-ce que tu racontes ? Personne ne rend visite à Marlene à part moi.

Grouper haussa les épaules.

– Je pensais que tu étais au courant. Une jolie fille avec des yeux bleus immenses. Elle n'aurait pas passé la sécurité si elle n'avait pas été sur la liste des personnes autorisées.

Un frisson me parcourut l'échine. Des yeux bleus immenses. Je me précipitai vers la chambre de Marlene. Mon cœur battait à tout rompre, comme si je venais de reprendre l'entraînement après trois mois d'arrêt.

Mon sang se glaça en entendant la voix de la personne, derrière la porte. Willow avait quitté le Sud profond pour venir s'installer à New York quand elle avait dix ans. Mais elle avait toujours gardé un léger accent traînant. La façon dont elle accrochait les mots les uns aux autres était presque lyrique. J'avais toujours adoré ça chez elle. Je pouvais rester couché des heures, la tête sur ses cuisses, à l'écouter parler, raconter toutes les choses qu'elle ferait ou verrait un jour. Mais, à l'instant présent, cet accent était pire qu'un bruit d'ongles griffant un tableau noir. J'aurais dû prendre un temps avant de me jeter dans l'arène, mais je ne le fis pas. J'ouvris la porte. Willow était assise au bord du lit de Marlene. Elle me tournait le dos.

– Qu'est-ce que tu fous là, bordel ?

En entendant le son de ma voix, elle tourna vivement la tête dans ma direction. Les lacs bleus qu'étaient ses yeux s'agrandirent encore à ma vue. Nous ne parlions pas. Ma poitrine me brûlait. Avaler de l'acide aurait sans doute été moins douloureux que de l'avoir là, devant mes yeux, même après toutes ces années. Grouper m'avait entendu, ou peut-être avait-il compris qu'il se passait quelque chose de louche, car, en un instant, il était là, à côté de moi. Il me regarda. Puis, il regarda Willow avant de passer la porte.

– OK, madame Anniversaire, c'est l'heure de vos exercices physiques.

Il était une heure de l'après-midi, et les exercices quotidiens de Marlene n'avaient lieu qu'à quatre heures, mais, heureusement, certains jours, Marlene n'avait pas la moindre notion du temps. Grouper approcha le fauteuil roulant, commença à asseoir Marlene sur son lit. Il était plutôt en forme, mais je savais d'expérience qu'il n'était pas aisé de poser Marlene sur sa chaise ou de l'en sortir. Généralement, on faisait appel à une infirmière et une aide-soignante.

Ignorant un instant ce que je ressentais, je m'approchai et aidai Grouper. Je pris Marlene dans mes bras et la posai sur sa chaise. Elle me regarda.

– Brody. Je ne t'ai pas entendu arriver. Tu es venu avec Willow ?

Je répondis par un des mensonges auxquels j'étais habitué depuis des années.

– Nous sommes venus dans des voitures séparées aujourd'hui.

Grouper poussait le fauteuil vers la sortie quand Marlene cria :

– Attendez ! Mes dents !

J'embrassai Marlene sur le front et lui dis :

– Elles sont dans ta bouche.

Elle vérifia, comme d'habitude, en tapotant avec un ongle sur son dentier. Qu'est-ce qu'elle avait avec ça ? Elle ne me croyait jamais quand je lui parlais de son dentier alors qu'elle avalait sans ciller les dizaines de mensonges que j'étais contraint de lui servir depuis des années. Parfois, nous croyons à certaines choses non pas parce qu'elles sont vraies, mais parce qu'elles sont plus faciles à accepter que la vérité. Grouper me fit un signe de tête tandis qu'il poussait tranquillement Marlene vers l'extérieur. Il ferma la porte derrière lui. Je restai un long moment silencieux, à regarder à travers la fenêtre. J'avais envie de hurler après Willow, mais mes mots restaient coincés dans ma gorge. Ce fut elle qui rompit le silence :

– Comment ça va ? demanda-t-elle d'une voix douce.

– Merveilleusement bien, ironisai-je.

Je me tournai alors vers elle, lui lançant un regard noir.

– Qu'est-ce que tu veux, Willow ?

– Comment ça ? Je suis venue voir ma grand-mère !

– Ça fait quatre ans, putain ! Pourquoi maintenant ?

Elle baissa les yeux, se tordant les mains.

– Elle me manquait.

– Conneries. Tu as besoin de quoi ? Tu veux de l'argent ?

Je sortis mon portefeuille et en tirai une liasse de billets que je jetai sur le lit.

– Voilà, comme ça, tu n'auras pas à le voler. Prends-le et dégage. On se débrouille très bien sans toi.

– Tu es venue la voir toutes les semaines depuis quatre ans… J'ai vu ça sur le registre des visites.

– Il fallait bien que quelqu'un le fasse.

Elle leva les yeux. Ils étaient remplis de larmes. Je détournai mon regard. J'étais trop en colère pour me laisser manipuler par elle une nouvelle fois.

– J'aurais dû être là. Merci de t'être occupé d'elle pour moi.

– Je ne l'ai pas fait pour toi, que ce soit bien clair.

L'air dans la pièce était devenu irrespirable. Les fenêtres n'ouvraient pas, et mes poumons semblaient se resserrer. La pression dans ma poitrine donnait le sentiment qu'elle allait exploser. Il fallait que je sorte de là. Sans me donner la peine de dire au revoir, je laissai les fleurs et le cadeau pour Marlene sur son lit et me dirigeai vers la porte.

Je posais ma main sur la poignée de la porte quand sa voix m'arrêta. Je ne me retournai pas.

– Je n'ai pas pris de drogue depuis onze mois.

– Bonne chance, Willow.

21

Willow

– Vous saviez que ça n'allait pas être facile.

Je tirai le dernier mouchoir en papier de la boîte que le Dr Kaplan avait toujours sur la table basse qui nous séparait.

– Excusez-moi.

– J'en ai tout un stock, ne vous inquiétez pas.

Elle me lança un de ces regards encourageants, dont j'étais devenue totalement dépendante depuis un an.

– Prenez une minute. Et puis racontez-moi. Commencez par votre grand-mère. Vous a-t-elle reconnue ?

Je me séchai les yeux et mis le mouchoir en boule au creux de ma main.

– Oui. J'avais vraiment peur qu'elle ne me reconnaisse pas. Mes jambes tremblaient quand je suis entrée dans sa chambre la première fois.

– C'est compréhensible. Ça faisait si longtemps…

– Elle savait qui j'étais, mais elle semblait ne pas se rendre compte du temps qui avait passé. C'était comme si je l'avais quittée la veille.

Le Dr Kaplan hocha la tête.

– Niveau 5, très certainement. Un déclin cognitif modéré. Je suis contente que la maladie ait progressé si lentement. Dans certains cas, la maladie gagne deux fois plus vite.

– Je sais. C'est sans doute un peu égoïste, mais ce qui m'a rendue heureuse, c'est qu'elle soit encore capable de me reconnaître.

– Ce n'est pas égoïste. Les personnes égoïstes n'ont de bonté que pour elles-mêmes. Je pense que nous pouvons tomber d'accord sur le fait que ça n'est pas votre cas. Ce que vous ressentez principalement, ce sont des regrets.

– Oui, je crois.

– On ne peut regretter que le passé. Pour vous, c'est plutôt salutaire. Regrettez le passé. Fabriquez-vous un nouvel avenir. Rendez-lui visite souvent. Plus les regrets seront repoussés dans le passé, plus ce sera facile.

– Je lui ai rendu visite tous les jours cette semaine.

– C'est une bonne chose. Et l'autre regret ? Brody ?

– Oui, Brody.

Nous avions passé la meilleure partie de l'année précédente à parler de lui. À qui d'autre pouvais-je faire référence ?

– Les choses ne se sont pas très bien passées.

Elle hocha la tête et attendit que je continue.

– Il me déteste. Je ne peux pas lui en vouloir. Il a pensé que j'étais là parce que j'avais besoin de quelque chose.

– Votre histoire commune est très ancrée en lui. Il va vous falloir regagner sa confiance.

– Je ne suis pas sûre qu'il m'en laisse l'opportunité.

– Il n'y a qu'une façon de le savoir. Peut-être, quand il verra que vous êtes véritablement clean, que vous avez un job et que vous avez l'intention de rester dans la vie de Marlene, verra-t-il les choses autrement.

Je respirai un bon coup et soupirai bruyamment.

– Je sais que ça ne va pas arriver du jour au lendemain. Il n'arrive pas à croire que j'ai décroché de la drogue.

Comment puis-je espérer qu'il croie que pendant les quatre dernières années il a été la dernière chose à laquelle j'ai pensé en me couchant chaque soir et la première en me réveillant chaque matin ?

22

Delilah

– Tout va bien ?

Brody jouait avec son poulet thaï et ses fettuccine dans son assiette. Mardi soir, il m'avait dit qu'il ne se sentait pas bien et il avait annulé notre soirée. Et il avait été étonnamment silencieux les jours suivants. Ce soir, il semblait maussade.

– Tu n'aimes pas ?

– Si. Tout va bien. Désolé, ma belle. Les pâtes sont délicieuses. Je suis juste un peu fatigué.

La soirée tout entière se déroula sur le même mode. Il fallait que je lui tire les vers du nez pour qu'il me parle. Habituellement, je n'avais rien contre le silence ; je n'étais pas le genre de personne à avoir besoin de parler tout le temps. Mais le silence de ce soir était inconfortable, pesant.

Un peu plus tard, je lançai Brody sur différents sujets, mais aucun ne semblait l'intéresser vraiment. Brody prit un verre après dîner, ce qui n'était pas dans ses habitudes. Il se servit un rhum-coca et s'assit sur le canapé, regardant le liquide qu'il faisait tourner dans son verre.

– Tu as acheté quoi finalement, l'autre jour ?

Il prit une gorgée de son verre et me regarda l'air un peu perdu.

– Pardon ?

– Cette amie de la famille pour qui tu as acheté un cadeau. Tu étais dans une boutique quand je t'ai appelé et tu m'as dit que c'était l'anniversaire d'une amie. Tu te souviens ?

Brody lança un regard circulaire à la pièce avant de boire une bonne rasade de son rhum-coca. Il posa son verre sur la table.

– J'ai acheté un damier en bois. Elle vit dans une maison de retraite médicalisée et adore les jeux télévisés. Elle en regarde à longueur de journée, mais elle aime aussi les jeux de plateau.

– Oh ! c'est vraiment gentil de ta part. C'est une amie de ton père ?

Il me regarda alors droit dans les yeux.

– C'est la grand-mère de Willow. Elle s'appelle Marlene.

Je savais que l'histoire ne s'arrêtait pas là, mais je n'étais pas certaine de vouloir en savoir plus.

– Après la disparition de Willow, Marlene a commencé à avoir des troubles de la mémoire. De gros troubles. Mais tout ce qu'elle avait, c'était une fille et une petite-fille droguées toutes les deux. Cette femme qui avait passé sa vie à ne voir que le bon côté des gens, le jour où elle avait besoin qu'on s'occupe d'elle, ses deux plus proches parentes n'étaient plus là.

Je pris la main de Brody et la serrai.

– Mon père et moi nous sommes relayés pour nous occuper d'elle quand je suis rentré de la fac. Et puis mon père a fini par prendre sa retraite et partir en Arizona, et moi, j'étais sur les routes jusqu'à quatre jours par semaine avec l'équipe. Marlene n'était pas en sécurité toute seule. Alors, je l'ai installée dans une maison de retraite il y a environ trois ans.

– Et tu es toujours en contact avec elle ?

– Je n'ai pas raté ma visite du mardi une seule fois depuis que je l'ai installée là-bas. Je lui avais promis qu'elle verrait mon beau visage souriant toutes les semaines.

Brody s'esclaffa soudain.

– Bon, il y a eu quelques mardis où je faisais la gueule, après une grosse défaite, mais en tout cas, j'ai toujours été là.

– C'est incroyable, Brody. Je connais peu de gens capables de ça. Surtout avec quelqu'un qui n'est pas un membre de la famille.

– Pour moi, elle a toujours été quelqu'un de la famille. J'étais très jeune quand ma mère est morte. Marlene nous a aidés, mon père et moi, autant qu'elle a pu. Et puis, il fallait bien que quelqu'un soit là pour elle, puisque Willow en était incapable.

J'avais envie de poser la question depuis le soir où il m'avait raconté ce qui s'était passé à la fac, mais l'opportunité ne s'était jamais présentée. Jusqu'à aujourd'hui.

– Qu'est-ce qui est arrivé à Willow ? Tu m'as dit qu'elle a disparu après cette soirée avec Colin.

– Elle est partie pendant un long moment après ça. Elle n'a refait surface qu'au cours de ma première année chez les pros. Ça a été probablement sa plus longue période sans drogue depuis que nous étions ados. Les choses allaient bien, et puis… Elle a disparu, une nuit, encore une fois. Je l'ai cherchée pendant des jours. Je suis allé dans tous les endroits où je savais qu'il lui arrivait de traîner pour se défoncer. J'ai raté la moitié de mes entraînements. Et même quand j'y allais, je faisais perdre son temps à tout le monde, j'étais incapable de me concentrer. À peu près au milieu de la saison régulière, la police a frappé un soir à la porte de Marlene. Il y a quelques camps de SDF près de l'East River, majoritairement des junkies qui ont coupé les ponts avec la vie. Un bateau de la police qui patrouillait dans le coin l'a trouvée dans l'eau.

– Oh mon Dieu !

– Ça faisait pratiquement trois minutes qu'elle n'avait plus d'oxygène et elle était bleue, frigorifiée par la température de l'eau. Marlene et moi avons passé deux jours à l'hôpital. Son cœur s'est arrêté deux fois, mais ils l'ont ramenée chaque fois. Ils ne savaient pas si son cerveau allait être endommagé quand elle se réveillerait.

– C'est affreux.

– Si ça avait été toi ou moi, nous serions morts, ou nous serions nourris par un tube, bavant pour le restant de nos jours. Mais pas Willow. Dix jours plus tard, elle est sortie de l'hôpital comme si rien n'était arrivé.

– Waouh !

– J'ai pensé que cette aventure aurait suffi à l'effrayer. Pendant un temps, je pense que ça a marché. Jusqu'à ce mois de décembre, il y a quatre ans.

– Que s'est-il passé ?

– Rien. C'est juste la dernière fois que je l'ai vue.

Brody fit une pause. Il prit son verre et le vida d'un trait avant de laisser tomber :

– Avant mardi dernier.

Il me fut pratiquement impossible de dormir cette nuit-là. Tant de choses tournaient dans mon esprit. Des choses dont je me faisais une montagne à cause de mon insécurité. Par exemple, le fait que, ce soir-là, Brody m'avait uniquement embrassée pour me dire bonne nuit. Je savais que les couples ne faisaient pas forcément l'amour chaque fois qu'ils dormaient ensemble, qu'il était normal que, certains soirs, ils puissent simplement avoir besoin de dormir. Nous nous étions installés dans une sorte de routine, et une partie de la nouveauté s'était envolée. C'était normal. Cela arrivait à tout le monde. Mais le fait que cela arrive précisément ce soir-là m'avait donné les pires appréhensions.

Vers deux heures du matin, je décidai que c'en était assez de me morfondre et tentai de dormir. La petite lumière sur ma table de nuit étant encore allumée, je l'éteignis. Mes yeux se posèrent sur l'endroit où peu de temps auparavant se trouvait la photo de Drew. Je fus frappée par l'ironie de la situation. Après toutes ces années, j'avais finalement décidé d'essayer de laisser mon passé derrière moi – juste au moment où le passé de Brody surgissait à nouveau dans sa vie.

Les semaines suivantes, tout sembla rentrer dans l'ordre. La distance que j'avais ressentie au moment du retour de Willow avait disparu, et Brody était redevenu l'obsédé sexuel plein de charme que je connaissais. Le mardi matin, il m'accompagna même à la salle de sport. Nous avions dormi chez lui, à quelques centaines de mètres de la salle.

Il me tenait la main dans la rue. Pour un garçon qui ne voulait rien de plus qu'un coup d'un soir six semaines plus tôt, il jouait le rôle du petit copain à la perfection.

– Alors, qu'est-ce que tu fais comme activité de gonzesse dans cette salle ?

Je lui expliquai mon programme de gym. Il s'arrêta sur le trottoir.

– Tu ne fais pas cette connerie de Zumba, hein ?

– Non, pas de Zumba aujourd'hui. Mais la Zumba n'a rien d'une connerie. C'est carrément dur, et ça fait travailler tous les muscles. Quand je quitte la salle, je suis trempée, ce qui signifie que ça marche bien.

Il reprit sa marche.

– Tu étais trempée ce matin. Pourtant, c'est moi qui t'ai clouée contre le mur et qui ai fait tout le boulot. Je ne pense pas que tu aies tellement travaillé les muscles de ton côté.

– Tu es un porc. Tu le sais, ça ?

Brody lâcha ma main et m'attrapa les fesses, là, dans la rue.

– Qu'est-ce que ça dit de toi ? Si ce n'est que tu aimes les porcs ?

Je levai les yeux au ciel. Pourtant, il avait raison : j'adorais ça.

Nous étions à quelques encablures de la salle quand Brody pointa un bâtiment du doigt.

– C'est là que vit Marlene. Broadhollow Manor.

J'étais déjà passée devant cet endroit.

– De l'extérieur, ça ressemble plus à une résidence de luxe qu'à une maison de retraite médicalisée.

– C'est un chouette endroit.

– C'est propre et ils s'occupent bien des gens. Tu n'imagines pas les trous à rats que j'ai visités avant de trouver cet endroit. Les maisons payées par l'état ressemblent plus à des refuges pour SDF qu'à des maisons de retraite. J'aurais pu acheter un superbe appartement avec ce que m'a coûté Marlene les dernières années. Mais ça en vaut la peine. Je n'aurais jamais pu dormir tranquille en la sachant dans un lieu inhospitalier ou désagréable à vivre.

Au réveil, il m'avait préparé le petit-déjeuner entièrement nu et m'avait offert un délicieux orgasme. Mais c'est cette dernière phrase qui m'avait rendue encore un peu plus amoureuse. *Mon porc.*

En arrivant à la salle de gym, il ouvrit la porte et me laissa passer la première. Avant d'entrer, je me mis sur la pointe des pieds et l'embrassai sur la joue.

– En quel honneur ?

– Juste pour te remercier d'être toi.

Il me suivit dans les couloirs en caressant mes fesses, me murmurant à l'oreille :

– Ma petite femme aime les cochons.

La jeune femme à la réception était au téléphone. Je signai le registre. Quand elle raccrocha, je lui demandai un pass pour mon invité.

– Mon forfait prévoit quelques pass pour des invités. Je n'en ai pas sur moi, mais j'espérais que ça ne poserait pas de problème. Vous pouvez vérifier, je n'en ai encore utilisé aucun.

La jeune femme soupira, agacée. Elle allait devoir faire des recherches sur son ordinateur, ce qui, pourtant, faisait partie de son travail.

– Nom ?

– Delilah Maddox.

Elle tapa sur son ordinateur.

– Nom de l'invité ?

– Euh… Brody.

Elle arrêta de taper.

– Nom de famille ?

– Easton.

Là, d'un coup, son attitude changea. Elle leva la tête immédiatement.

Vous êtes…

– … l'invité de Delilah.

– Oh mon Dieu ! Vous êtes vraiment Brody Easton. Je vous adore. Je suis une immense fan des Steel.

– Merci.

Elle posa ses coudes sur le comptoir, prenant son visage tout sourire entre ses mains. Elle était fascinée.

– Qu'est-ce qui vous amène dans notre petite salle ?

– L'exercice, répondit platement Brody.

Elle rigola comme s'il venait de dire la chose la plus drôle du monde.

– Ce cours ne sera pas vraiment de l'exercice pour quelqu'un comme vous.

Je répondis de manière plutôt brusque parce que… Eh bien… parce que c'était une salope qui venait d'insulter mon cours de gym, l'endroit où elle travaillait et qu'elle était en train de draguer ouvertement mon mec.

– Non, mais c'est bon ; il a déjà fait de l'exercice à la maison ce matin. Du sport en chambre.

Elle hocha la tête, pensive.

– Intéressant. Peut-être pouvez-vous me montrer, plus tard ?

J'accrochai un faux sourire à mon visage avant de répondre :

– Je ne pense pas, non. Maintenant, on peut l'avoir, ce pass ?

– Oh oui, bien sûr. Pas de problème. Allez-y. C'est pour moi. Pas besoin de pass.

Le cours était quasiment plein quand nous entrâmes dans la salle. Nous trouvâmes un coin dans le fond et déposâmes nos sacs non loin.

– Tu es mignonne quand tu es jalouse.

– Je ne suis pas jalouse.

Il leva un sourcil, narquois.

– Bien sûr que si.

– Ce n'est pas mon genre.

– Vraiment ?

– Oui.

– Tu dis des conneries.

– Faux.

– Tu veux parier ?

– Tu veux parier que tu arrives à me rendre jalouse ?

– Ouaip.

Je lui tendis la main.

– Ça marche. Le perdant fait un massage à l'autre.

Brody me tapa dans la main et me fit un clin d'œil.

– OK, mais ce n'est pas mon dos que tu vas masser.

– Comme tu veux. Mais le pari marche pour les deux.

Brody regarda autour de lui. La pièce était quasiment remplie de femmes.

– Tu as l'intention de draguer une des femmes qui se trouvent ici ? Je suis à peu près sûr que c'est le meilleur pari que j'ai jamais gagné, et on n'a même pas encore commencé à jouer.

La saleté de la réception entra dans la salle.

– Alex va avoir cinq minutes de retard. Vous pouvez

commencer à vous échauffer. Un volontaire pour mener l'échauffement ?

Brody leva la main à la vitesse d'un premier de la classe. La salope de la réception eut l'air ravie.

– Monsieur Easton, quel honneur ! Mesdames, c'est le MVP du dernier Super Bowl, Brody Easton, qui va lancer la classe aujourd'hui, rien que ça.

Personne ne nous avait vraiment remarqués dans le fond de la salle jusque-là. Mais cela changea instantanément. Toutes les femmes se retournèrent et se mirent à glousser. Brody jubilait. Il se rendit à l'autre bout de la salle. J'avais complètement oublié quel horrible cabotin il pouvait être. Des vagues souvenirs de notre première rencontre dans des vestiaires de football remontèrent à la surface pendant qu'il nous montrait des exercices d'étirement. À un moment, il me lança un sourire et retira son tee-shirt. Son short tombait un peu sur ses hanches. Tous ses muscles ou presque étaient exposés. Et particulièrement ce « V » dont nous avions récemment découvert qu'il aimait beaucoup que je le souligne avec ma langue.

Je regardai la salle. Je n'étais clairement pas la seule à baver. J'aurais pu jurer que je sentais l'odeur d'une soupe de phéromones flottant dans l'air. Jamais je ne l'aurais admis, mais je n'aimais pas beaucoup la façon dont ces femmes regardaient Brody. Et pourtant…, ce n'était pas de la jalousie. Il y avait quelque chose de plaisant dans l'idée qu'il ne s'intéressait pas à ces femmes. La classe tout entière était hypnotisée, mais l'homme ne se donnait en spectacle que pour m'atteindre.

Après quelques minutes du « Brody Show », Alex arriva. Comme je suivais régulièrement des cours avec lui, il était particulièrement amical avec moi. Peut-être trop par rapport à ce que mon mec soi-disant certain de gagner le pari était capable de supporter. Je souris intérieurement, sachant qu'il me suffirait d'une phrase ou deux après le cours pour gagner mon pari. Je pouvais pratiquement sentir déjà mes muscles se détendre sous le massage de Brody.

Après la fin du cours, toutes les femmes encerclèrent Brody pour lui demander des autographes. Il jubilait, s'imaginant sans doute que cela me touchait, mais je trouvais en fait tout cela plutôt sincèrement amusant, et j'étais très fière que madame Jalousie ne soit pas venue montrer son horrible visage. Quand la foule se dissipa enfin, nous pûmes enfin partir, mais pas avant de dire au revoir au prof.

– Salut, Alex.

– Bretzel ! Sympa de te voir aujourd'hui.

Alex avait mis en sourdine le badinage qu'il me servait d'habitude. Il regarda Brody.

– Je te présente Brody Easton, un vieil ami de la famille.

Brody me lança un regard de travers tandis qu'il serrait la main d'Alex. Cette petite information était une confirmation indirecte du fait que l'homme à mes côtés n'était pas mon compagnon. Alex se détendit soudain.

– Ravi de te rencontrer, Brody. Ça fait longtemps que vous vous connaissez, donc, tous les deux ?

– Visiblement.

– Alors, dis-moi, est-ce que notre bretzel ici présente a toujours été aussi sexy ?

L'air se glaça instantanément. Brody regarda d'un œil mauvais Alex qui, semble-t-il, ne s'aperçut de rien puisqu'il remit un peu d'huile sur le feu.

– Ton écart facial a besoin d'être encore un peu étiré. Pourquoi ne restes-tu pas un peu que je t'aide à l'améliorer ?

– Bonne idée.

Je me tournai alors vers Brody.

– Pourquoi tu ne vas pas te changer aux vestiaires pendant qu'Alex m'aide à travailler ma position ? Je te rejoins dehors tout à l'heure.

Brody essaya aussi fort qu'il put, mais le regard lubrique d'Alex lui était insupportable.

– Eh merde !

Il m'attrapa la taille avec fermeté.

– C'est bon, tu as gagné. Cassons-nous d'ici.

Nous laissâmes un Alex un peu perplexe pendant que Brody me poussait vers les vestiaires.

À la sortie de la salle, je ne pus m'empêcher de chambrer Brody.

– J'espérais que tu serais un compétiteur plus rude. Visiblement pas.

– Je vais t'en donner, de la rudesse, tu vas voir.

Il me prit la main.

– Je n'aurais jamais cru que tu serais du genre jaloux.

– Moi non plus, grogna-t-il.

– Il faut que je prenne une douche rapide et que je fonce à la chaîne. Nous avons une réunion en fin de matinée. Ils viennent de nous rajouter des interviews avec des joueurs des Eagles avant le match de ce week-end.

– Et maintenant des interviews avec l'ennemi. Tu essaies de me tuer ? D'abord, ton yogi-tout-pourri et à présent tu vas passer du temps avec mes rivaux. Je crois que je vais avoir besoin d'une attention toute particulière ce soir. Sinon, je sens que je vais me sentir négligé.

– Allons bon ?

– Oui. Je crois qu'il va falloir que tu me montres à quel point je suis spécial à tes yeux.

– Et ça implique quoi, exactement ?

– Je vais y réfléchir. Quand je saurai, ne t'inquiète pas, je t'enverrai un message avec les détails, en plein milieu de ta réunion.

Il en était bien capable…

Nous tournâmes le coin de la rue, nous approchant de l'endroit où vivait Marlene. Brody était en train de m'exposer son emploi du temps pour le reste de la semaine quand soudainement il se tut. Il me fallut un moment pour comprendre qu'il se passait quelque chose.

– Brody ?

Il regardait de l'autre côté de la rue.

– Tout va bien ?

Les rues de New York grouillaient, comme toujours. Au début, je ne remarquai rien. Et puis je la vis. Une jeune femme s'était arrêtée devant l'immeuble où vivait Marlene et regardait dans notre direction. Les gens allaient et venaient, mais elle était immobile, nous fixant intensément.

Elle était absolument sublime. Une taille de mannequin, de longs cheveux blonds et des yeux si grands que je le remarquai de l'autre côté de la rue. Mon cœur chavira. Je connaissais la réponse, mais je posai tout de même la question.

– Tu connais cette femme, de l'autre côté de la rue ?

Brody tourna son visage vers moi et reprit la marche.

– Oui, c'est Willow.

D'un coup, la confiance que j'avais ressentie quelques minutes plus tôt s'évapora. Le sentiment de toute-puissance se transforma aussitôt en peur, en faiblesse et, oui, en jalousie.

23

Willow

– Ce joli visage ne devrait jamais cesser de sourire.

Ma grand-mère perdait la mémoire, vivait dans une maison de retraite, était accrochée à la seule survivante de sa famille et, pourtant, elle était là, à tenter de me remonter le moral.

Je me forçai à sourire.

– Pardon ?

– Brody et toi vous êtes disputés ?

Apparemment, Brody n'avait pas tenu grand-mère au courant de ces dernières années. Je ne savais pas pourquoi, ni ce que ça signifiait, mais je m'adaptai :

– Non, tout va bien.

Je lui pris la main et la serrai.

– Tant mieux. Ce garçon est fabuleux. On n'en fait plus tellement des comme ça. Parfois, il me rappelle mon Carl.

– Vraiment ?

C'était la première fois que grand-mère me parlait de mon grand-père. Je ne savais même pas si elle se souvenait qu'il était mort. Sa mémoire était si aléatoire et sélective.

– Oui. Ce garçon est loyal. Il est tombé très amoureux de toi et il n'a jamais laissé tomber. Exactement comme mon Carl.

Elle avait raison sur un point : Brody était loyal.

C'était même sans doute la personne la plus loyale que j'aie jamais rencontrée. Mais même les personnes les plus loyales pouvaient être poussées à bout. Le voir dans la rue aujourd'hui me l'avait clairement rappelé. Je n'avais pas espéré qu'il m'attende pendant toutes ces années. Pas après tout ce que je lui avais fait subir. Mais ce que j'avais vu aujourd'hui était dur. Il avait l'air heureux. Il tenait la main d'une femme en public. J'aurais dû être heureuse pour lui. Mais ce que je devais faire et ce que je faisais en réalité n'avait jamais été la même chose.

Je passai deux heures de plus avec ma grand-mère. Elle appréciait les visites et, honnêtement, j'adorais être auprès d'elle. Elle était mes racines, elle me donnait le sentiment d'être ancrée quelque part. Autrement, je partais en vrille.

À la fin du *Juste Prix*, je fis un stop aux toilettes pour me rafraîchir un peu, sachant qu'il allait falloir que j'aille directement travailler après ça. Je tirai mes cheveux en une queue de cheval et passai un peu de mascara sur mes yeux et de gloss sur mes lèvres. Je retournai ensuite voir ma grand-mère pour lui dire au revoir. Lorsque j'entrai dans la pièce, un homme était assis à côté d'elle. Il m'était vaguement familier, mais je ne parvins pas à le situer tout de suite.

– Bonjour.

L'homme se leva.

– Je rendais ma visite quotidienne à Marlene. Je ne savais pas qu'elle avait quelqu'un.

Je récupérai ma veste posée sur une chaise et la passai.

– Restez, je vous en prie, j'étais sur le point de partir. Il faut que j'aille travailler.

Je souris.

– Je suis Willow, la petite-fille de Marlene.

– Je ne savais pas que Marlene avait une petite-fille. Ravi de vous rencontrer. Je m'appelle Grouper. Votre grand-mère adore me mettre des fessées aux dames plusieurs fois par semaine.

– Ah oui ! Elle ne lâche rien. Elle a l'air gentille comme ça, mais c'est une arnaqueuse de première.

Grouper regarda Marlene et me dit :

– Vous parlez comme Brody.

– Vous connaissez Brody ?

– Bien sûr. Il vient toutes les semaines à heure fixe. Il est réglé comme un coucou suisse. Un brave garçon. Mais ne lui dites pas que j'ai dit ça, ajouta-t-il en me faisant un clin d'œil.

– Il vient avec sa compagne ?

– Sa compagne ? Oh ! vous voulez dire la journaliste ? Non, il vient tout seul, tous les mardis. Généralement vers dix heures.

Je m'approchai de ma grand-mère et l'embrassai. Ses épaules étaient bien plus frêles que dans mon souvenir. Ma grand-mère, taillée pour résister à tout, semblait minuscule, fragile.

– Il faut que je parte ou je vais être en retard pour le travail.

– OK, ma belle. Tu reviendras avec Brody ?

– Tu sais quoi ? C'est ce que je vais faire. Je reviens mardi. Ravi de vous avoir rencontré, monsieur Grouper.

– Non, pas de « monsieur ». Juste Grouper.

– Oh ! Très bien. Ravi d'avoir fait votre connaissance, Grouper. Et merci de rendre visite à ma grand-mère.

– Ça me fait plaisir. Et espérons que les Steel vont gagner ce week-end, histoire d'avoir un Brody de bonne humeur mardi.

Je souris et me retins de dire ce que je pensais. *Ça m'étonnerait beaucoup que Brody soit de bonne humeur mardi. Même s'il gagne ce week-end.*

Mon jour de repos était le lundi. Les horaires d'un restaurant sont assez peu compatibles avec le fait de suivre un programme télé. J'avais arrêté de chercher à enregistrer des émissions depuis bien longtemps. Il était rare que je me rappelle de mettre un programme à enregistrer, et encore plus rare que j'en regarde l'enregistrement. Sauf aujourd'hui. J'étais assise sur le bord de mon canapé, regardant les deux dernières minutes du match des Steel contre les Eagles. La ligne offensive avec Brody à sa tête était sur le terrain. Les Steel avaient six points de retard. Ils se trouvaient sur la ligne des trente yards.

Sans même en avoir conscience, je tapai nerveusement du pied au moment où Brody arma son bras et lança la balle dans les airs. *Allez, Brody, allez ! Vas-y !* Je retins ma respiration jusqu'à ce que la balle tombe dans les bras du receveur. J'étais excitée et angoissée à la fois. Cela me rappela le lycée et les heures passées sur les tribunes métalliques de nombreuses années auparavant. Ma meilleure amie, Anna, avait pour habitude de poser sa main sur ma jambe. *Arrête de jouer de la cymbale avec tes pieds, tu fais trembler toute la tribune*. Mon Dieu, il y avait une éternité de cela.

Après le match, je décidai de faire des cupcakes. J'adorais cuisiner avant, mais ça faisait longtemps que je n'avais plus personne pour qui préparer quoi que ce soit. Mon appartement était minuscule, avec une kitchenette plus petite encore que n'importe quel placard et avec un vieux four de mauvaise qualité. Aussi, je n'avais pas vraiment envie d'y faire de la cuisine et encore moins de la pâtisserie depuis que je m'étais installée. Mais ce jour-là, je décidai de préparer les gâteaux favoris de Brody et grand-mère. Les mêmes que ceux que je faisais lorsque Brody gagnait un match, à l'époque du lycée.

En partant pour mon rendez-vous avec le Dr Kaplan, je frappai à la porte de la voisine, de l'autre côté du couloir, avec deux cupcakes à la main. Je regardai autour de moi. Cet endroit était sordide. Et ce n'était pas peu dire pour quelqu'un qui avait, comme moi, vécu dans des lieux tous plus minables les uns que les autres au cours des dernières années. Mais New York était une ville chère, et c'était le seul appartement dans mes moyens que j'avais trouvé.

Finalement, la porte s'entrouvrit dans un grincement. La chaîne de sécurité était mise. Je me baissai à hauteur de la petite fille.

– Salut, Abby. J'ai préparé des cupcakes. J'ai pensé que ta mère et toi aimeriez les goûter.

Elle hocha rapidement la tête. Elle ferma la porte, puis l'ouvrit à nouveau après avoir enlevé la chaîne. Abby me prit l'assiette des mains. *Merde. Je connais ce regard.*

– Ta maman est à la maison ?

La petite était affamée. Elle engloutit d'une bouchée la moitié du gâteau.

Abby hocha de nouveau la tête tout en mastiquant. Elle devait avoir cinq ou six ans, mais elle paraissait petite pour son âge. J'avais appris à les connaître un peu, elle et sa mère, au cours des derniers mois. Sa mère était comme moi, en plein sevrage. Mais j'avais un mauvais pressentiment. J'avais vu deux types louches sortir de leur appartement. J'avais peur que la mère d'Abby ait rechuté. Mais je ne voulais pas faire peur à la petite en étant trop dramatique.

– Et ta maman ? Je peux lui donner l'autre cupcake ?

– Elle dort.

Il était quatre heures de l'après-midi.

– Il y a quelqu'un d'autre à la maison ?

– Non.

– Je peux entrer un instant ?

La petite me laissa passer.

Je traversai l'appartement et trouvai Lena, étalée en travers de son lit. Je m'approchai ; elle respirait. Quelques canettes de bière vides jonchaient le sol, mais aucun signe d'usage de drogue.

– Lena ?

Elle poussa un grognement et me tourna le dos.

Je retournai à la cuisine. Abby avait déjà englouti la

moitié du deuxième cupcake. Par curiosité, j'ouvris le réfrigérateur. *Merde.* Il était plus vide encore que le mien. Bien plus vide. Un carton de lait périmé, un peu de ketchup, un bocal de cornichons vide et un tupperware contenant quelque chose de visiblement moisi. Les placards de la cuisine ne contenaient pas grand-chose non plus.

– Je reviens, OK ? Ferme la porte. Attends que je revienne.

Abby me répondit « OK » la bouche pleine.

On ne pouvait pas dire que mes réserves de nourriture aient de quoi satisfaire un palais délicat, mais au moins, j'avais ce qu'il fallait pour nourrir un peu la petite. Je préparai rapidement un sandwich au beurre de cacahuètes et à la confiture et pris avec moi la demi-bouteille de lait que contenait mon frigo avant de retrouver voir la fillette.

– Tu as déjà mangé du beurre de cacahuètes ?

La dernière chose dont Abby avait besoin, c'était de se nourrir avec de la bouffe à laquelle elle était allergique.

– J'en prends de temps en temps pour déjeuner à l'école. Mais quand j'en ai, je ne peux pas m'asseoir à la même table que Danny Mendez parce qu'il est allergique.

Je fus soulagée. Je lui versai un verre de lait et vérifiai qu'elle mangeait bien avant de partir. J'arrivai à quatre heures cinq au cabinet du Dr Kaplan. Elle regarda sa montre.

– Vous êtes en retard aujourd'hui.

Je me laissai tomber à ma place habituelle.

– Désolée, il a fallu que je m'occupe de quelque chose.

Elle prit son carnet de notes, se leva de son bureau et vint s'asseoir en face de moi. Elle ouvrit son carnet sur une page vierge, y nota la date avant de me prêter toute son attention.

– De quoi avez-vous dû vous occuper ?

– Je ne prends plus de drogue si c'est le sens de votre question.

– Ce n'est pas ce que j'ai dit.

– Non, mais je l'ai senti au ton de votre voix.

– C'était une simple question, Willow. Ne partons pas du mauvais pied aujourd'hui.

Peut-être avais-je conclu un peu hâtivement qu'elle insinuait quelque chose.

– Il a fallu que je prépare un sandwich à ma voisine.

– Oh ? Elle est malade ?

– Non, elle a cinq ans. Sa mère dormait. Je suis passée lui donner des cupcakes et j'ai réalisé qu'elle mourait de faim.

– Sa mère dormait au milieu de l'après-midi ?

– Oui… Je me suis dit la même chose. J'espère pour Abby que je me trompe. Sa mère n'a rien pris depuis quatre mois.

Le Dr Kaplan nota quelque chose dans son carnet.

– Qu'est-ce que vous avez bien pu noter ? Que j'ai préparé un sandwich au beurre de cacahuètes pour une petite fille ?

– En fait, j'ai noté que vous avez des liens d'amitié avec une petite fille qui a la même enfance que celle que vous avez eue.

– Oh !

Je n'avais pas vu les choses comme ça.

– Alors… Cette semaine ? Vous avez rendu visite à Marlene ?

– Oui.

– Et comment va-t-elle ?

– Bien. Sa maladie me permet de reprendre ma vie à plusieurs endroits. Elle ne se rend visiblement pas compte que j'ai été absente longtemps et elle semble avoir oublié toutes les choses terribles que je lui ai fait subir.

– Et le travail ?

– Très bien. J'ai horriblement mal aux pieds, mais la paye est bonne. J'espère économiser suffisamment d'argent pour finir par changer de quartier. J'aimerais habiter plus près de chez ma grand-mère. Je mets plus de quarante-cinq minutes pour aller la voir. Et encore, les bons jours.

– Avez-vous vu des gens ?

– Non, mais le type mignon en costume m'a demandé si je voulais sortir avec lui un soir.

– Au restaurant ? Celui qui vous l'a déjà demandé il y a quelques semaines ?

– Il est revenu, avec des amis.

– Et vous avez accepté ?

– Non.

– Pourquoi ? Vous m'avez dit vous-même qu'il était beau garçon et qu'il avait l'air gentil.

– Je ne suis pas prête.

– À cause de Brody ?

– Comment puis-je essayer d'avoir une autre relation alors que je suis toujours amoureuse du même homme ?

– Les gens font ça tout le temps, Willow.

– Je sais. Mais je ne suis pas prête.

– Et quand serez-vous prête ?

Je haussai les épaules.

– Je ne sais pas. Je le vois demain.

– Vraiment ? demanda le Dr Kaplan, surprise.

– Ne vous excitez pas, il n'est pas au courant.

Son front se plissa.

– Il rend visite à Marlene tous les mardis. J'ai évité d'y aller ce jour-là pour ne pas le croiser.

– Mais demain, vous y allez ?

– Oui.

– Qu'est-ce qui a changé ?

– Je ne sais pas vraiment.

C'était un mensonge. Le Dr Kaplan connaissait parfaitement mon passé, mais j'avais honte de lui avouer à quel point j'étais égoïste. Voir Brody avec son amie avait totalement changé les choses. Il fallait que je découvre par moi-même s'il y avait encore ou non un espoir pour nous deux. Ou je ne serais jamais capable d'aller de l'avant.

24

Brody

Grouper avait installé quelques cônes jaunes délimitant la section du sol qu'il était en train de nettoyer dans le hall. J'en attrapai deux et courus à travers le hall. Je les posai à un mètre cinquante l'un de l'autre.

– Pas de *touchdown*, et la balle va à mon infirmière favorite, Shannon.

Je fis un clin d'œil à Shannon qui me rendit un sourire.

– Shannon porte une blouse avec des petits joueurs de football imprimés dessus, le dimanche. Est-ce que vous la portiez dimanche dernier, Shannon ?

Elle rigola.

– Bien sûr. J'avais mes boucles d'oreilles spécial football qui vont avec.

– Tu entends ça, Grouper ? Je me dis que je ne devrais même pas te donner une chance de gagner ce ballon, vieil homme. Tu as des boucles d'oreilles spéciales pour le football, toi ?

– Allez, lance la balle et arrête de jacasser.

Grouper lâcha sa serpillière et se mit à courir en direction des cônes.

Pendant une demi-seconde, je me dis que j'allais lancer la balle au-dessus de sa tête et la lui faire manquer. Puis, je me souvins qu'il avait sans doute passé son dimanche à jouer aux dames avec Marlene pendant qu'il soutenait mon équipe à la télé. Je lui envoyai une balle facile.

– Je l'ai ! fit-il, triomphant.

– Oui. Et tu as aussi de l'arthrite et des hémorroïdes.

– Merci de me le rappeler… Ton jour viendra. Et je suis impatient de voir les premiers signes de l'âge sur cette jolie petite gueule.

Je ris.

– Marlene est dans sa chambre ou dans la salle commune ?

– Je pense qu'elle est dans sa chambre. Sa petite-fille est encore là ce matin. Je ne vais pas encore avoir à arbitrer quelque chose, n'est-ce pas ?

Entre la victoire de dimanche qui nous propulsait en première place de la saison régulière et le lundi soir passé littéralement « dans » Delilah, je pensais que rien ne pouvait ruiner mon humeur joviale. J'avais tort.

Je pensai un moment faire demi-tour et rentrer chez moi. Mais on était mardi, une tradition. Depuis des années. Des années pendant lesquelles elle ne s'était même pas demandé si sa grand-mère était vivante. J'en avais marre de la laisser interférer dans ma vie.

Au moins, cette fois-ci, j'étais prêt à la voir. En tout cas, je pensais l'être.

Willow se tourna quand la porte s'ouvrit, et mon cœur cessa immédiatement de battre. Je la haïssais.

Je la haïssais.

Tellement.

Puis, quand mon cœur se remit à battre, je ne pus l'empêcher de s'emballer.

– Salut.

Elle sourit, hésitante, et ses grands yeux me regardèrent par-dessous ses cils interminables.

Je te déteste.

Je détestais le fait qu'elle soit toujours aussi belle.

Je levai le menton dans sa direction. Ce fut ma seule réponse. Je m'approchai de Marlene.

– Comment va ma dame préférée aujourd'hui ?

Je l'embrassai sur le front.

– Brody, tu arrives juste à l'heure. Prends un bloc-notes.

Je fronçai les sourcils.

– *La Roue de la fortune* est sur le point de commencer, m'expliqua Willow. Tu te souviens quand, tous les trois, nous…

Je la regardai droit dans les yeux.

– Je sais à quelle heure passent ses émissions préférées. Et tu ne vas pas jouer à ce petit jeu.

Son visage s'assombrit. Cela aurait dû me réjouir, mais ce fut le contraire.

– Tu ne veux pas jouer ? demanda Marlene.

– Je vais passer mon tour ce coup-ci.

Marlene eut l'air déçue, mais dès que l'animateur, Pat Sajak, apparut à l'écran, son visage s'illumina. Si seulement nous avions tous quelque chose qui nous comblait entièrement, ne serait-ce que quelques minutes par jour... Je jetai un œil furtif à Willow. Il fut un temps où elle était mon Pat Sajak.

Quand apparut la première énigme, Willow et Marlene partirent immédiatement dans un voyage à travers le temps. À une époque, nous nous retrouvions sur le canapé de Marlene, recouvert de plastique, devant la télé. Nous écrivions les lettres que nous aurions choisies à la place des participants et évaluions ce que nous aurions gagné. Ce que Marlene ne savait pas, c'est que nous jouions secrètement, Willow et moi, pour des faveurs sexuelles. Celui qui gagnait le plus à la fin de l'émission avait droit à ce qu'il voulait le soir même. La plupart du temps, je laissais Willow gagner, juste pour l'entendre dire ce qu'elle voulait que je lui fasse.

Les visions du passé m'envahirent.

Willow, à seize ans, me regardant pendant que je me penchais sur elle. Ses lèvres gonflées de tant de baisers.

Je te hais.

Elle, assise, ses cheveux défaits, retirant son tee-shirt blanc. Pas de soutien-gorge en dessous. Mon pouce caressant sa lèvre inférieure avant qu'elle me le mordille nerveusement.

Je te hais.

Willow sursauta en entendant le bruit de ma chaise crissant sur le carrelage. « Salle de bain » fut mon explication.

Je refusai de renoncer à mon temps avec Marlene, question de principe. Je restai donc là, assis, silencieux, tâchant d'éviter toute interaction avec Willow. Quand l'heure du déjeuner arriva, j'aidai Marlene à s'asseoir dans son fauteuil roulant et la conduisis jusqu'à la salle à manger.

– Il faut que j'y aille : j'ai entraînement cet après-midi.

– Tu travailles trop.

La table habituelle de Marlene l'attendait. Je m'assurai qu'elle était bien installée avant de dire au revoir et de retourner dans sa chambre récupérer ma veste.

J'entendis la porte s'ouvrir, mais je ne me retournai pas, tandis que j'enfilais mon manteau.

– J'ai fait des cupcakes, dit Willow doucement. Ceux que tu aimes, avec le nappage à la crème.

Je regardai par la fenêtre.

– Pas faim.

Elle s'avança vers moi de deux pas. Puis, elle s'arrêta. Je voyais son reflet dans la fenêtre.

– Tu veux que j'évite certains jours ?

– Fais ce que tu veux. Ça ne fait aucune différence en ce qui me concerne.

– J'ai vu le match hier. Tu sais, quand tu marques un *touchdown*, tu le célèbres avec exactement la même danse dans la zone d'en-but que quand tu étais en troisième, à la Kennedy High School.

Je détestais qu'elle pense tout savoir de moi.

Je la détestais.

Elle ne savait plus rien de moi. Il fallait qu'elle le comprenne avant que je ne prenne la porte.

– J'ai célébré mon *touchdown* dans ma copine hier soir. Pas dans l'en-but.

25

Delilah

Les seules fois où voir mon boss à mon bureau ne me dérangeait pas, c'était quand Indie était dans les parages. Principalement parce que monsieur Couilles se cognait partout quand il était en présence de mon amie. Cette fois-ci, ce fut la poubelle qui se trouvait juste à l'entrée de mon bureau. Indie l'avait aperçu dans le couloir avant qu'il n'arrive. Elle s'était alors penchée sur mon bureau, comme une entraîneuse essayant d'attirer l'attention en se penchant sur un billard, dans un bar plein de cow-boys en rut. Les coutures de sa jupe déjà passablement serrée semblaient prêtes à craquer à mesure qu'elle remuait ses fesses de manière suggestive.

– Ravi de vous voir, Charlie.

Elle resta dans cette position et regarda par-dessus son épaule pour lui parler. Personne n'appelait Charles Ulysses Macy « Charlie ». À part Indie.

– Indie.

Il se racla la gorge :

– Vous avez l'air en forme.

– C'est parce que vous me voyez sous mon meilleur angle, ironisa-t-elle.

J'interrompis la conversation avant qu'il puisse répondre.

– Qu'est-ce que je peux faire pour vous, monsieur Macy ?

– Oui…, euh… Nous avons besoin d'un spot de soixante secondes pour les play-offs.

– Vraiment ?

Les spots de soixante secondes étaient généralement tournés par les grands noms de la chaîne, uniquement des visages connus.

– Nous avons besoin du pouvoir d'attraction féminin. Nous allons tourner deux spots et ce sera avec deux femmes.

– Vous êtes en train de dire que vous allez l'utiliser pour son corps ?

Indie s'était relevée, croisant les bras sur sa poitrine.

– Euh… Non… Nous…

Détendez-vous…

Elle posa une main sur le bras de Macy.

– J'étais juste un peu jalouse. Personne n'a utilisé mon corps à moi depuis un moment.

Le pauvre Charles dut rajuster son pantalon pour cacher la bosse qui s'y formait. Je le secourus.

– Je suis ravie d'avoir cette chance.

– Parfait. Vous partirez avec Michael après le match de dimanche. Vous ferez un spot avec Mara à Miami lundi.

– Michael ?

– Langley. C'est avec lui que vous tournez.

Il me fallut encore dix bonnes minutes avant de réussir à me débarrasser de monsieur Couilles. Quand il fut enfin parti, je grondai Indie.

– Pourquoi tu fais ça chaque fois ?

Elle lança un stylo en l'air et le rattrapa.

– Je me donne deux points chaque fois que je le fais bander. C'est un petit jeu que j'aime.

– Dégueu.

– Je sais. Tu penses qu'il est en train de se branler dans les toilettes des hommes ? Je me rajoute cinq points s'il sort avec une tache de sperme sur le pantalon.

– Sérieusement, je me demande si tu n'es pas encore plus dégoûtante que lui.

– Il mérite d'être traité comme il traite les autres. Comme de la viande.

– Mais il aime ça.

– Il aime quand je joue avec lui. Je suis sûre qu'il aime moins être obligé d'aller se soulager tout seul aux toilettes comme un con.

J'attrapai au vol le stylo qu'elle continuait de lancer en l'air.

– Je pars un jour de plus, du coup. Je pensais que je n'aurais besoin que d'une tenue. Mais il va falloir que je passe au pressing avant qu'il ne ferme. Ce qui veut dire pas de yoga pour moi ce soir.

– Pas de yoga ?

Indie fit la moue.

Je commençai à ranger mes affaires sur mon bureau.

– Non. Le seul exercice que je ferai ce soir, ce sera avec Brody.

– Elle est dure, ta vie. Tu vas te faire sauter par ton sublime quarterback de copain ce soir avant de t'envoler pour un voyage romantique avec Michael Langley.

– Ça n'aura rien de romantique.

– Vu la façon dont il te regarde chaque fois qu'il te voit, je pense qu'il va tout faire pour que ça le soit.

Brody et moi avions prévu de dîner à son hôtel ce soir-là. Je lui envoyai un message pour lui dire que j'allais être en retard, mais le temps que je prépare tout ce que j'avais à faire pour mon voyage du lendemain, j'étais encore plus en retard que ce que j'avais imaginé. Quand j'arrivai au bar du Regency, Siselee, la serveuse aux cils battants, était assise face à lui, à la table, portant son uniforme.

– Salut.

Ni l'un ni l'autre ne semblèrent remarquer mon arrivée. En entendant ma voix, Brody se tourna dans ma direction et fit tomber le verre qui se trouvait sur la table. Le verre se cassa. Tous les yeux se tournèrent vers nous.

– Elle est là ! dit-il trop fort.

Quand j'arrivai à sa hauteur, il m'attrapa la taille et m'attira jusqu'à lui. Un serveur accourut pour nettoyer le sol.

– Notre jeune homme a bu un peu trop, dit Siselee.

Notre jeune homme ?

– Il a eu une mauvaise journée, continua-t-elle.

Sa voix haut perchée était irritante, mais je résistai à l'envie de la remettre à sa place. Je m'adressai à Brody.

– Ça va ?

Il était totalement ivre. Dans sa tentative d'ouvrir les yeux plus grand, il pencha sa tête en arrière. Comme si cela allait l'aider à garder ses paupières ouvertes.

Il sourit et fourra sa tête entre mes seins.

– Je suis en pleine forme maintenant que tu es là.

– Tu as mangé quelque chose ?

– Non, je t'attendais.

– Désolée. Je ne pensais pas que je serais si en retard.

– Tout va bien, Siselee m'a tenu compagnie.

Aucun doute là-dessus…

Une fois que le serveur eut terminé de nettoyer le bazar, Siselee était de retour avec un verre plein d'un liquide translucide.

– J'espère que c'est de l'eau.

– Il m'a demandé un verre.

– Je ne pense pas qu'il en ait besoin.

– Bien sûr que si.

Siselee me regarda d'un air condescendant.

– On est mardi !

– J'en ai parfaitement conscience.

– C'est le seul jour de la semaine où il s'autorise quelques verres.

– Oui, mais d'après ce que je vois, on a largement dépassé la dose autorisée.

– Il a eu une mauvaise journée.

– Tu sais quoi, je pense que nous allons dîner au restaurant plutôt qu'au bar.

Quand Brody se leva, il tenait à peine debout tant il était ivre. Il mit son bras autour de mes épaules. Il s'appuyait contre moi pour ne pas tituber.

– Et si on montait plutôt dans la chambre et qu'on commandait un room-service ?

– Et si on laissait tomber le room-service et que je te mangeais, toi ?

– Tu es un pervers même quand tu es ivre, dis-je en rigolant.

Une fois dans la suite de Brody, je commandai un dîner léger pour deux personnes. Même si je n'étais pas sûre que Brody serait encore réveillé quand le dîner arriverait.

Il se battait avec les boutons de sa chemise. Je dus l'aider à se déshabiller en l'asseyant sur le lit.

– Tiens, tant que tu es là…, ricana-t-il alors que j'étais à genoux, devant lui, en train de délacer ses chaussures.

– Je pense que tu es trop ivre, même pour ça.

Je lui retirai ses chaussures et posai mes mains sur ses genoux.

Brody attrapa mes mains et les glissa entre ses cuisses pour que je sente comment il bandait.

– Je regardais dans ton décolleté pendant que tu délaçais mes chaussures. Je ne suis pas ivre au point de ne pas pouvoir retirer mes pompes moi-même. Mais j'ai beaucoup aimé la vue plongeante sur tes seins.

Je ris.

– Pourquoi tu ne prendrais pas une douche avant que le dîner n'arrive. Ça te remettrait un peu d'aplomb.

– Tu la prends avec moi ?

– Pas cette fois-ci.

– D'accord. Mais je ne me soulage pas. Je garde ça pour toi, tout à l'heure.

– Je n'en attendais pas moins de toi.

Le dîner arriva juste avant que Brody n'en ait fini dans la salle de bain. Il sortit, portant une serviette autour des reins. Exactement comme la première fois que je l'avais vu.

Deux mois plus tôt, je n'aurais jamais imaginé que l'arrogance de Brody Easton cachait en réalité une folle insécurité. Finalement, nous n'étions pas si différents l'un de l'autre. Au cours des sept dernières années, depuis la mort de Drew, tout le monde me disait que j'évitais toute relation parce que j'avais peur de souffrir à nouveau. Je ne voyais pas les choses comme ça… Jusqu'à ce que je me retrouve dans les actes de Brody. Il était comme un miroir. Nos façons de faire étaient différentes, mais nous faisions la même chose. Nous nous protégions. Si vous ne laissez personne pénétrer dans votre cœur, personne ne peut vous blesser.

J'installai le dîner sur la table.

– Tu t'ennuyais en m'attendant ? Ou tu as vraiment eu une sale journée ?

– Sans doute un peu des deux.

Il se passa la main sur le visage et vint s'installer à table.

– L'entraînement ne s'est pas bien passé ?

– Si, pas trop mal.

Il souleva la cloche en argent qui couvrait son dîner et regarda la salade César que j'avais commandée pour lui.

– Demain, ça va être dur. Je sens déjà la gueule de bois qui commence à me gagner.

– Tu ne bois généralement pas plus d'un ou deux verres. Tout va bien ?

Brody frotta sa nuque un instant.

– Marlene avait de la visite aujourd'hui.

Je perdis soudain tout appétit.

– Oh ?

– Willow. Elle pense qu'elle peut juste revenir comme ça dans nos vies et que tout va bien se passer.

La phrase « revenir dans nos vies » me mit très mal à l'aise.

– Vous vous êtes disputés ?

– Non.

Nous mangeâmes en silence pendant quelques minutes.

– Juste de mauvais souvenirs qui sont remontés à la surface.

Je ne savais pas quoi répondre à ça ; aussi, je m'abstins. L'atmosphère était devenue pesante. Nous cherchions des sujets de conversation pour meubler le dîner.

Après le repas, Brody se coucha pendant que je me brossais les dents dans la salle de bain, la porte ouverte.

– Je ne rentre pas avec toi dimanche soir. La chaîne m'envoie à Miami après le match.

– Ah oui ? Tu vas interviewer qui ?

– Payton Mara.

Je finis de me brosser les dents, retirai le bandeau que j'avais dans les cheveux pour me nettoyer le visage et j'étais sur le point de quitter la salle de bain quand je remarquai un tee-shirt de Brody pendant derrière la porte. C'était un tee-shirt d'entraînement, mais son nom était écrit au dos. Je passai mes doigts sur chacune des lettres de son nom. J'étais en train de tomber totalement amoureuse de lui. Plus moyen de reculer, désormais.

Sachant dans quel état d'esprit il était ce soir-là, j'avais deux choix possibles. Soit je me glissais dans le lit, me blottissais contre lui en me demandant s'il pensait à elle pendant que nous plongions doucement dans le sommeil, soit… je chassais ces mauvais souvenirs et ne laissais de place à personne d'autre qu'à moi. La réponse était évidente.

Je retirai toutes mes affaires, mon tee-shirt, ma culotte, et enfilai le tee-shirt de Brody. Il tombait juste au-dessous de mes fesses, les couvrant à peine. C'était parfait.

Brody regardait la télévision d'un œil morne. Je passai devant lui et posai mes vêtements dans le placard attenant en me baissant pour qu'il puisse bien voir mes fesses nues.

– Putain, j'adore ça. Mon nom sur ton dos et ce cul parfaitement rond.

Je me retournai alors vers lui et penchai légèrement la tête d'un air coquin.

– Je pensais que tu étais en train de t'endormir.

– Il faudrait que je sois mort pour ne pas me réveiller devant une vision pareille.

Il baissa d'un ton.

– Retourne-toi.

– Tu as juste envie de voir ton nom sur le tee-shirt ! lui lançai-je, moqueuse.

Mais je me retournai malgré tout. J'entendis le lit grincer. Il se levait.

– Si je pouvais, je ferais noter mon nom sur ce cul.

C'était un peu cru, mais l'idée me fit légèrement vaciller.

J'entendis ses pas à travers la pièce, et puis son souffle chaud contre ma nuque lorsqu'il se pencha pour me parler à l'oreille.

– Penche-toi. Je vais me servir de ce corps.

Il caressa mes épaules.

– Je suis encore un peu ivre et j'ai envie d'oublier tout le reste pendant un moment. Tout sauf toi. Et moi dans toi. C'est là que je me sens bien. Ça te va, ma belle ?

Je déglutis et acquiesçai. C'était exactement ce que je voulais. Qu'il n'y ait rien d'autre que nous deux. *Au moins pour cette nuit.*

26

Willow

Dimanche après-midi, je venais d'éteindre la télévision après le match quand j'entendis cogner à la porte. C'était si léger que je ne fus certaine qu'on avait frappé que lorsque l'on recommença.

– Qui est-ce ?

– C'est moi. Abby Little, la voisine.

Comme je déverrouillais les différentes serrures, je fus frappée par le fait qu'elle se sente obligé de donner son nom de famille. Comme si « Abby la voisine » ou juste « Abby » ne suffisait pas.

– Salut, toi.

– Je peux entrer ?

Je jetai un œil au couloir. La porte de son appartement était fermée.

– Bien sûr. Ta maman sait que tu es là ?

– Elle est avec quelqu'un. C'est elle qui m'a dit de venir voir si tu étais chez toi.

Ça ne me plaisait pas beaucoup.

– Elle est avec une de tes tantes ou un de tes oncles ? dis-je sans même savoir si elle avait de la famille.

– Non, elle est avec monsieur Fatigue.

– Monsieur Fatigue ?

– Oui, celui qui fatigue maman.

La fatigue, c'était le moment de redescente après un shoot. J'en étais sûre. Mon appartement était complètement en désordre et, à part la télévision, je n'avais pas grand-chose pour occuper une petite fille de cinq ans. D'ailleurs, je ne savais pas à quoi pouvait bien s'occuper une petite fille de cinq ans.

– Tu as des devoirs ?

– Non.

Je n'avais pas de table, seulement le comptoir de ma kitchenette, trop haut pour la petite. Je la posai dessus.

– Tu veux manger quelque chose ?

Elle hocha la tête vigoureusement. Pas difficile de faire plaisir à cette petite. J'imagine que, lorsqu'on est privé du nécessaire, on apprécie les choses simples. Avoir une mère accroc, c'était être privé de nourriture, de soins et même de la plus simple attention. Je sortis une boîte de céréales de mon placard et la lui montrai.

– Ça te va ?

– Oui, répondit la petite en souriant.

Chaque fois que maman me déposait chez ma grand-mère, elle me préparait un véritable festin. Je n'avais jamais vraiment réfléchi à ça. Pour moi, c'était ma grand-mère, et les grands-mères cuisinent. Mais voir Abby me fit comprendre pour la première fois que Marlene savait sans aucun doute que j'avais faim, moi aussi. Ma grand-mère avait fait tant de choses pour moi auxquelles je n'avais pas fait attention.

Une fois Abby rassasiée, je lavai son bol et réfléchis à la situation. Qu'aurait fait Marlene ? Elle m'aurait sans doute demandé ce que je voulais faire.

– Qu'est-ce que tu as envie de faire, Abby ?

– On peut aller au parc ?

– Bien sûr. Mais il faut demander à ta mère d'abord. Et prendre ton manteau.

L'odeur de plastique brûlé, si familière pour moi, me frappa dès que j'ouvris la porte de l'appartement.

– Lena ?

Elle ne répondit pas. Mais l'odeur de crack me disait clairement ce qu'elle était en train de faire.

– Reste ici une minute, Abby, tu veux bien ?

Je laissai Abby dans la cuisine et me dirigeai vers la chambre.

– Lena ?

Rien.

Je cognai à la porte avant de m'apercevoir qu'elle n'était pas fermée.

– Lena ?

Je poussai légèrement la porte et ce que je vis me frappa en pleine figure. Lena était à genoux, sa tête allant et venant pendant que le connard qui la fournissait lui tenait les cheveux avec une main et de l'autre tenait une pipe à crack.

Je me figeai. Non pas que je trouvais choquant le spectacle d'une femme faisant une fellation. J'en avais vu bien d'autres dans les maisons abandonnées où je m'étais défoncée avec d'autres. Non, je me figeai à cause de la pipe à crack. J'avais envie d'un shoot. J'en crevais d'envie. Pourtant, je haïssais cette merde.

Le connard m'aperçut et me lança un sourire lubrique. Le fait que je les regarde l'excitait encore plus. Il prit une longue bouffée de sa pipe et, serrant un peu plus fort les cheveux de Lena, avançant ses hanches, il fit en sorte qu'elle ne puisse que rester dans la position pendant qu'il jouissait.

J'avais envie de vomir.

J'avais envie de cette pipe à crack.

Il fallait que je sorte de là tout de suite.

J'attrapai la première veste que je trouvai dans le placard et me précipitai à l'extérieur de la chambre. Je pensai soudain qu'Abby aurait pu assister à la scène…

– On peut y aller ?

– Oui, maman est d'accord, répondis-je en ouvrant la porte de l'appartement de façon précipitée.

Je pris le métro avec Abby en direction du centre-ville. Il était hors de question que je l'emmène dans un parc du coin : ils étaient tous infestés de junkies. L'expérience était dangereuse pour elle et pour moi. Il fallait que je m'éloigne le plus possible de la tentation. J'emmenai la petite dans un parc où ma grand-mère m'emmenait, enfant, non loin de chez elle.

Nous y passâmes une bonne heure. Je m'étais assise sur un banc et je regardais Abby jouer avec une petite fille qui devait avoir son âge. À un moment, elle vint jusqu'à moi pour me demander si elle pouvait accepter un jus de fruits de la maman de la petite. Elle était assez maligne pour demander la permission avant d'accepter quoi que ce soit d'un étranger, fût-ce la mère d'une petite fille comme elle. C'était une bonne chose. Dieu sait quel genre de personnes elle allait rencontrer avec sa mère en pleine rechute.

La nuit commençait à tomber, mais nous n'avions envie de rentrer ni l'une ni l'autre. Alors, sur un coup de tête, et bien que j'eusse déjà rendu visite à Marlene plus tôt dans la journée, je décidai d'emmener Abby voir ma grand-mère, au Broadhollow Manor.

Au moment de signer le registre des visites, l'infirmière me prit à part.

– Elle ne va pas très bien ce soir.

– Comment ça ? Je l'ai vue ce matin et tout allait bien.

– Je ne veux pas vous alarmer. Ce n'est peut-être rien, mais elle est un peu léthargique. Plus que d'habitude.

– Elle a été vue par un médecin ?

– Oui. Et nous observons le moindre signe de changement ou de dégradation. Cela arrive avec les patients atteints d'Alzheimer, vous savez. Ils ont de bons et de mauvais jours. Il est difficile de faire la différence entre une mauvaise journée « normale » et une mauvaise journée « inquiétante ».

– Je peux la voir ?

Oui, bien sûr, je ne voulais pas vous effrayer. Je voulais simplement vous prévenir. Ces dernières semaines, elle allait très bien, mais il lui arrive d'avoir de mauvais jours. C'est peut-être simplement l'un d'eux. Nous avons appelé Brody, mais nous n'avons pas encore réussi à le joindre. Juste pour qu'il soit au courant.

– Je crois qu'il est en déplacement. Il avait un match.

Je fus frappée par le fait qu'ils aient pensé à appeler Brody et pas moi. Mais après tout, je le méritais.

– Je peux entrer avec Abby ? C'est la fille de mon amie. Nous étions dans le coin et je me suis dit qu'on pouvait passer juste pour redire bonjour.

– Bien sûr. Marlene dormait la dernière fois que je suis passée dans sa chambre. Si elle se réveille quand vous arrivez, sachez qu'il se pourrait qu'elle soit un peu plus confuse que d'habitude.

J'expliquai à Abby que nous allions rendre visite à ma grand-mère qui, parfois, était un peu bizarre. Mais je ne voulais pas l'effrayer ; aussi, je n'en dis pas plus. Abby et moi entrâmes dans la chambre de Marlene sans faire de bruit.

Je soupirai, soulagée, en la découvrant dans son lit, dormant paisiblement. Elle ne se réveilla pas durant tout le temps que nous restâmes sur place. Une infirmière entrait dans la pièce tous les quarts d'heure pour vérifier que tout allait bien. Finalement, Abby commença à bâiller. Il était presque huit heures du soir et sans doute pour elle bientôt l'heure d'aller se coucher. En partant, je laissai mon numéro de téléphone à l'infirmière et lui dis de m'appeler s'il y avait quoi que ce soit.

De retour à la maison, j'installai Abby dans mon appartement et lui dis de rester le temps que j'aille vérifier comment allait sa mère. La porte était ouverte. Cela suffit à me dire que je n'enverrais pas la petite dormir là cette nuit.

À l'intérieur, je fus soulagée de trouver Lena dormant seule dans son lit. Éparpillé autour de son lit, on trouvait tout le matériel nécessaire pour se droguer. En sortant, je tombai sur un téléphone portable. Je fouillai le répertoire, espérant trouver quelqu'un à qui confier la petite pendant quelque temps. Je savais d'expérience que le problème n'allait pas se régler du jour au lendemain.

Abby me donna le nom de sa grand-mère. Je l'appelai. Ce n'était visiblement pas la première fois que cette femme recevait ce genre d'appel. Il n'y avait ni choc ni surprise dans sa voix.

Sophie, la grand-mère d'Abby, vivait seulement à quelques pâtés de maisons. Je lui proposai de lui amener la petite. Je ne voulais pas qu'elle voie dans quel genre de taudis vivaient sa fille et sa petite-fille. Sophie habitait avec son mari dans un immeuble tout à fait décent. Elle m'invita à boire un café. J'eus le temps ainsi de voir que la petite serait bien traitée. Elle ne semblait pas affectée par cette vie. La folie était la norme pour elle. Elle n'avait pas conscience qu'elle vivait une existence terrible. En tout cas, pour l'instant.

À quelques rues de chez moi, mon téléphone vibra dans ma poche. Un numéro local apparut sur mon écran.

– Allô ?

– Mademoiselle Garner ?

– Oui.

– Ici Shannon, je suis infirmière à Broadhollow Manor.

Je me figeai soudain.

– Tout va bien ?

– Nous venons d'appeler une ambulance. L'état de votre grand-mère s'est dégradé. Il ne faut pas s'alarmer, mais…

– J'arrive.

27

Delilah

Quelles que soient les peurs qui s'étaient logées au fond de moi, elles commençaient peu à peu à se dissiper. J'avais partagé la chambre de Brody pendant trois nuits en Floride, et cela m'avait redonné confiance en nous. Je n'avais toujours pas abandonné la chambre pour laquelle WMBC payait, mais il était à présent de notoriété publique que Brody et moi formions un couple. Bien entendu, certains de mes collègues masculins qui m'en voulaient d'avoir été promue à leur place faisaient régulièrement des commentaires déplacés sur la façon dont, selon eux, je m'arrangeais pour avoir des interviews exclusives. Je détestais ça, mais pas au point de quitter Brody.

Après le match contre Tampa Bay, puis les traditionnelles interviews du vestiaire, Brody et l'équipe partirent pour l'aéroport afin de regagner New York le soir même. Moi, je retrouvai Michael Langley, qui devait me conduire à Miami. L'équipe était en train de mettre ses bagages dans le bus, devant l'hôtel, quand Langley arriva au volant d'une rutilante Jaguar rouge décapotable.

Brody savait avec qui j'allais voyager. Ce ne fut donc pas une surprise pour lui. Mais cela ne signifiait pas qu'il était ravi. Pas le moins du monde. Il n'était pas non plus vraiment en colère. C'était plus un réflexe jaloux de type mâle alpha-homme des cavernes. Curieusement, ça me plaisait plutôt.

Après avoir entassé ses bagages dans le bus, Brody revint pour me dire au revoir. Michael lui fit un signe de la main, mais resta sagement au volant de sa voiture, m'attendant.

– Tu penses que tu peux prendre ton vendredi ?

– Oui, je crois.

– La ligne offensive sera au repos vendredi. J'ai envie de t'emmener voir ma cabane.

– Tu veux me montrer ta cabane ?

– Oui, et ma bite aussi. J'ai toujours envie de te montrer ma bite, mais j'ai envie de te la montrer dans ma cabane jeudi soir.

– Comment refuser une telle offre ? dis-je en rigolant.

– Impossible.

Brody me prit à la taille d'une main ferme et m'approcha de lui.

– Nous partons jeudi après le boulot.

– OK.

Il approcha encore un peu. Nos nez se touchaient presque. Je perçus un éclair dans son regard.

– Il faut que je lui montre que tu es à moi.

– Tu vas lever la jambe et m'uriner dessus comme sur un réverbère ?

– Oh ! mais ma nana est encore plus tordue que moi, on dirait. Tout ce qui te plaira, ma belle.

Je lui bourrai les côtes de coups de poing en riant.

– Sérieusement, fais bon voyage. Et dis à machin de garder ses yeux sur la route et ses mains sur le volant ou il aura affaire à moi.

– Très bien, Tarzan.

Je levai les yeux au ciel.

– Viens là, Jane.

Brody m'attrapa puissamment par la nuque et me

dévora littéralement la bouche. J'étais totalement prise par le baiser. Je ne fis même pas attention à la façon dont il nous donnait en spectacle, me tirant en arrière dans un geste dramatique, m'embrassant comme si demain ne devait pas avoir lieu. Je ne compris ce qu'il avait fait que lorsque le baiser cessa enfin. Je m'aperçus alors que toute l'équipe nous regardait. Tout le monde se mit à applaudir dans le bus.

J'avais envie de le tuer. Avant de me relâcher complètement, il me passa quelque chose par la tête. C'était son tee-shirt d'entraînement, avec son nom inscrit dessus. Il ne plaisantait pas quand il parlait de me marquer. Il m'avait prévenue.

– Prenez bien soin d'elle, dit-il à Michael en ouvrant la portière de la voiture.

Les premières minutes du voyage furent particulièrement silencieuses. Et puis, finalement, ce fut Michael qui rompit le silence :

– Donc, j'imagine que vous n'allez pas accepter de sortir avec moi ?

– Désolée. J'aurais dû vous le dire. Mais quand vous m'avez demandé la première fois, Brody et moi ne sortions pas encore ensemble. Et j'étais réellement très occupée. Et la fois suivante…

– C'est OK, vous n'avez pas à vous justifier.

Il me regarda, puis regarda la route à nouveau.

– Je ne vais pas vous dire que je ne suis pas déçu, mais je ne vais pas non plus rendre les choses compliquées ou désagréables.

Mes épaules se détendirent soudain.

– Merci.

Les trois heures de route s'avérèrent vraiment agréables. Le soleil de Floride caressait doucement mon visage pendant que l'air frais de la voiture décapotée ébouriffait mes cheveux. Entre les débuts difficiles avec Brody, le nouveau job, la réapparition de l'ex perdue de vue depuis longtemps, j'avais été pas mal stressée ces derniers temps.

– C'est la première fois que je roule en décapotable. J'adore. Vous l'avez louée ?

– Non. En fait, j'ai une maison là-bas, à Miami. J'ai une voiture qui va avec la maison.

– Je ne savais pas. C'est loin de l'hôtel ?

– Non, une vingtaine de minutes en voiture tout au plus.

– Oh ! je peux prendre un taxi depuis là-bas. Comme ça, vous n'aurez pas à dévier de votre chemin.

– Ce n'est pas un problème. Mais vous pouvez venir chez moi plutôt qu'à l'hôtel si vous préférez.

Je lui lançai un regard noir.

– Calmez-vous. J'ai une maison pour les invités. Nous n'aurons même pas à habiter le même bâtiment.

– Merci beaucoup, mais je crois que je vais descendre à l'hôtel.

Michael haussa les épaules comme si ça n'avait pas d'importance. Il paraissait facile à vivre. Descendre dans la résidence des invités n'était certainement pas un problème, mais, curieusement, cela ne me paraissait pas bien. L'hôtel était de loin la meilleure solution.

La circulation ralentit comme nous arrivions dans l'avenue principale de Miami. Mon téléphone vibra alors. Je le sortis et lus le message de Brody.

Brody : Je suis dans l'avion ; il est retardé. Tu fais quoi ?

Je décidai de jouer un peu.

Delilah : Je bois des margaritas au bord de la piscine et je travaille mon bronzage. J'ai bien fait de prendre un maillot de bain.
Brody : Avec Langley ?

DELILAH : Avec qui d'autre ?
BRODY : Tu te fous de moi, c'est ça ?
DELILAH : Tu le sauras quand tu verras mes marques de bronzage.
BRODY : C'est ton cul qui va avoir des marques dès que je te revois.
DELILAH : Mmm... Ça pourrait me plaire.
BRODY : Tu te fous de moi ?
DELILAH : Pour les verres et la piscine, oui. Pour les marques sur les fesses...
BRODY : Je bande dans l'avion assis à côté d'un linebacker de 115 kilos.
DELILAH : LOL.
BRODY : Ils viennent d'annoncer qu'on va décoller. Je dois couper. J'aurais aimé que tu rentres avec moi. Même après trois jours avec toi. Tu me manques dès que tu n'es plus là.

Mon cœur s'emballa un peu. Brody arrivait à me chambouler même sans le vouloir. J'étais dingue de lui. Je me rencognai dans mon siège et me détendis.

DELILAH : Moi aussi.

Il était un peu plus de minuit quand mon téléphone vibra à nouveau. Je venais tout juste de m'endormir. Le nom de Brody apparut sur mon écran. Je décrochai, souriante, la voix un peu pâteuse.
– Salut.
– Je te réveille ?
– T'inquiète, je viens tout juste de m'endormir.
– Je n'aurais pas dû t'appeler si tard, désolé. Je te rappelle demain matin.
Le ton de sa voix m'interpella. Je m'assis sur le lit et allumai la lampe de chevet.

– Que se passe-t-il ?

– À l'atterrissage, j'avais des messages sur ma boîte vocale. Des messages de Broadhollow Manor. Ils ont emmené Marlene à l'hôpital.

– Que s'est-il passé ?

– Ils ne savent pas trop. Elle n'était pas très bien pendant la journée et puis elle a fait une sieste, ce qui ne lui ressemble pas, et elle ne s'est pas réveillée. Ses fonctions vitales ont commencé à décliner. Alors, ils ont appelé une ambulance.

– Oh mon Dieu ! Je suis désolée. Tu y vas ?

– Oui. Ils l'ont emmenée à Saint Luke. Je suis dans un taxi, là.

Brody se mit alors à aboyer contre le chauffeur de taxi qui semblait ne pas prendre le bon chemin. Le stress dans sa voix était clairement perceptible à mesure qu'il approchait.

– Je vais sortir et marcher sur les derniers pâtés de maisons. La circulation est quasiment arrêtée sur la 8e Avenue. Putain, à minuit !

Il parla à nouveau au chauffeur :

– Arrêtez-vous là et laissez-moi descendre.

J'entendis la portière du taxi claquer et quelques mots étouffés.

– Je prends le premier avion demain matin.

– Tu as des interviews à faire. Ton abruti de boss en a déjà après toi à cause de moi. Reste. Je ne sais même pas encore ce qui est en train de se passer.

– Mais…

– Dors un peu. Je t'envoie un message dès que j'en sais plus.

– Oui, s'il te plaît.

– Ouais. Bon, je vais courir. L'hôpital n'est pas à côté. Il va sans doute falloir que j'appelle Willow pour la tenir au courant.

Je restai éveillée pendant plusieurs heures après son appel. Mais il ne m'envoya pas de message avant que je m'endorme. Je détestais l'idée d'être si loin. Je voulais être là pour lui. À ses côtés. S'il y avait des mauvaises nouvelles, je voulais pouvoir le réconforter. Et peut-être, peut-être, une partie de moi, égoïstement, ne voulait pas que qui que ce soit prenne ma place pour lui offrir ce réconfort.

28

Willow

Les urgences que vous voyez à la télévision, c'est des conneries. Les docteurs qui courent partout, les infirmières poussant des brancards à toute allure, les gars faisant de la réanimation pendant que d'autres conduisent le patient à travers des portes battantes… Tu parles !

J'observais la pièce grise et déprimante : presque tous les sièges étaient pris. Les gens attendaient. Et attendaient. Trois femmes habillées en blouse bleue étaient assises derrière d'épaisses vitres, discutant et buvant du café. Deux gardes de sécurité se tenaient à la porte d'entrée. Ça ressemblait plus à la salle d'attente d'une prison qu'à celle d'un hôpital.

Deux heures s'étaient écoulées depuis mon arrivée, et je n'avais aucune information. Je décidai d'aller à la réception. J'attendis en tripotant nerveusement mon collier. Les trois femmes continuaient de discuter en m'ignorant. L'une d'elles finit par s'aviser de ma présence.

– Je peux vous aider ?

– Ma grand-mère a été amenée ici il y a quelques heures.

– Nous avons appelé son nom ?

– Non.

– Nous vous appellerons quand le docteur aura fini de l'examiner et qu'il sera en mesure de vous donner des informations.

Je retournai à mon siège et finis d'enlever le vernis que j'avais sur les ongles. Puis, je dus aller aux toilettes. Je m'étais retenue depuis mon arrivée, par peur de rater l'appel, mais dame Nature imposait sa loi.

Quand je fus de retour, Brody était à la réception, discutant avec une infirmière. Je n'étais pas surprise de le voir là. La maison de retraite m'avait dit qu'ils avaient essayé de le joindre. Pourtant, le voir là me stoppa net. Il avait clairement énoncé qu'il ne voulait plus avoir affaire à moi, mais je le rejoignis malgré tout. Me voyant, il me fit un signe de tête et continua sa conversation avec la même infirmière qui m'avait envoyé paître quelques instants plus tôt. Sauf qu'à présent, elle souriait. Et elle était même capable de se lever de sa chaise.

– Je vais aller voir si je peux faire quelque chose. L'informatique me dit qu'elle est encore au tri, mais ça fait déjà plusieurs heures. Je suis sûre que quelqu'un pourra me donner une information. Je reviens dans une minute.

Brody se tourna alors vers moi.

– Tu viens d'arriver ?

– Non, j'étais aux toilettes. Je suis venue avec elle dans l'ambulance il y a deux heures.

– Je viens d'essayer de t'appeler. Qu'est-ce qu'ils disent ?

– Rien pour l'instant. Ils l'ont emmenée et ne m'ont pas dit un mot depuis.

L'infirmière revint quelques minutes plus tard. Elle montra une porte sur la droite.

– Je vais vous faire entrer.

Je suivis Brody, même si je n'avais pas été conviée. L'infirmière nous conduisit à une salle d'examen et nous invita à prendre un siège. Quelques minutes plus tard, un médecin entra dans la pièce. Il enleva un gant et tendit la main à Brody en premier lieu.

– Je suis le docteur Simon. Vous êtes le petit-fils de madame Garner ?

– Je suis son tuteur légal. Willow est sa petite-fille.

Le docteur me serra la main. Je ne savais pas jusqu'à présent que Brody était le tuteur légal de Marlene.

– Asseyons-nous.

Je n'aimais pas du tout le ton du médecin. Je me tordais les mains en l'écoutant parler.

– Madame Garner a eu une attaque. Une attaque peut être causée par de multiples facteurs. Nous pensons que la sienne provient d'une hémorragie dans le cerveau, produite par l'éclatement d'une artère.

– Oh mon Dieu !

– Comment va-t-elle ? Est-ce qu'on peut la soigner ? demanda Brody.

– Nous sommes en train de lui faire un scanner. Cela nous dira exactement le degré de dégâts causés par l'hémorragie et la taille de l'hématome. Pour le moment, nous essayons de stabiliser sa pression artérielle et sa respiration. Nous avons dû la mettre sous respiration artificielle. Et nous lui injectons un traitement par intraveineuse pour stabiliser la pression artérielle.

– Et après ? Vous opérez ?

Le médecin nous regarda à tour de rôle.

– Madame Garner est très faible. Je ne prends aucune décision pour l'instant. Nous allons faire tout ce que nous pouvons pour la soigner. Mais pour l'heure, vu son état, elle ne supporterait pas une chirurgie crânienne.

Si les mots du médecin n'avaient pas suffi à m'alarmer, les gestes de Brody l'auraient fait tout autant. Il prit mes mains dans les siennes.

– Elle sera sortie du scanner d'ici quelques minutes si vous souhaitez la voir. Les résultats arriveront très vite après ça.

– Oui, nous aimerions la voir. Merci.

Le médecin se leva.

– Je suis désolé de ne pas avoir de meilleures nouvelles.

Pourquoi ne restez-vous pas ici ? Je demanderai à une infirmière de venir vous chercher dès qu'elle est de retour.

La minuscule pièce paraissait encore plus petite avec une personne de moins. Brody passa une main dans ses cheveux.

– Tout va bien ?

– Je crois.

Ma réponse n'était pas très convaincante. Difficile d'être crédible quand vous ne croyez pas à ce que vous dites.

Il passa deux doigts sous mon menton et leva ma tête.

– On ne va pas imaginer le pire. Restons positifs. C'est ce que Marlene ferait à notre place.

Je regardai par la fenêtre de l'hôpital le soleil se lever lentement sur l'horizon. Simple. Majestueux. J'avais passé des années sans même le remarquer, sans y prêter attention. Même dans les heures les plus sombres, j'avais toujours compté sur le soleil pour se lever le jour suivant. Exactement comme les deux autres personnes qui dormaient dans la chambre. Après quelques minutes, je détournai mes yeux du splendide spectacle du dehors et m'attardai sur le reste de mon monde. Les seules choses que j'avais tenues pour certaines dans ma vie jusque-là étaient que le soleil se lèverait le lendemain et que les deux personnes présentes dans la pièce seraient toujours là pour moi. Désormais, plus rien n'était sûr. Si ce n'est le soleil.

Grand-mère dormait, accrochée à une douzaine de tubes différents. Le respirateur artificiel aspirait l'air de ses poumons avant d'en insuffler à nouveau. Il était en rythme avec le bip du moniteur cardiaque. Elle avait passé la nuit, ce qui était plus que ce que le docteur avait imaginé. Il fallait attendre de pouvoir faire un nouveau scanner et voir si l'hémorragie s'était arrêtée.

Mes yeux embués s'arrêtèrent sur l'homme qui dormait à côté de ma grand-mère. Brody avait fini par s'effondrer une heure ou deux plus tôt, assis dans une chaise rembourrée. Je lui avais dit qu'il pouvait partir et se reposer quelques heures, mais il ne m'avait pas écoutée. Grand-mère avait toujours fait, pour lui, partie de sa famille. Après la mort de sa mère, elle avait rempli le vide maternel dans sa vie. Elle avait toujours été là pour lui. Et lui, en retour, avait été la seule personne fiable sur laquelle elle avait pu compter depuis la mort de grand-père.

Les femmes avaient toujours aimé Brody. Avec son visage d'ange, son physique d'athlète et son statut de quarterback-vedette, il n'y avait, il faut avouer, pas grand-chose à jeter. Ajoutez à cela une bonne dose de confiance en soi et la capacité de faire sentir à une femme qu'elle est la seule personne présente dans une pièce, et il n'y avait aucune raison de se demander pourquoi les femmes lui couraient après. Mais ce qui faisait de lui l'homme dont il était impossible de se remettre était celui qu'il était en ce moment précis : la personne la plus dévouée que j'aie jamais connue. Quand il aime, il aime fort, et rien ne peut l'en empêcher.

J'aurais donné n'importe quoi pour récupérer ma vie d'avant à cet instant. Revenir en arrière avec la capacité d'apprécier tout ce que j'avais, plutôt que de tout foutre en l'air. C'était moi qui méritais d'être étendue sur ce lit, pas grand-mère. Je passai les heures suivantes à jouer avec mon collier, sans réfléchir, regardant les deux personnes qui comptaient le plus pour moi et tombant amoureuse des deux une nouvelle fois. Quand Brody entrouvrit les yeux et qu'il me vit de l'autre côté de la pièce, nos regards restèrent accrochés un bon moment. Il abandonnait. Peut-être au fond de lui me détestait-il, mais il était en train de laisser partir sa colère. Pour l'instant, en tout cas.

– Comment va-t-elle ? demanda-t-il.

– Pareil.

– J'ai dormi combien de temps ?

– Deux heures à peu près.

– Tu as dormi, toi ?

– Non, pas encore.

Il s'étira sur sa chaise.

– Pourquoi tu ne rentres pas chez toi ? Dors un peu. Je te tiendrai au courant s'il se passe quelque chose.

– Je veux rester.

Il allait commencer une phrase, mais se ravisa. Il se contenta de hocher la tête.

– Tu prends toujours ton sucre avec un peu de café dedans ? demanda-t-il en se levant.

– Oui. Tu le prends toujours noir et dégoûtant ?

Il rigola.

– Je vais voir si j'en trouve.

Les choses se détendirent largement entre Brody et moi après ça. Nous n'étions pas redevenus les meilleurs amis du monde, mais au moins je n'avais plus le sentiment qu'il avait envie de me planter une flèche au milieu du front.

– Ça fait combien de temps qu'elle est à Broadhollow Manor ?

– Un peu plus de trois ans.

Je ne savais pas depuis combien de temps je ne les avais plus vus. J'avais gâché les dernières années de ma vie. Le pire, c'est qu'à présent que j'étais clean, j'avais l'impression que le monde n'avait pas bougé, qu'il m'attendait. J'avais grandi, mais ma vie n'avait pas progressé.

Je passai un bon moment à discuter de petites choses avec Brody. C'était mieux que le silence. Même s'il y avait quantité de choses que j'avais envie de dire sans en avoir le courage. Quand, quelques heures plus tard, l'infirmière entra dans la chambre, nous demandant de sortir quelques instants pour qu'elle puisse faire la toilette de grand-mère et vérifier ses fonctions vitales, Brody et moi nous rendîmes à la cafétéria. Nous fîmes un arrêt dans la boutique de l'hôpital.

– Tu as besoin de quelque chose ?

Il avait une casquette de base-ball à la main.

– Une brosse à dents serait bien utile.

La femme au comptoir reconnut Brody. Quand nous quittâmes la boutique, il avait mis sa casquette sur la tête.

– Déguisement ?

– Si on veut.

– C'est comme tu pensais que ça serait ?

– Quoi ?

– La célébrité.

Quand nous étions adolescents, nous passions des heures à imaginer ce que ce serait d'être un joueur de football célèbre. Il me regarda, glacial.

– Rien ne s'est passé comme je l'avais prévu.

Nous commandâmes deux sandwichs à la cafétéria et nous installâmes à une table. Brody finit le sien en trois bouchées. Je mangeai la moitié du mien.

– Tu ne va pas le manger en entier ?

Je souris. Brody avait toujours eu un appétit incroyable. Où que nous allions, nos deux assiettes finissaient toujours vides et propres, généralement parce que Brody, une fois qu'il avait englouti la sienne, s'attaquait à la mienne.

– Non, sers-toi si tu veux.

Il finit mon petit-déjeuner et avala son café en deux lampées.

– Tu te rappelles cette fête de la bière où nous sommes allés en terminale ? Tu avais mangé entièrement l'assiette d'un type en pensant que c'était la mienne.

– Oui, j'ai failli me faire botter le train par Paul Bunyan en culotte bavaroise. C'est la plus énorme personne que j'aie jamais vue de ma vie.

Il rigola. Nous nous étions rendus à cette fête de la bière, mais n'avions que vingt dollars à nous deux et nous étions morts de faim. Nous avions commandé des *appetizers* et la plus grande chope de bière que nous pouvions nous offrir. Brody était parti un instant pour discuter avec des gars de l'équipe de foot et, quand il était revenu, je lui avais dit qu'il pouvait finir mon assiette pendant que j'allais aux toilettes. Il avait entièrement mangé le repas à quinze dollars qui se trouvait sur la table. Sauf que ce n'était pas notre table, mais celle d'à côté. Il nous avait fallu discuter sérieusement avec un gros Allemand très fâché quand il s'était aperçu que sa nourriture avait été avalée…

Lorsque nous fûmes de retour dans la chambre de grand-mère après le passage de l'infirmière, un médecin vint nous voir. Il nous dit que, bien que ses fonctions vitales fussent stabilisées, elle ne faisait pas l'effort de respirer par elle-même. Et que ce n'était pas bon signe. Ils allaient faire un nouveau scanner en début d'après-midi pour évaluer les dégâts. Chaque médecin qui passait ne manquait pas de nous dire que les choses ne se présentaient pas bien. C'était comme s'ils essayaient de nous préparer aux futurs résultats du scanner. Brody et moi restâmes silencieux après le départ du médecin.

– Elle a un mandataire pour sa santé. J'ai trouvé les papiers quand je nettoyais son appartement. Ton grand-père et elle avaient rempli les papiers des années plus tôt. Je n'ai jamais essayé d'en faire un autre. Mon avocat m'a dit que son état mental risquait d'être légalement un problème si nous signions de nouveaux papiers. Donc, si je suis son tuteur légal, je ne suis pas pour autant le mandataire des soins. Elle a fait la démarche alors qu'elle avait encore toute sa tête. Et cette décision était un choix réfléchi.

– Qu'est-ce que ça signifie ?

– Ça signifie que toute décision médicale doit être prise par la personne qu'elle a désignée, pas par moi.

– Et qui est-ce ?

La réponse me paraissait évidente, mais j'espérais me tromper.

– Toi.

29

Delilah

J'avais essayé de joindre Brody trois fois dans la matinée, mais chacun de mes appels avait directement atterri sur sa boîte vocale. J'avais finalement envoyé un message avant que Michael et moi ne partions tourner le spot avec Payton Mara. Une fois le spot terminé, le message n'avait toujours pas été distribué. Je commençais à m'inquiéter sérieusement, et pour plusieurs raisons.

– Tout va bien ? me demanda Michael tandis qu'il me conduisait à l'aéroport.

– Pardon. Oui ? mentis-je. C'est juste que je n'aime pas l'avion. Je suis anxieuse plusieurs heures avant de prendre un vol.

C'était tout à fait vrai, mais ce n'était pas du tout ce qui me préoccupait à cet instant précis.

– Je crois que nos sièges sont à côté l'un de l'autre. Ma main est libre, vous pourrez l'écrabouiller autant que vous voudrez.

Je forçai un sourire.

– Merci. Mais habituellement j'ai plus besoin de quelqu'un qui nettoie ma bave que d'une main à écrabouiller.

Il me lança un regard interrogateur avant de revenir à la route. Je lui expliquai :

– Je prends un Xanax ; ça me met KO. Mais c'est ça

ou avoir des côtes cassées à cause de mon cœur qui bat trop fort.

– Bien. Eh bien, je nettoierai la bave. Même si j'espérais une excuse pour vous tenir la main.

Le voyage m'avait montré que Michael était le type sympa que j'avais imaginé, pas le sale mec que Brody m'avait dépeint. Cependant, j'étais contente de ne finalement pas être sortie avec lui un soir. Jusqu'à Brody, j'avais évité quiconque serait susceptible de faire battre mon cœur. Y laisser entrer quelqu'un d'autre que Drew m'apparaissait jusque-là comme une sorte de trahison. Mais, d'une façon ou d'une autre, Brody avait trouvé un chemin sans même que je m'en aperçoive. Michael et moi venions de passer le poste de sécurité quand mon téléphone vibra. C'était Brody.

– Salut. J'ai essayé de te joindre toute la journée. Ça va ?

– Excuse-moi. J'ai passé tout mon temps à l'hôpital avec mon téléphone éteint. Je viens de le rallumer.

Il avait l'air épuisé.

– Pas de problème, j'étais juste inquiète. Comment va Marlene ?

– Pas bien. Ils sont en train de lui refaire un scanner. Je passe chez moi rapidement pour prendre une douche et changer de vêtements avant d'y retourner. Elle a eu une attaque.

– Oh mon Dieu ! Je suis désolée.

– Merci. Ils la maintiennent en vie artificiellement pour le moment. Mais ils ne nous ont pas laissé beaucoup d'espoir. Il est peu probable que les résultats du deuxième scanner soient meilleurs que ceux du premier. Elle a une hémorragie au cerveau et elle est trop faible pour supporter une intervention chirurgicale.

– Je ne sais pas quoi dire. Qu'est-ce que je peux faire ?

– Il n'y a rien que tu puisses faire. Ni personne, d'ailleurs. Les médecins font tout ce qu'ils peuvent. Mais ils ne savent pas si ça sera suffisant.

– Je suis à l'aéroport de Miami. Mon vol arrive vers sept heures. Tu seras là-bas toute la nuit ?

– Oui, je vais sûrement rester cette nuit encore. J'ai un entraînement tôt demain matin. Et j'ai déjà raté l'entraînement aujourd'hui. Je ne sais pas comment les choses vont tourner, mais je veux rester aussi longtemps que possible. Le coach me collera une amende, mais il comprendra quand je lui expliquerai.

– Je peux t'apporter un dîner. Ou même rester auprès d'elle si tu as besoin d'un peu de repos.

– Merci. Mais c'est bon pour le moment, ma belle.

– J'aurais tellement aimé la rencontrer plus tôt. Je sais à quel point elle compte pour toi.

– Oui, c'est quelqu'un d'extraordinaire. Elle est plus de ma famille que beaucoup de vrais membres de ma famille. On dit que le sang est plus épais que l'eau. Mais c'est des conneries. On a besoin d'eau pour vivre.

– C'est une belle pensée. Il faut que tu lui dises ces mots. Même si ses yeux ne sont pas ouverts, elle t'entend peut-être.

– Tu sais quoi ? Tu as raison. Il y a plein de trucs que j'aurais dû lui dire avant aujourd'hui.

– Je suis sûre qu'elle sait ce que tu ressens pour elle, mais prononcer les mots pourrait vous faire du bien à tous les deux.

– Merci, ma belle.

– J'espère que ça va s'arranger.

– Moi aussi.

En temps normal, je n'aurais rien pris avant un vol aussi court. Mais cette fois-ci, je me décidai pour un cachet entier. En plus de mon angoisse habituelle, j'étais pressée d'être de retour à la maison pour soutenir Brody s'il avait besoin de moi. Malheureusement, j'allais m'apercevoir bien vite que je n'étais pas la seule personne à vouloir le consoler.

30

Willow

Le désir est une véritable plaie. J'étais assise sur le lit de mort de ma grand-mère. Et pourtant, mon cœur battait plus fort, plus vite dès que Brody entrait dans la pièce. Il portait un jean et un pull près du corps. Il avait retourné sa casquette. Je dus me forcer à fermer la bouche. Habillé comme ça, les cheveux un peu fous, il ressemblait exactement au jeune garçon dont j'étais tombée amoureuse.

– Du nouveau ?

– Ils l'ont ramenée il y a quelques minutes. Nous aurons bientôt les résultats du scanner.

Il plongea la main dans sa poche et en sortit quelque chose qu'il me tendit. Une carte ou quelque chose comme ça.

– C'est à ton tour.

Je plissai le front.

– J'habite à quelques rues d'ici. Tu m'as dit que tu vivais en grande banlieue. J'ai pris un tee-shirt et une espèce de pantalon de yoga que vous portez, vous, les femmes, dans la boutique de l'hôtel et je les ai laissés dans la salle de bain pour toi, au cas où tu voudrais te changer.

– La boutique de l'hôtel ?

– Je vis au Regency.

– Vraiment ?

– Oui, pendant la saison. Je vis dans ma cabane le reste de l'année.

– La cabane ? Tu l'as toujours ? Elle est finie ?

Il sourit.

– J'y travaille encore, mais je ne suis plus très loin.

La cabane fut la première chose importante que Brody avait achetée quand il était devenu pro. Le terrain était magnifique, mais la maison en soi était complètement délabrée. Il avait voulu la reconstruire lui-même. Je ne l'avais visitée qu'une fois, mais j'en gardais un souvenir parfait. C'était l'une des dernières bonnes semaines avant que je ne tombe dans une spirale, perdant tout contrôle. Nous avions baptisé toutes les pièces au cours de la semaine passée là-bas. Un souvenir particulier me revint alors en mémoire. Nous venions de faire l'amour devant la cheminée qui donnait sur le lac et nous avions parlé de passer l'année, après la fin de la saison, à réparer la maison. Il m'avait dit qu'il voulait construire une nouvelle cheminée dans la chambre parce qu'il aimait la façon dont le feu se reflétait dans mes yeux. J'avais beaucoup de souvenirs avec Brody, mais celui-là était le plus vif. J'avais le sentiment d'être pleinement aimée.

– Vas-y, me dit Brody, me ramenant soudain au présent.

– Nous allons probablement devoir passer une nouvelle nuit ici.

– Tu es sûr que ça ne te dérange pas ?

– Je ne proposerais pas si c'était le cas. Va. Je reste ici. En plus, tu ne peux pas empuantir cet endroit. C'est mon boulot, ça.

Je ne m'étais jamais retrouvée dans une suite d'hôtel avant ça. Ça ressemblait exactement à ce que j'imaginais. Grand, lumineux, propre et un peu tape-à-l'œil. En revanche, je n'imaginais pas Brody vivre là-dedans. Il y avait quelques classeurs portant le logo des Steel sur la table du salon. Sur celle de la salle à manger, quelques enveloppes et un tee-shirt plié. Mais l'endroit ne paraissait pas vraiment habité.

Je traînais un peu dans la chambre à coucher. Le très spacieux placard était rempli de vêtements et de chaussures. D'un côté, les tee-shirts d'entraînement, des pantalons de football, des sweat-shirts et des sous-vêtements de sport. Il devait y avoir au moins une vingtaine de paires de baskets et de chaussures à crampons alignées de ce côté du placard. J'ouvris quelques tiroirs. Tout était bien plié et propre. Brody avait toujours été plutôt du genre à bourrer ses placards et ses tiroirs. C'était probablement quelqu'un d'autre que lui qui s'occupait de son linge. L'absence de vêtements féminins dans le placard me fit penser que cette personne était plutôt une employée de l'hôtel qu'une petite amie.

Derrière le mur de séparation, on trouvait une gigantesque salle de bain avec un double lavabo et une énorme douche. Pas de shampooings spéciaux, ni d'après-shampooing ni même parfum ou maquillage. Aucun signe montrant qu'une femme passait ici de nombreuses nuits. Mais il y avait assez de place dans la douche pour s'amuser à plusieurs. Je me demandai au passage si Brody *s'amusait* souvent.

Je m'apprêtai alors à quitter la chambre, mais je ne pus m'empêcher, avant, de fouiner encore un peu. J'ouvris le tiroir de la table de nuit. J'y trouvai des écouteurs, un iPod, quelques cartes de visite, une boîte de préservatifs à moitié pleine et un tube de lubrifiant quasiment vide. Cela au moins répondait à ma question. Il s'amusait donc souvent.

Il y avait dans le couloir une autre salle de bain plus petite. C'est dans celle-là que Brody avait posé les habits dont il m'avait parlé. Je me sentais horriblement sale. Encore plus maintenant. Je pris une douche rapide tout en me grondant moi-même pour avoir trahi la confiance de Brody alors qu'il avait été si gentil avec moi. Encore une fois.

Cela faisait une bonne heure que j'étais retournée à l'hôpital quand le médecin entra finalement dans la chambre. Son visage parlait pour lui. Brody, qui était assis à côté du lit de grand-mère, se leva. Je fis de même. Ma tête tournait, mais je n'osai pas me rasseoir. Je tendis la main vers mon collier. J'avais cette habitude de jouer avec dès que quelque chose me faisait peur. Sauf que je ne me portais pas. Je posai alors simplement ma main sur ma gorge et attendis.

– Nous avons les résultats du nouveau scanner.

Le docteur fit une pause et prit une profonde inspiration.

– J'aurais aimé avoir de meilleures nouvelles.

Il regarda Brody, puis me regarda, moi.

– Votre grand-mère a souffert d'une attaque massive qui a affecté le flux sanguin de l'artère médiane principale. Le sang a stagné dans une partie du cerveau tandis que l'autre partie n'était plus irriguée du tout.

– N'était ? Vous voulez dire qu'elle l'est à nouveau ?

Je m'accrochais à n'importe quoi pour espérer du positif.

– Ça s'est ralenti. Mais les dégâts sont énormes. Les parties qui ont été privées de sang sont en train de gonfler. Le cerveau est enfermé dans la boîte crânienne, l'inflammation engendre une importante pression. Et cette pression empêche un afflux sanguin normal, ce qui cause encore plus de dégâts et qui se traduit par plus d'inflammation. C'est un cercle vicieux.

– Qu'est-ce que vous pouvez faire ? demanda Brody.

– Eh bien, le traitement le plus efficace pour réduire le gonflement serait une intervention chirurgicale appelée hémicraniectomie. Il faudrait enlever une partie de la boîte crânienne pour permettre à l'inflammation de sortir de son confinement. Mais dans le cas de votre grand-mère, il est très peu probable qu'elle y survive. Comme vous le savez, nous l'avons intubée pour lui permettre de respirer quand elle est arrivée. Malheureusement, son corps ne prend pas le relais ; il n'essaie pas de respirer par lui-même. La réactivité de ses pupilles a considérablement diminué. Nous continuons à surveiller ses fonctions neuronales, mais vous devez vous préparer au pire. J'en suis désolé.

Nous étions tous les deux assommés. Quantité de questions me venaient en tête, et pourtant, quand le médecin nous demanda si nous souhaitions en poser, je lui lançai un regard vide, comme si je ne parlais pas la langue. Finalement, il se tourna vers Brody. Ils discutèrent à voix basse pendant quelques minutes. J'entendais leurs voix, mais je ne comprenais pas ce qu'ils disaient. C'était un sentiment que je ne connaissais que trop bien : les brumes de la drogue. Un besoin fou que j'avais finalement réussi à endiguer peu à peu au cours des derniers mois se rappela d'un coup à mon bon souvenir ; c'était comme s'il se vengeait. Je m'agrippai aux accoudoirs de ma chaise pour ne pas être complètement submergée.

Le docteur sortit et referma la porte derrière lui, nous laissant un peu d'intimité.

– Ça va ?

Brody s'approcha de moi et s'agenouilla à mes côtés.

– Non.

Il prit ma main dans la sienne.

– C'est dur à encaisser. Je sais.

Je ne pus réprimer un rire amer.

– Tu sais à quoi je pense, là ? Après ce que le médecin vient de nous dire ?

Je fixai Brody dans les yeux et soutins son regard.

– J'ai envie de me casser et d'aller me défoncer. Ma grand-mère qui s'est occupée de moi et qui ne m'a jamais abandonnée est en train de mourir, et moi, j'ai envie de quoi ? De m'enfuir, comme toujours.

Brody baissa les yeux. Je supposais qu'il était en train de ravaler sa haine. Mais quand il ouvrit la bouche, je fus surprise par ses mots.

– C'est normal. Tu as peur ; par conséquent, tu as envie de fuir.

– Je dois être très effrayée alors, dis-je avec une ironie amère.

– Tu sais quoi, Willow ? Je pense que tu as vraiment peur. Je ne suis pas psy, mais je sais que les gens ont deux choix quand ils ont peur. Soit ils fuient, soit ils se battent. Ta vie a été très dure avant Marlene. La fuite, c'était comme un instinct de survie pour toi.

Je regardai longuement ma grand-mère mourante.

– Je ne veux pas fuir. C'est le moins que je puisse faire.

– Alors, ne le fais pas.

– Tu dis ça comme si c'était facile.

– Ça ne l'est pas. Rien ne l'est.

Je posai une main sur son visage.

– Merci.

– Ce n'est rien. Nous allons traverser cette épreuve. Bats-toi avec moi.

Brody ayant raté l'entraînement de la veille, il devait s'y rendre ce jour-là. Il partit pendant cinq bonnes heures. Quand il fut de retour, il semblait soulagé.

– Comment va-t-elle ?

– À peu près pareil.

– Et toi ?

– Je me bats.

Brody me sourit. Il enleva sa veste.

– Content de l'entendre.

– L'entraînement, c'était comment ?

– J'en ai pris plein la gueule.

– Du mal à te concentrer ?

Il passa sa main dans ses cheveux.

– Oui. Je n'avais pas la tête à ça aujourd'hui.

– Je me disais, pendant que tu n'étais pas là, que nous pourrions peut-être lui mettre ses émissions télévisées, demain. On pourrait même jouer comme nous jouions quand nous étions chez elle. Peut-être qu'elle peut nous entendre. Cela la rendrait sûrement heureuse.

– C'est une bonne idée. Elle aimerait ça. Je dois aussi appeler Broadhollow Manor, leur dire ce qui se passe. Et puis, je suis sûr que Grouper va vouloir passer.

– Ça a l'air d'être un type bien.

– C'est le cas. Mais ne lui dis pas que je t'ai dit ça.

Je ris.

– C'est drôle, il m'a dit exactement la même chose à ton sujet.

Brody sourit.

– Je savais que ce vieux saligaud m'aimait bien.

Quelques heures plus tard, le médecin vint nous voir à nouveau. Il nous conseilla d'aller dormir un peu et de revenir le lendemain matin. Ils allaient faire un nouveau scanner et il allait falloir prendre d'importantes décisions. J'étais incapable de penser au lendemain. Vers minuit, nous décidâmes de rentrer à la maison quelques heures.

– Viens, je te ramène. Ma voiture est garée en face.

Je n'avais pas l'intention de protester. Les deux derniers jours m'avaient tellement épuisée que lever le bras pour ouvrir une porte me semblait déjà un effort surhumain.

Brody avait une Range Rover avec intérieur cuir et tableau de bord en bois.

– Elle est beaucoup mieux que ta Bronco, me moquai-je, faisant référence au vieux tas de boue rouge et blanc qu'il conduisait à l'époque du lycée et pendant la fac.

Il sourit.

– Un peu mieux, oui.

– Même si j'ai d'excellents souvenirs de cette Bronco, dis-je en reluquant le siège arrière de la voiture.

Je repensai aux heures passées à se peloter à l'arrière de sa vieille guimbarde. Brody attrapa mon regard. Nos yeux se croisèrent quelques secondes. Nous ne dîmes plus rien pendant tout le trajet, sauf lorsqu'il me fallait donner des indications sur la route à prendre.

Quand il s'arrêta devant mon immeuble, je fus un peu gênée. Je vivais dans un quartier pourri. À preuve, les deux types qui glandaient devant chez moi et sur lesquels on aurait quasiment pu lire DEALER tatoué sur le front.

– Tu habites là ?

– Oui, c'est ce que j'ai trouvé dans mes moyens. Mais j'espère déménager bientôt.

Brody commença à dire quelque chose, puis il se ravisa et se tut.

– Merci pour le bout de chemin. Merci pour tout.

– De rien.

Je m'apprêtais à ouvrir la porte de l'immeuble quand Brody m'appela :

– Willow ?

Il était sorti de la voiture et courait vers moi.

– Viens à l'hôtel. Au moins cette nuit. Je te trouverai une chambre.

– C'est gentil, mais ça va aller. Vraiment.

– Je n'étais pas inquiet pour toi, mentit-il, dents serrées. Je dormirais mieux ce soir sachant que tu n'es pas…

Il regarda autour de lui. Il n'avait pas besoin d'exprimer ce qu'il pensait, c'était évident.

– Je vais chercher mes affaires.

31

Delilah

Je réglai mon réveil pour six heures, bien que je n'eusse pas encore décidé si j'irais ou pas. Après une douche rapide, je pris mon téléphone et regardai les messages de la nuit précédente.

Brody : Pas bon.
Delilah : Je suis désolée. Est-ce que je peux faire quelque chose ?
Brody : Une photo de toi nue, ce serait bien.
Delilah : LOL. Contente de voir que tu es à nouveau toi-même. Quand nous avons parlé cet après-midi, aucune allusion sexuelle. J'étais inquiète.
Brody : Moi aussi.
Delilah : Tu dors à l'hôpital cette nuit ?

Je me souvenais d'avoir écrit ce message et d'en avoir ensuite retiré un mot. Le texte initial disait : *Tu dors seul à l'hôpital cette nuit ?* Mais juste après je m'étais ressaisie et j'avais changé le texte. Il passait une terrible épreuve ; ma jalousie était déplacée.

Brody : Non. Je rentre au Regency. Je reviens demain aux heures de visite, à neuf heures.

Delilah : OK. J'espère que tu pourras dormir.
Brody : Appelle-moi demain matin. Je mets mon réveil à sept heures pour que tu puisses me dire des cochonneries avant ma douche.

J'étais encore en train de me demander s'il fallait ou non que je le fasse tout en me séchant les cheveux et en préparant mes vêtements. Je passai un soutien-gorge hors de prix et une culotte que j'avais achetée la semaine précédente. Je réalisai alors que je n'étais pas vraiment en train de me poser la question. De qui je me moquais ? Je m'étais rasé les jambes et j'avais passé mes sous-vêtements les plus sexy. J'avais, évidemment, déjà décidé que j'irais le surprendre au saut du lit.

Heureusement, le liftier de l'hôtel m'avait déjà vue en compagnie de Brody. Aussi, quand je lui expliquai, en rougissant, que je voulais surprendre mon petit ami, il me passa la clé avec un petit sourire salace. C'était tant mieux, parce que j'avais complètement oublié que l'accès au dernier étage de l'hôtel nécessitait une clé spéciale.

Je n'avais aucune raison d'être nerveuse. Et pourtant, j'étais là, devant la porte de la suite de Brody, portant un sac de ses muffins préférés dans une main, des cafés dans l'autre, angoissée à l'idée d'arriver à l'improviste.

Je pris une profonde inspiration et frappai à la porte.

Pas de réponse.

Je sortis mon téléphone et regardai l'heure. Sept heures trente-trois. Peut-être dormait-il encore. Ou était-il sous la douche. Ou il avait peut-être décidé de partir plus tôt.

Je frappai une nouvelle fois, plus fort.

Je m'apprêtais à partir quand j'entendis des bruits de pas derrière la porte.

Brody ouvrit, en caleçon. Il avait sa brosse à dents dans la bouche, et ses cheveux en bataille étaient sexy comme tout. Il me sourit, sa bouche pleine de dentifrice.

Je lui tendis le sac de muffins.

– Je t'ai apporté le petit-déjeuner.

Il me dévora du regard. Je me sentais délicieusement attirante.

– Je vois ça…

J'étais heureuse de m'être changée quatre fois avant de sortir et d'avoir finalement opté pour une tenue sexy.

Il se décala sur le côté et, tendant le bras, il lança :

– Mademoiselle, entrez, je vous prie.

Je lui donnai son café en passant.

– « Entrez, je vous prie », c'est la manière Brody Easton de dire « Laisse-moi donc reluquer ton beau derrière » ?

– Tu me connais, rigola-t-il en se dirigeant vers la salle de bain. Il revint après en avoir fini avec son brossage de dents.

– Je me suis dit que tu n'aurais rien contre un réveil joyeux et quelque chose à manger.

Brody me prit le sac des mains et le posa sans même y jeter un œil avant de me prendre par la taille et de me rapprocher de lui.

– C'est parfait, je suis affamé.

– Mais qu'est-ce que tu fais ?

Il me poussait doucement jusqu'au canapé.

– Je vais manger.

Fermement, il me fit asseoir. Je levai alors les yeux vers son beau visage, mais je fus rapidement distraite par ses larges épaules, ses pectoraux musclés et ses abdominaux, jusqu'à ce que mon regard atterrisse sur ce magnifique « V » gravé. Cette marque pourrait me faire oublier jusqu'à mon nom.

– Tu as l'air affamée, toi aussi, se moqua-t-il, voyant que je le reluquais de façon éhontée.

– Mais c'est juste pas possible d'avoir un corps pareil même au réveil.

Il passa sa main sur son début d'érection à travers son caleçon.

– Je suis content que tu l'aimes. Mais moi, j'ai envie de voir le tien. Enlève ta jupe.

J'hésitai un court instant. Je venais à peine de passer la porte, et la lumière du jour entrait par les fenêtres. Mais j'étais venue lui apporter du réconfort au milieu d'une période difficile. Et puis, il y avait ce « V »…

Je remontai ma jupe autour de ma taille. Plus tard, au bureau, j'allais me retrouver avec des vêtements salement froissés, mais je savais qu'une fois que Brody en aurait terminé, je m'en foutrais éperdument.

– Ça, ça me gêne.

D'un coup rapide, il me retira ma culotte.

Avant que je puisse lui rétorquer quoi que ce soit, il était à genoux et avait enfoui son visage entre mes cuisses.

Oh mon Dieu !…

Il me dévora. Il lécha, suça de toutes ses forces, me tenant par les hanches pour m'empêcher de bouger quand je me mettais à gigoter.

Il faut que je bouge.

Mais plus j'essayais, plus il me maintenait fermement et plus dure se faisait sa langue. C'était frustrant ; il fallait que je bouge mes hanches en rythme. Réalisant que je n'arriverais pas à lui faire lâcher prise, je passai mes doigts dans sa chevelure, dans une tentative de reprendre le contrôle.

Il rigola quand je lui tirai les cheveux pour essayer de lui faire légèrement bouger la tête. Mais il comprit ce que je cherchais à faire et se focalisa encore un peu plus sur mon clitoris affamé. Alternant, léchant du bout de la langue, puis suçant très fort, il m'emmena vers un orgasme fabuleux. Et ça faisait à peine dix minutes que j'étais chez lui.

Il me porta ensuite jusqu'à son lit et me fit l'amour.

Très bien.

Non. Magnifiquement bien. Il regardait mon visage pendant qu'il me pénétrait avec lenteur. Quand j'ouvrais les yeux, nos regards se croisaient et il me souriait. C'était magnifique.

Après ça, nous restâmes couchés, face à face pendant un bon moment.

– Merci de m'avoir offert ça.

Je souris.

– Merci à toi de m'avoir offert *ça*…

Il rit.

– Tu vois ce que je veux dire. Merci de m'avoir laissé me perdre en toi pendant quelques instants. Et de ne pas t'être plainte alors que je t'ai carrément agressée dès que tu as passé la porte.

Me plaindre ? Il était cinglé ou quoi ?

– Je pense qu'il y a de pires façons de se voir souhaiter la bienvenue.

Il m'embrassa sur les lèvres, délicatement.

– Aujourd'hui, ça va être une journée de merde.

Je posai ma joue sur mon coude pour l'écouter parler.

– Ils sont en train de nous préparer à l'idée de la débrancher et de la laisser partir en paix. Je le sais.

– Je suis désolée. C'est une décision si dure à prendre.

– Ce n'est pas moi qui vais devoir la prendre.

– Je pensais que tu étais son tuteur légal ?

– Oui, mais elle a signé un papier désignant un mandataire pour ces questions il y a des années de ça. Avant qu'elle commence à avoir les premiers signes de démence.

– Hmm… Et qui doit prendre les décisions liées à sa santé ?

– Willow.

Ça paraissait logique.

– Elle s'en est bien sortie ces jours derniers ?

– Elle est très mal. Mais elle tient le coup. Je ne suis pas sûr qu'elle serait capable de jamais revenir si elle laissait tomber Marlene cette fois-ci.

– Elle est clean depuis combien de temps ?

– Elle dit que ça fait onze mois.

– Tu la crois ?

– Oui, plutôt. Elle ressemble plus à la Willow que j'ai connue que toutes les fois précédentes où je l'ai vue.

Un sentiment désagréable s'insinua en moi. La Willow qu'il avait connue était la Willow dont il était tombé amoureux. Si Drew n'était pas mort et s'il revenait dans ma vie aujourd'hui, est-ce que je lui laisserais une deuxième chance ?

Nous restâmes au lit quelques minutes de plus. J'essayai de mettre de côté une jalousie grandissante.

– Parle-moi d'elle.

– Marlene ? Elle est tenace comme une rage de dents et douce comme sa guérison. Elle a fait beaucoup de choses pour les gens autour d'elle, mais n'a jamais voulu que les gens en question le sachent.

– Mon père disait que le mot « altruisme » devrait s'épeler a-n-o-n-y-m-e.

– C'est comme ça que Marlene vivait. Quand Willow était en période de défonce, elle fréquentait un squat à Bushwick. C'était un vrai trou à rats, pas d'eau, pas de chauffage, et pourtant, c'était la maison de nombreux drogués. Au cours d'un mois de janvier particulièrement neigeux, Marlene a insisté pour m'accompagner pendant que j'allais chercher Willow. Quand nous sommes entrés dans la maison, il faisait un froid terrible. La plupart des gens qui étaient là, défoncés, portaient des journaux sous leurs vêtements pour se tenir chaud. Nous avons récupéré Willow et l'avons amenée à la maison, mais quelques jours plus tard, il a fallu que j'aille la chercher à nouveau là-bas. Cette fois-ci, je ne l'ai pas dit à Marlene. Quand je suis arrivé, j'ai vu que tout le monde portait un manteau. C'étaient les manteaux de Marlene. Elle était revenue le lendemain et avait donné tous ses manteaux, sans rien dire à personne.

– Waouh !... Une belle personne, on dirait.

– Elle l'est, oui. Ça la tuait d'aller dans ce genre d'endroit. Elle voyait sa petite-fille suivre les traces de sa fille. Je suis content qu'au moins elle ait pu voir Willow sobre pendant quelques semaines avant que tout ça n'arrive.

– Moi aussi.

Nous restâmes à discuter de Marlene jusqu'à ce que je sois en retard pour partir travailler.

– Il faut que je passe à la salle de bain et que je fonce au bureau.

– Prends une douche avec moi.

– Je suis déjà en retard. Et toi, tu voulais arriver à l'hôpital pour le début des visites. Prendre une douche ensemble n'est assurément pas une bonne idée.

– Tu as certainement raison.

– Je vais m'attacher les cheveux et sauter rapidement dans la douche. Je vais prendre la salle de bain des invités.

Brody fit la moue.

– J'aime bien que tu sentes mon odeur.

Je pris une douche rapide et j'étais sur le point de partir quand quelque chose de brillant attira mon regard, près de l'évacuation. Je pensai d'abord qu'il s'agissait d'une pièce, mais en me baissant, je vis qu'il s'agissait d'un collier, pris dans la grille.

Je le dégageai et, en le portant à mes yeux, un pendentif tomba sur le sol. Un pendentif présentant la lettre « W ».

J'étais déjà habillée quand Brody sortit de la douche de sa salle de bain.

– Tu as fait vite, ironisa-t-il.

– Et ce n'est pas la première fois aujourd'hui.

Je bouillais à l'intérieur, mais je réussis curieusement à parler calmement.

– J'ai trouvé ça dans la douche, coincé contre la grille d'évacuation.

Il fronça les sourcils et me prit le collier des mains. Le « W » pendait entre nous deux. Un symbole. Il ferma les yeux un instant et les rouvrit.

– Ça doit être à Willow.

Je soutins son regard sans rien dire.

– Elle est venue prendre une douche hier. Elle a dû le laisser tomber.

– Elle est venue ici ?

– Oui, mais toute seule. Je suis rentré de l'hôpital pour prendre une douche, puis, quand j'y suis retourné, je lui ai donné ma clé et lui ai dit de venir ici se laver à son tour. Elle habite en très grande banlieue et elle voulait être là avant le retour des médecins.

Je hochai la tête, indécise. Puis, je marchai jusqu'à mon sac à main, d'où je tirai mon téléphone sans raison particulière, si ce n'est le besoin de me concentrer sur autre chose. Comme j'enfilais mon manteau en silence, il reprit la parole :

– Tu es fâchée contre moi pour avoir fait ça ?

– Je devrais ?

Il passa sa main dans ses cheveux.

– Je n'y ai pas vraiment réfléchi. Ça m'a juste semblé la bonne chose à faire. Mais maintenant que je te regarde, je me demande si c'était bien le cas.

– Tu aimerais que Michael Langley vienne prendre une douche chez moi ?

Brody serra les dents.

– Et que je ne te le dise pas ?

– Je crois que je comprends.

– Il faut que j'aille travailler.

Avant que je puisse sortir, Brody m'arrêta, me tirant à lui.

– Je suis désolé, murmura-t-il à mes oreilles. Pardonne-moi. J'aurais dû réfléchir. Je ne veux pas que tu sois en colère contre moi.

Je le regardai alors intensément.

– Rien d'autre ne s'est passé ? Elle est venue prendre une douche toute seule ?

– Rien d'autre, je te le jure.

Je réfléchis un instant avant de répondre :

– OK.

Il poussa un long soupir.

– Merci, mon Dieu. Je crois que je ne serais pas capable de te voir fâchée contre moi aujourd'hui.

Je lui répondis par un sourire forcé en me rappelant comme les derniers jours avaient dû être durs pour lui. Willow ou pas, il aimait profondément Marlene. Ce n'était pas facile.

– Je ne suis pas en colère. Écris-moi quand tu seras à l'hôpital. Dis-moi ce que les médecins te racontent.

– Merci, ma belle.

Je n'étais réellement pas en colère, je ne mentais pas. J'étais anxieuse, jalouse, effrayée. Curieusement. Je sortais avec un ancien bourreau des cœurs qui n'avait cessé de me dire que les relations n'étaient pas son fort, et, pourtant, je le croyais quand il me disait que rien ne s'était passé. Ce qui m'inquiétait vraiment, c'est qu'il commençait à s'ouvrir à Willow à nouveau.

En sortant de l'ascenseur, je me cognai contre un homme qui attendait devant. Plongée dans mes pensées, je ne l'avais pas vu. Il renversa le café qu'il portait à la main sur sa chemise. Je me confondis en excuses et tentai d'arriver jusqu'à la sortie sans créer d'autres catastrophes. J'y arrivai presque. En arrivant à la porte de verre, mon visage s'écrasa littéralement sur le panneau HORS SERVICE avec une flèche pointée vers une autre porte. Le problème, c'était que mon attention avait été attirée par une jeune femme, assise dans le hall, et qui me regardait et non sur la porte automatique qui ne fonctionnait pas.

Willow.

32

Brody

Les joueurs de football sont censés être des durs. Ils se retrouvaient régulièrement avec des centaines de kilos d'hommes au-dessus d'eux, mettant des coups de pied, des coups de poing, des coups de coude pour récupérer un bout de cuir de forme ovale. J'avais été le gars qui se trouve sous la pile des centaines de fois. Généralement, il me suffisait de me relever, m'épousseter, remettre discrètement en place un pouce qui s'était déboîté et retourner au charbon sur l'action suivante. Mais être dur a ses limites. Même un diamant, si vous le cognez exactement sur son point faible, peut exploser. Marlene était mon point faible.

Willow pleurait en écoutant le médecin parler. Elle n'avait pas supporté les mots « pas d'activité cérébrale fonctionnelle ». Des larmes silencieuses coulaient sur son visage pendant que le médecin nous expliquait les choix possibles, tous plus terribles les uns que les autres. Mais je tenais bon. J'arrivai même à le remercier avant qu'il ne parte en nous disant qu'il reviendrait dans l'après-midi pour discuter de la décision à prendre. Je fermai la porte derrière lui. Puis, je récupérai Willow juste avant qu'elle ne tombe. Elle s'effondra dans mes bras, tremblant de tout son corps. Elle hurlait. Sa voix était rauque. Elle souffrait physiquement. Je la serrai un peu plus fort. Quelques heures plus tard, elle allait mieux. Elle avait même réussi à rire un peu pendant que nous jouions ensemble, installés de chaque côté du lit de Marlene, à *La Roue de la fortune*. Après ça, Willow descendit à la cafétéria et acheta quelque chose pour déjeuner. Une aide-soignante vint dans la chambre pour changer les oreillers de Marlene et sa carafe d'eau.

Je tâchais de m'occuper, errant dans la pièce. Je remarquai alors que le tiroir de la table de nuit de Marlene était à moitié ouvert. Je m'y dirigeai pour le refermer. Mais, pour une raison ou une autre, je l'ouvris entièrement. À l'intérieur, il n'y avait que la boîte dans laquelle Marlene rangeait son dentier. Ils lui avaient enlevé ses dents quand il avait fallu l'intuber. Je regardai la boîte et je perdis soudain mes moyens. Je me mis à hurler à la mort.

Ça faisait trois ans que je n'avais pas pleuré. Quand la porte s'ouvrit derrière moi, j'étais encore devant ce tiroir ouvert. Je le refermai, me baissai sur embrasser Marlene sur le front et me dirigeai vers la salle de bain sans me retourner pour que Willow ne puisse pas voir mon visage.

Ce début de matinée avec Delilah paraissait loin. Entre les émotions et les émissions de télévision, j'avais oublié de lui envoyer un mot. Je sortis mon téléphone et l'allumai.

BRODY : Encore à l'hôpital. Je pars bientôt pour l'entraînement. Je reviens juste après. Les médecins vont couper la respiration artificielle à neuf heures.
DELILAH : C'est une bonne chose, non ?
BRODY : Non.
DELILAH : Oh ! je suis désolée. J'avais compris qu'il y avait une amélioration.
BRODY : C'est ce qu'elle aurait voulu.
DELILAH : C'est bien que tu le saches. J'espère que ça t'apportera un peu de paix.
BRODY : Petit-déjeuner demain ?

Nous nous répondions très vite l'un à l'autre, mais curieusement, il y eut une longue pause avant sa réponse suivante.

DELILAH : J'ai un petit-déjeuner de travail que je ne peux pas manquer. Déjeuner ?
BRODY : OK.
DELILAH : Appelle-moi ce soir, à l'heure que tu veux. Je pense à toi.

Ce soir-là, Willow et moi prîmes le temps chacun notre tour de dire adieu à Marlene avant que le médecin ne vienne. Je ne me souvenais pas d'avoir dit au revoir à ma mère ; j'étais trop jeune quand elle est morte. Mais j'imaginais que ça avait dû être à peu près aussi dur que de prononcer les derniers mots que j'adressais à Marlene.

Je regardais son corps frêle.

– Tu m'as appris tant de choses au cours des années. Ne jamais baisser les bras. Aimer les gens qui en valent la peine. Mais tu m'as aussi appris une chose dont j'ai grand besoin maintenant : « Quand la vie te met KO, cherche une jolie chose autour de toi, il y en a toujours une. Et tu t'y accroches. »

Je l'embrassai sur le front et pris une dernière fois sa main.

– Cette jolie chose, pour moi, aujourd'hui, c'est l'idée d'avoir connu quelqu'un à qui il est si difficile de dire adieu.

Mes yeux étaient pleins de larmes.

Peu après nos adieux, le médecin arrêta la respiration artificielle, coupa tous les moniteurs. Marlene Elizabeth Garner mourut à une heure et trois minutes du matin.

33

Willow

La vie est pleine de liens. Des fils imaginaires qui nous connectent aux gens dès l'instant où le cordon ombilical est coupé. J'avais passé les vingt-cinq premières années de ma vie à tenter de couper ces fils et à m'envoler, hors d'atteinte. Ce n'est que onze mois plus tôt que j'avais réalisé que ces liens n'étaient pas des chaînes qui me maintenaient au sol. Ils étaient des lignes de vie, et mes liens étaient si effilochés qu'il ne me restait presque plus rien de ces lignes. La nuit précédente, le lien le plus fort que j'avais jamais eu dans mon existence avait été tranché.

Brody s'était occupé de tous les détails. Le soir, il y aurait une petite cérémonie religieuse à l'église où ma grand-mère allait. Le lendemain, nous irions au cimetière pour l'enterrer. Et puis… Je ne savais pas ce qui viendrait après ça. Je savais simplement que je ne voulais plus perdre Brody.

Je mis une robe noire toute simple. C'était une robe d'été et il faisait frais en cette journée d'automne, mais je me contenterais de porter un pull par-dessus. Je n'avais pas les moyens d'acheter quoi que ce soit. Brody cogna à ma porte à l'heure prévue. Je lui avais dit que je le retrouverais devant l'immeuble pour ne pas qu'il ait à chercher une place pour se garer. En réalité, je n'avais simplement pas envie qu'il voie où je vivais.

– Ce n'était pas la peine de monter.

Je n'avais pas encore mis mes chaussures à talons. Il faisait presque trente centimètres de plus que moi. Il regarda par-dessus ma tête, jetant un œil à mon appartement. Je savais ce qu'il était en train de faire. Je ne pouvais pas lui en vouloir.

J'ouvris grand la porte et fis un pas de côté.

– Pas de drogue. Je suis clean.

– Je ne…

Je fis les gros yeux en disant :

– Bien sûr que c'est ce que tu étais en train de faire.

Il avoua avec un sourire :

– OK, peut-être un peu.

Il entra.

– Je te fais visiter.

Je fis un tour sur moi-même en ouvrant les bras.

Un seul regard circulaire suffisait pour voir la totalité de mon appartement. Sauf la salle de bain.

– La visite est terminée. Ça te plaît ?

– Oui. C'est… chaleureux.

– Pas vraiment, non. Garde ta veste.

– Au moins, c'est chez toi.

– Tu es vraiment en train d'appliquer une jolie pensée par jour, c'est bien ça ? dis-je en me moquant.

– Oui.

– Laisse-moi une minute, je vais chercher mes chaussures.

Mon appartement était petit, mais il était haut de plafond. Typique à New York.

Comme il restait peu de surface, ils avaient construit en hauteur. Sur le mur du séjour, on avait aménagé un rangement qui se trouvait à plus de deux mètres de hauteur. Je montai sur le petit canapé miteux et instable qui me servait d'unique meuble. J'ouvris des tiroirs tandis que le siège balançait légèrement.

– Qu'est-ce que tu fais ? Tu vas tomber.

Brody se précipita vers moi et me prit par la taille pour me retenir. Il resta comme ça le temps que je repère mes chaussures qui se trouvaient, bien entendu, dans le dernier tiroir.

– Je les ai, dis-je d'un air triomphant en agitant mes talons hauts.

Brody me fit descendre comme s'il portait un carton de lait vide. Quand il retira ses mains de ma taille, je n'avais qu'une envie : qu'elles y soient à nouveau.

Je me tournai alors vers lui, pris ses biceps et serrai.

– Merci pour le voyage, monsieur Muscles. Tu t'es mis au sport récemment ?

Il rigola.

– Allez, mets vite des chaussures, grosse maligne.

Je me sentis moi-même pendant ces quelques instants où Brody m'avait aidée à récupérer mes chaussures, puis avait rigolé avec moi. Je n'avais pas éprouvé ça depuis des années.

– Prends des affaires avec toi. J'aimerais que tu dormes à mon hôtel ce soir et demain soir.

– Je suis bien ici, Brody. Mais j'apprécie ta proposition.

– Fais ça pour moi, s'il te plaît.

Il n'avait pas idée de ce que j'aurais pu faire pour lui. Je pris donc les quelques vêtements que j'avais choisis pour la cérémonie et les mis dans un sac.

En sortant, j'entendis des voix dans l'appartement d'à côté. L'appartement de Lena et Abby.

– Tu peux me laisser une minute ?

J'écoutai à la porte avant de frapper. Brody était juste derrière moi. Le son familier du loquet se fit entendre, puis Abby apparut. Son visage s'alluma, et elle se précipita pour me serrer dans ses bras, me prenant par surprise.

– On peut retourner au parc ?

Je souris à cette petite boule d'énergie.

– Pas aujourd'hui. Je vais quelque part avec mon ami. Je te présente Brody.

Elle regarda Brody, ne lui trouva aucun intérêt et se tourna à nouveau vers moi.

– Et quand tu auras fini ?

– Je vais être occupée pendant quelques jours…

Je jetai un œil à l'appartement.

– Maman est là ?

– Non. Grand-mère m'a emmenée acheter des vêtements.

À ce moment, Sophie apparut.

– Je ne t'ai pas dit de ne pas ouvrir la porte ? gronda-t-elle.

– Mais c'est seulement Willow.

Sophie mit ses mains sur ses hanches.

– Et comment pouvais-tu savoir que c'était Willow, Abby ?

Abby me regarda, puis regarda sa grand-mère.

– Tu as raison. J'ai pas pensé.

Sa grand-mère réprima un sourire.

– On va y travailler.

Elle me regarda ensuite.

– Bonjour, Willow. Comme tu es jolie aujourd'hui !

– Merci. J'ai entendu des voix et j'ai voulu m'assurer que tout allait bien.

Sophie posa son regard sur sa petite-fille.

– Tout va bien. Abby va probablement rester avec moi pendant quelque temps.

Je compris à demi-mot. La petite allait *probablement* rester avec elle parce qu'elle n'avait pas la moindre idée du lieu où sa fille pouvait bien se trouver. La situation d'Abby me ramena vingt ans en arrière. Dieu merci, j'avais eu la chance d'avoir Marlene.

– Eh bien, tu en as, de la chance, Abby. Moi aussi, je passais beaucoup de temps avec ma grand-mère quand j'étais petite.

Sophie sourit.

– On va passer du bon temps ensemble, n'est-ce pas, Abby ?

Abby et moi avions de la chance. Je frissonnai en pensant aux petites filles qui n'avaient pas eu une Sophie ou une Marlene.

– Nous devons partir. Mais vous avez mon numéro. Si je peux faire quoi que ce soit…

Abby m'interrompit :

– Comme m'emmener au parc ?

Je rigolai.

– Oui, par exemple, Abby. Appelez-moi. Je travaille de nuit ; je suis assez libre en journée.

Sophie me remercia d'être passée. Puis Brody et moi gagnâmes la voiture.

– C'était quoi, ça ?

– La mère d'Abby a été clean pendant plusieurs mois. Mais elle a replongé il y a quelques jours. Je l'ai surprise en train de s'envoyer en l'air avec son dealer alors que la petite était dans l'appartement. Du coup, j'ai emmené Abby au parc pour la sortir de chez elle. Quand j'ai vu que les choses n'allaient pas s'améliorer, j'ai appelé sa grand-mère et j'ai emmené la gamine chez elle.

– Je ne pense pas que cet endroit soit vraiment le lieu idéal pour toi.

Une bande de jeunes à l'air louche tournait autour de la voiture de Brody.

– Je ne vois pas ce qui te fait dire ça…

Brody s'avança vers les jeunes.

– Ça va, les gars ?

– Merde, mais t'es Brody Easton, putain !

– C'est moi.

Il leur tendit la main. Les gamins se muèrent instantanément de jeunes voyous à petits garçons fans de football.

– Vous étiez en train de surveiller ma voiture ?

– C'est une sacrée bagnole que t'as là. On ne savait pas que ce bijou était à toi.

Brody ouvrit la portière de la voiture et attendit que je

monte. Je n'entendais pas ce qu'il disait, mais il continua à discuter avec les gamins pendant quelques instants avant de leur serrer la main et de monter à son tour dans l'automobile.

– Tu te fais des amis ?

– Je *te* fais des amis. Je leur ai dit de garder un œil sur toi.

– Je suis capable de me surveiller moi-même.

– Tu n'appartiens pas à ce quartier.

– Non, c'est toi qui n'appartiens pas à ce quartier. Je m'y sens parfaitement bien. Je pense que tu oublies qui je suis.

Il démarra la voiture.

– Tu as raison, marmonna-t-il. Il faut que je me souvienne de ça.

J'imaginais qu'une ou deux infirmières seraient présentes à l'église. Je ne m'attendais pas à ce que des dizaines de personnes viennent rendre un dernier hommage à Marlene. Mais pas une seule personne n'était là de mon fait. L'église était remplie d'amis et de coéquipiers de Brody. Je ne sais pas pourquoi j'étais surprise. Tout le monde l'aimait. Il me présenta à plusieurs personnes. Dès que j'en eus l'occasion, je m'excusai et j'allai m'asseoir sur un des bancs. Juste avant le début de la cérémonie, Brody vint me rejoindre au premier rang. Il était avec sa copine et il y avait une autre femme avec eux. Heureusement, le prêtre commença immédiatement, remettant à plus tard les inconfortables mais inévitables présentations. Le service fut simple et je pensais avoir réussi à m'en tirer sans m'effondrer quand le prêtre demanda si quelqu'un voulait prendre la parole. Brody se leva. Il parla de sa mère qui était morte quand il avait sept ans et de son père qui ne s'était jamais remarié. La grand-mère qui lui restait vivait à l'étranger. Bref, il n'avait jamais eu beaucoup de chance avec les femmes. Cela fit rire l'audience. Puis, il raconta une histoire que je ne n'avais jamais entendue.

– Après les funérailles de ma mère, tout le monde est

venu à la maison. Je ne m'en souviens pas trop, mais je n'ai pas oublié que les gens étaient assis, qu'ils parlaient et rigolaient. Je ne comprenais pas comment ils pouvaient rigoler alors que ma mère venait d'être enterrée. Alors, je suis sorti pour prendre un peu l'air, et ma voisine, Marlene, m'a trouvé sur le perron. Elle s'est assise à côté de moi et a essayé de me faire parler. Mais je n'étais pas tellement d'humeur. Après un moment, elle m'a dit de la suivre et elle m'a emmené chez elle. La maison juste à côté. Elle m'a emmené dans sa cuisine et a commencé à me demander de lui attraper des choses. De la vanille, du lait, de la farine. Elle me montrait les placards où les ingrédients se trouvaient et je les sortais pour elle. Finalement, nous avons commencé à discuter en préparant des cookies. Quand nous avons fini, je me souviens de m'être retrouvé à la table de sa cuisine avec un verre de lait devant moi et une tonne de cookies aux raisins secs. Elle m'a expliqué que j'allais vivre des jours très difficiles et que le meilleur moyen de tenir, c'était de se concentrer sur quelque chose d'agréable. Ma mère venait de mourir, je ne voyais rien de bien ou de beau autour de moi. Mais Marlene avait été si gentille que je n'ai pas voulu la décevoir. Alors, avant de rentrer chez moi, je l'ai remerciée et je lui ai dit que la bonne chose, pour moi, ce jour-là, ça avait été de faire des cookies avec elle. Je n'ai jamais raconté cette histoire à personne. Et Marlene et moi n'en avons jamais reparlé, mais au cours des vingt années qui ont suivi, j'ai souvent retrouvé des cookies aux raisins secs chez Marlene. Le jour où je me suis cassé le bras en essayant de faire une roue arrière sur mon vélo, des cookies aux raisins m'ont tenu compagnie. Trois ans plus tard, quand je me suis fait intercepter une passe pendant les play-offs contre notre plus grand rival, il y avait un tupperware plein de cookies devant ma porte. En terminale, quand je n'ai pas eu mon premier choix pour la fac, encore des cookies. Il y a cinq ans, quand mon père est parti en Arizona et que nous venions de finir de remplir le camion de déménagement, j'ai trouvé des cookies sur le siège passager de ma voiture. Ce matin, en venant, je me suis arrêté dans une boulangerie à côté de là où j'ai grandi. C'était la boulangerie préférée de Marlene. J'ai acheté un sac plein de cookies aux raisins secs. Pendant plus de vingt ans, elle a continué sans relâche à me faire des cookies et, chaque fois, elle m'a arraché un sourire. Mais ce matin, j'en ai mangé un, et ça ne m'a pas fait le même effet. Vous savez pourquoi ? Parce que ça n'a jamais été des cookies. C'est la dame qui prenait le temps de penser à moi et de se dire que c'était une journée où je pourrais avoir besoin d'une raison pour sourire et qui s'assurait de me fournir cette raison. *Elle* était cette raison. Marlene laisse une fille, Amanda, et une petite-fille, Willow. Nous n'étions peut-être pas du même sang, mais elle a été là à travers toutes mes larmes, tous mes efforts, toutes mes peurs. Elle est ma famille à moi aussi. Je sais que Marlene ne voudrait pas nous voir pleurer à cause d'elle. Elle voudrait que nous trouvions tous une raison de sourire et que nous tenions bon jusqu'à ce que ça aille mieux. Si vous voulez vraiment honorer la mémoire de Marlene Garner, la prochaine fois que vous voyez quelqu'un dans la peine, faites-lui des cookies aux raisins, en son honneur. Cela pourrait signifier bien plus que ce que vous imaginez.

J'étais envahie par l'émotion. Quand Brody retourna sur le banc entre Delilah et moi, il me vit pleurer. Il se pencha alors sur moi et me murmura :

– Trouve cette bonne raison, Willow. C'est ce qu'elle voudrait que tu fasses.

Je réussis à calmer mes sanglots en le regardant. Je me taisais, mais je ne pensais qu'à une seule chose : *Ma bonne raison, c'est toi...*

34

Delilah

Après la cérémonie, il fallait que je retourne au bureau et que Brody aille s'entraîner. Le lendemain, je devais partir pour Buffalo pour la journée, faire une interview, et je n'avais même pas encore commencé mon travail de recherches. À ce moment de l'année, juste avant que les play-offs ne commencent, la chaîne dépensait beaucoup de temps et d'argent à engranger des entretiens avec les équipes susceptibles d'accéder aux phases finales. Selon les équipes qui se qualifiaient, de nombreuses interviews étaient archivées et n'étaient jamais diffusées. Buffalo avait relativement peu de chances d'y parvenir, c'était un total outsider.

Mon bureau était dans un désordre indescriptible quand Indie m'interrompit dans mon travail. Il était presque huit heures du soir, et j'avais encore beaucoup de travail avant de pouvoir considérer ma journée comme terminée. Mais sa visite me fit plaisir. Elle s'écroula dans la chaise face à mon bureau, une boîte à la main.

– Tu peux t'installer. Comme tu le vois, je ne suis pas très occupée, ironisai-je en lui montrant l'état de mon bureau. En réalité, j'avais eu un mal fou à me concentrer sur mon travail depuis mon retour au bureau. La peine de Brody, sa voix et les choses qu'il avait dites à l'église, c'est à peu près tout ce qui occupait mon esprit.

– Je t'ai préparé quelque chose.

– Toi ? Tu as *préparé* quelque chose ?

Elle lança un regard circulaire.

– Il y a de l'écho dans ton bureau, dis donc.

– Je vais probablement le regretter.

Je jetai mon stylo sur mon bureau et me penchai en arrière sur ma chaise.

– Mais vas-y, montre-moi.

Indie plongea sa main dans la boîte.

– Ça, c'est toi.

Elle avait construit un petit personnage avec des trombones qu'elle avait démantibulés. On voyait nettement deux bras, deux jambes et un corps. Accroché à deux trombones figurant le cou, un ôte-agrafes faisait office de tête. Les deux grands crocs du dégrafeur faisaient plus penser à un dinosaure avec de grandes dents acérées qu'à moi.

– Je pense que tu as trop de temps pour toi.

– Il a fallu que j'occupe les deux heures quotidiennes que je passe avec toi ces derniers jours.

Elle plongea à nouveau la main dans la boîte et en sortit une autre création.

– Ça, c'est Brody.

Le personnage de Brody était fabriqué sur le même principe, mais il était nettement plus grand.

– On se ressemble beaucoup, dis-je en fronçant les sourcils.

Elle ignora ma réflexion et sortit une autre de ses œuvres de la boîte. Celle-ci était facile à identifier : c'était un serpent, fabriqué lui aussi à base de trombones. Le corps serpentait, et un autre ôte-agrafes était attaché pour représenter la tête. Au moins, accrochés à un corps de serpent, les grands crocs faisaient un peu plus réalistes. Elle le plaça sur mon bureau à côté des deux autres.

– Comment se fait-il que tu aies trois ôte-agrafes ?

– Ce n'est pas le cas. Je suis venue dans ton bureau pendant que tu étais dans celui de monsieur Couilles, en réunion, et je te l'ai piqué. J'ai vu que Fred Nagel était à la réunion, lui aussi ; alors, je me suis aussi arrêtée à son bureau pour lui piquer le sien. À propos, son bureau pue horriblement.

Je ris à gorge déployée. C'était la première fois de la journée.

– Je ne savais pas qu'il sentait mauvais. Tu veux dire que tu as cambriolé tout l'étage ?

– Tais-toi.

Indie repositionna les trois personnages de manière à ce que le serpent se trouve entre Brody et moi.

– Le serpent, c'est Willow.

– Ça ne m'étonne pas.

Après la cérémonie de la veille, Indie n'avait pas arrêté de me saouler. Moi, je m'étais focalisée sur Brody, mais Indie avait observé Willow. Elle était certaine, vu la façon dont elle regardait Brody, qu'elle essayait de se rapprocher de lui en utilisant son empathie. Je ne savais pas si telle était réellement son intention, mais je passais beaucoup de temps à me demander comment Brody la voyait. Je les avais vus côte à côte à l'église et, d'un coup, tout ce que je savais de leur histoire était devenu réel.

Est-ce qu'il l'aime encore ?

Et s'il voulait lui donner une deuxième chance maintenant qu'elle ne se droguait plus ?

– Il faut que tu mettes fin à ce retour des souvenirs. Il faut que ça s'arrête.

– Ils viennent tous les deux de perdre quelqu'un qu'ils aimaient. Ils ont vécu beaucoup de choses ensemble. Si je ne peux pas lui faire confiance dans ce moment de deuil, je ne peux pas lui faire confiance du tout, et ça, je ne le veux pas.

Indie leva les mains au ciel.

– Tu dis des conneries. On n'abandonne pas notre vie au destin. On se bat pour ce qu'on veut et pour le garder.

– Et s'il l'aimait encore ?

– Alors, tu souffriras. Je t'achèterai de la glace et, assises sur ton canapé à regarder des comédies romantiques, on prendra trois kilos chacune.

– Ce sera de la Ben & Jerry's à la cerise ?

– Avec de la sauce au chocolat.

Je pris une profonde inspiration.

– Il m'a demandé de le rejoindre pour dîner, ce soir. Il a organisé un repas au restaurant de l'hôtel avec des gens qui travaillaient à la maison de retraite où vivait Marlene.

– Et tu as dit non ?

– Je lui ai dit que j'avais beaucoup de travail.

– Genre quoi ?

– Des recherches.

– Sur ?

– L'équipe.

– Tu connais toutes les statistiques de toutes les équipes de la putain de NFL. Quoi que tu penses que tu as besoin d'apprendre, tu le sais déjà.

Elle avait sans doute raison. Je jetai un œil à mon téléphone.

– Ils en sont probablement à la moitié du dîner.

– Apporte le dessert.

35

Willow

C'est en le voyant rire autour d'un repas avec un homme de plus de deux fois son âge que je retrouvai le vieux Brody, celui que j'avais connu. Le gamin de seize ans plein d'une arrogance espiègle qui, contrairement aux autres garçons de son âge, avait largement de quoi être un peu prétentieux. Et c'était encore plus le cas aujourd'hui.

Je le regardais manger, fascinée par sa mâchoire carrée. Les angles étaient devenus encore plus aigus avec les années, faisant d'un garçon aux traits un peu doux, un homme au visage dur et ciselé. Un début de barbe sur sa peau bronzée lui assombrissait le visage, faisant ressortir encore un peu plus ses yeux vert clair.

Il s'aperçut que je le regardais. Il me fit un demi-sourire de connivence, comme si nous cachions un secret, lui et moi. Puis, il continua sa conversation avec Grouper.

J'étais silencieuse en cette fin de repas. Chaque seconde qui passait, j'avais un peu plus conscience que je vivais mes dernières heures avec Brody. Après ce soir, il n'y aurait plus de raisons que nous nous voyions. C'est Marlene qui nous avait réunis, et elle avait disparu. Cette pensée provoqua une douleur bien réelle dans ma poitrine.

– Tout va bien ? me demanda-t-il une fois que nous avons dit au revoir à Shannon et Grouper après les avoir raccompagnés jusqu'à la porte de l'hôtel.

– Ça va.

Dans l'ascenseur, il appuya sur le septième étage pour moi, le trente-troisième pour lui. Quand nous arrivâmes à mon étage, je sortis. Il retint la porte de l'ascenseur un instant.

– J'ai entraînement demain à neuf heures. Le coach a été sympa avec moi malgré mes absences et mes retards de la semaine dernière. Mais si je ne suis pas à l'heure demain, il va me défoncer. Je te retrouve pour le petit-déjeuner à sept heures et je te dépose chez toi après, ça te va ?

Mon quartier n'était pas du tout sur son chemin, mais j'acceptai malgré tout. Tout pour passer quelques instants de plus avec lui.

Ma chambre était silencieuse. J'avais toujours détesté le silence. Il me plongeait dans les pires pensées. Encore plus maintenant que je ne me droguais plus. C'était la chose la plus dure depuis que j'avais arrêté : me retrouver avec mes pensées sans pouvoir les empêcher de surgir.

Au cours des années précédentes, j'avais pensé à Brody pratiquement tous les jours. Mais pendant les dernières semaines, je n'avais pas arrêté de me demander ce qui se serait passé si je n'avais pas disparu. Si ma vie n'était pas partie en vrille. Serions-nous toujours ensemble ? Serions-nous mariés ? Mes pensées étaient pleines de « si ».

Je pris une douche et allumai la télé, histoire d'avoir de la compagnie. Je me plongeai sous les couvertures et essayai de m'oublier. La première chaîne qui se présenta m'offrit le spectacle d'un couple au milieu d'un baiser passionné. Brody embrassait comme un dieu. Dominateur et plein de contrôle. Il n'embrassait pas vraiment tendrement. Il y avait toujours une forme de crudité dans ses baisers. Comme si sa bouche dévorait la mienne. Je passai mes doigts sur mes lèvres, fermant légèrement mes paupières, laissant aller les souvenirs.

Et si ?…

Je changeai de chaîne. FX rediffusait *Sons of Anarchy*, une plongée dans les gangs de motards. C'était plein de violence et de flingues. Parfait.

Je regardai pendant quelques minutes une scène montrant un groupe de types en blouson de cuir dans un club, puis la scène changea. La caméra montrait les fesses musclées d'un homme blond, tatoué et totalement nu. Il pénétrait une femme qui gémissait de plaisir. Brody savait bien se servir de ce corps incroyable qu'il avait. Mon Dieu, il y avait si longtemps qu'un homme ne m'avait pas fait gémir.

Et si ?…

Je changeai à nouveau de chaîne.

ESPN diffusait les meilleurs moments de la journée de championnat de football du week-end. Le quarterback de Philadelphie lançait une passe incroyablement longue dans les bras d'un receveur, en pleine ligne d'en-but. Il ferma son poing et fit sa petite danse de célébration. Brody et moi célébrions ses victoires dans une chambre à coucher. Je mis littéralement un coup de pied au cul de ce souvenir avant d'éteindre la télévision.

Et si ?…

Il fallait vraiment que je me sorte Brody de la tête. Je mis de la musique. L'écran me proposait plusieurs choix. Top 50, rock classique, hip-hop et country. Je lançai rock classique. C'est alors que *Feel Like Making Love* de Bad Company monta des enceintes de la télévision.

Oh oui, moi aussi j'avais envie de faire l'amour.

J'écoutai ensuite en boucle Paul Rodgers parler des rêves dorés d'hier, jusqu'à ce que je n'en puisse plus. Je passai à la musique country. *Remember When*, d'Alan Jackson, démarra alors. Une chanson sur les premières fois.

Brody était mon premier.

L'univers entier semblait comploter contre moi.

Ou alors…

C'était peut-être un signe.

Et si ?…

Il y avait des dizaines de chansons dans la playlist qui me rappelaient Brody. Je les passai toutes.

Et si ?…

Demain, plus rien ne nous relierait l'un à l'autre.

Je ne voulais pas passer ma vie à la laisser passer.

Et à me demander toujours…

Et si ?…

Il était temps pour moi d'effacer la playlist de ma vie ou de la jouer entièrement et à fond. Ma vie était pleine de regrets. Je savais à présent que, si je ne tentais pas quelque chose, j'allais le regretter pour toujours. Je rejetai les couvertures, sortis du lit et m'habillai en vitesse. Mon esprit tournait à toute allure. Il y avait très peu de chances que Brody ait d'autres sentiments pour moi que la condescendance et la détestation. Mais…

Et si ?…

J'avais oublié l'autre jour de rendre à Brody sa carte pour l'ascenseur. Il ne saurait pas que je montais dans sa suite avant qu'il ne m'ouvre la porte. J'évitai de penser aux nombreuses raisons de ne pas faire ce que je m'apprêtais à faire et m'engouffrai dans l'ascenseur menant à la suite-terrasse. Je n'avais aucune idée de ce que j'allais faire ou dire. Je savais simplement que c'était ma dernière chance et que je ne voulais pas passer le reste de ma vie à me demander *Et si ?…*

Brody m'ouvrit rapidement. Il portait encore son pantalon, mais sa chemise et sa ceinture étaient défaites. *Mon Dieu, il est sublime.*

– Willow ? Tout va bien ? me demanda-t-il avant que je puisse ouvrir la bouche.

Je le regardai longuement dans les yeux avant de demander :

– Je peux entrer ?

Pendant un court instant, je crus qu'il allait me renvoyer dans ma chambre. Il ferma brièvement les yeux, puis, quand il les rouvrit, il me fit signe d'entrer.

36

Delilah

Indie se serait largement moquée de moi si elle m'avait vue comme ça, faisant la queue à la caisse de la pâtisserie de nuit à quelques numéros du Regency, portant un assortiment de gâteaux. Quand elle m'avait dit d'apporter le dessert à Brody, elle avait sans doute imaginé que j'achèterais vite fait quelques cannoli dans la première épicerie venue.

Je savais que c'était complètement idiot. Après Drew, je n'avais jamais imaginé qu'un jour, un homme me ferait ressentir ces choses à nouveau. Quand le nom de Brody apparaissait sur mon écran de portable, cela me faisait sourire. Le voir faisait battre mon cœur plus fort. Parfois, il m'arrivait de relire un simple SMS plusieurs dizaines de fois.

Avec Drew, c'était différent. J'aurais pu faire une liste d'un million de choses que j'aimais chez lui. Et je pensais que c'était ça, l'amour véritable. Logique. Pragmatique. L'amour se résumait à une liste de choses indiquant qu'il était la bonne personne.

Avec Brody, je n'arrivais pas à trouver les mots pour décrire ce que je ressentais. Au contraire de Drew, j'aurais pu faire une liste d'un million de choses qui me commandaient de me tenir à distance. Et pourtant, je savais tout au fond de mon cœur que c'était lui. C'était mon âme et non mon esprit qui l'avait choisi.

Je courus ensuite jusqu'à l'hôtel et m'engouffrai à toute allure dans l'ascenseur. Quand j'arrivai devant sa porte, la tête me tournait un peu. J'étais à la fois excitée et nerveuse. Je cognai. Le son se réverbéra dans tout le couloir.

J'attendis. Mon cœur accélérait à mesure que les secondes passaient.

Peut-être dormait-il déjà ?

Je cognai à nouveau. Cette fois-ci plus fort.

J'entendis alors des pas s'approcher.

Quand la porte s'ouvrit, je levai la boîte de pâtisseries, la tenant par son ruban rouge.

– J'ai pensé que tu aimerais un dessert.

Brody portait encore les vêtements qu'il avait pour la cérémonie. En fait, il semblait avoir été arrêté en plein déshabillage. Sa chemise était défaite, la ceinture de son pantalon aussi, et il était pieds nus. Ma première pensée en le voyant fut : *Quelle connerie d'acheter des gâteaux quand il y a bien mieux à manger !...*

Je souris. Mais quelque chose dans son regard fit chavirer mon cœur avant même qu'il ait eu le temps d'articuler un mot.

Il se retourna, regardant en direction de sa suite. Quand il se tourna vers moi, son expression semblait tout dire.

– Je ne t'attendais pas.

– Tu veux que je parte ?

– Non. C'est juste que Willow est arrivée il y a quelques minutes et…

– Willow est avec toi ? Dans ta chambre ?

Il passa sa main dans ses cheveux.

– Ce n'est pas du tout ce que tu crois. Je te le promets.

– Alors, dis-moi, qu'est-ce que c'est ?

Je regardai par-dessus l'épaule de Brody et vis Willow au milieu du salon. Elle était pieds nus et nous observait.

– Elle avait besoin d'un ami. Les derniers jours ont été difficiles.

– Et donc, tu la consoles, dans ta chambre, à moitié habillé.

– Ce n'est pas du tout ça.

– Dis-moi, alors.

J'élevai soudain la voix malgré moi.

– Qu'est-ce que c'est ? Qu'est-ce que tu avais l'intention de faire ?

– Rien. Je ne pouvais pas… Je ne pouvais pas la renvoyer.

– Et pourquoi pas ?

Brody soutint mon regard.

– Parce que je ne pouvais pas…

Je laissai tomber ma boîte de pâtisseries et fis demi-tour, me dirigeant vers l'ascenseur. J'appuyai sur le bouton au moins vingt fois pour partir au plus vite de ce foutu hôtel.

La porte de Brody claqua. Pendant un instant, je pensai qu'il était resté à l'intérieur. Mais soudain, il était là, derrière moi. Il posa sa main sur ma hanche.

– Ne pars pas. Je t'en supplie. Il ne s'est rien passé. Je te le jure.

Heureusement, l'ascenseur arriva rapidement. J'y entrai et me tournai vers Brody.

– Je te crois. Je ne pense pas que quoi que ce soit de physique se soit passé entre vous. Ce n'est pas pour ça que je dois partir.

– Alors, pourquoi ?

– Il faut que tu t'en rendes compte par toi-même.

Nos regards étaient plantés l'un dans l'autre quand la porte se referma.

Je retins mes larmes jusqu'à ce que je sois dans la rue. Puis, tout m'envahit d'un coup. La tristesse, la déception. J'avais le cœur brisé. Je suffoquais. Je dus m'appuyer contre le mur pour ne pas tomber tant mes jambes tremblaient.

Brody avait sans doute pris l'ascenseur juste après moi puisque je le vis sortir de l'hôtel, me cherchant partout du regard au moment où je m'engouffrais dans un taxi.

Le taxi s'arrêta juste devant mon immeuble. J'hésitai un instant. Je n'avais pas envie de rentrer chez moi.

– J'ai changé d'avis. Pouvez-vous me conduire à Chelsea, 155, 22e Rue Ouest ?

– C'est vous qui payez mademoiselle.

– Bien sûr…

Je me moquais totalement que la course me coûte cinq cents dollars. Je ne savais qu'une chose : je ne voulais pas rentrer chez moi. Il était bientôt dix heures du soir, mais je savais qu'Indie s'en ficherait. Je regardai alors la ville défiler par la fenêtre de la voiture. Je ne pleurais pas. Mon esprit était totalement anesthésié.

J'entrai dans l'immeuble d'Indie avec le sentiment d'être dans une complète brume. Dans l'ascenseur, je restai un instant devant le panneau, ne sachant même plus ce que je devais faire. Un homme entra heureusement à ma suite avec un chien en laisse.

– Quel étage ? me demanda-t-il

– Euh…, septième.

Je n'étais plus vraiment sûre que c'était bien ça. Je n'étais plus sûre de rien.

Le couloir empestait la marijuana, ce qui me confirma que j'étais au bon étage. Devin, le voisin d'Indie, était un fumeur invétéré.

Je cognai doucement à la porte et elle ouvrit sans même demander qui c'était. Un sourire illumina son visage quand elle me vit, mais il s'éteignit bien vite.

– Oh ! mon ange…

Elle n'avait pas la moindre idée de ce qui avait pu arriver, mais elle avait compris que j'allais mal. Elle m'attira dans son appartement et me prit longuement dans ses bras. Des larmes menaçaient de couler, mais elles ne vinrent pas.

– Viens.

Elle me conduisit à la cuisine et fit de la lumière.

– Assieds-toi.

Elle m'indiqua une chaise. J'obtempérai. J'aurais obéi aux ordres de n'importe qui, même d'une personne totalement étrangère. Je ne m'appartenais plus.

Elle ouvrit un placard et en tira deux bols. Puis, elle servit deux grosses portions de glace Ben & Jerry's et en plaça une devant moi.

– Que s'est-il passé ?

– On peut parler d'autre chose ? Je ne sais pas… Le temps qu'il fait ? Le boulot ? Le réchauffement climatique ? N'importe quoi d'autre.

Elle prit une grande bouchée de glace avant de me dire :

– Je pense sérieusement à coucher avec Devin.

– Le fumeur de shit ?

– Il baise comme un lapin.

Je souris presque.

– Comment sais-tu ça ?

– Le mur de nos chambres est contigu.

– Il met dix minutes à prononcer une phrase et il est toujours super mou. Comment c'est possible ?

Elle haussa les épaules.

– Tu viens d'interrompre une séance. Tu veux aller écouter ?

– Ça va aller, je te remercie.

Elle resta silencieuse pendant quelques minutes.

– Tu es sûre que tu n'as pas envie d'en parler ?

Je regardai mon bol à moitié vide.

– Je suis vraiment tombée amoureuse de lui.

– Je sais.

– J'ai rangé la photo de Drew dans un tiroir.

Prononcer le nom de Drew fissura encore un peu plus mon âme.

– C'était le moment. Peu importe ce qu'il t'arrivera avec Brody, il était temps que ça se produise.

– L'ironie, c'est que je commençais enfin à me découvrir, à avancer, et c'est lui qui s'est mis à reculer.

La première larme coula. Et à sa suite, un véritable torrent. Impossible de m'arrêter. Je sanglotai comme je ne l'avais pas fait depuis des années. Je ne perdais pas mon petit ami, je perdais aussi Drew une nouvelle fois. Mon cœur l'avait trahi pour un autre homme, et maintenant je devais endurer deux deuils.

Indie me serra fort dans ses bras.

– Laisse-toi aller, mon ange, laisse-toi aller.

37

Delilah

– Est-ce que tu peux dire à monsieur Couilles que tu as besoin qu'on te répare encore un peu ton ordinateur ? dit Indie en reluquant avidement le jeune et très bel informaticien qui quittait mon bureau à l'instant où elle y entrait.

J'ouvris mon ordinateur, tapai mon code et vérifiai que tous les dossiers étaient intacts. Ils venaient juste de m'installer un nouvel antivirus, mais la dernière fois que j'avais laissé ma machine entre les mains de la maintenance informatique, une semaine de recherches avait disparue. Je cliquai sur le dossier *Steel* et sortis mon itinéraire pour le lendemain.

– Tu es sûre que tu veux faire ça ?

– Tu es dingue ? J'en crève d'envie.

Le téléphone d'Indie vibra. Elle regarda son écran, sourit avec malice et retourna son téléphone vers moi. Elle y avait installé l'image d'un lapin. Je téléchargeai les statistiques de la semaine dernière depuis la base de données de la chaîne pendant qu'elle répondait à son appel.

– Devin, mon lapin. Tu me rendrais un service ?

J'écoutai la conversation d'une oreille distraite. Indie demandait à son voisin de nourrir son poisson rouge.

– La nourriture ? Oui, elle est dans ma chambre. La petite table près de mon lit.

Il y eut une pause et elle dit :

– Ce serait super. Et si je te préparais un dîner pour te remercier à mon retour ?

Elle souriait comme le chat du Cheshire dans *Alice au pays des merveilles*.

– Mais qu'est-ce que tu fous ?

– Rien. Je demande juste à mon charmant voisin de nourrir mon poisson rouge.

– Et la nourriture du poisson se trouve dans un tiroir de ta table de nuit ?

Elle haussa les épaules.

– C'est Manhattan : les appartements n'ont pas beaucoup de rangement.

Je plissai les yeux.

– Et il y a quoi d'autre dans ce tiroir ?

Elle se leva.

– Pourquoi ? Qu'est-ce que tu insinues ?

– Est-ce que tu as, oui ou non, indiqué à ton ami fumeur de shit le tiroir dans lequel tu ranges la nourriture pour poisson ET ton vibromasseur ?

– Pas du tout !

Elle racontait clairement des conneries.

– Pas de vibromasseur. Je l'ai mis avec mes sous-vêtements.

Elle était sur le point de quitter mon bureau quand elle ajouta :

– Il y a un peu de lingerie coquine, des menottes en fourrure et du lubrifiant. Le départ, c'est dix heures, demain ?

– Oui. Et, Indie ?

– Oui ?

– Merci de faire ça pour moi.

J'avais à peine dormi la nuit précédente. L'idée même d'entrer dans les vestiaires des Steel et de faire comme si rien ne s'était passé me donnait envie de vomir.

Je ne savais pas bien ce que j'imaginais qui avait pu se passer après mon départ du Regency, quatre jours plus tôt, mais ce n'était certainement pas ce qui s'était vraiment passé. Rien. Il n'était rien arrivé. Je ne suis pas le genre de fille à aimer être pourchassée, mais au moins une tentative de contact m'aurait fait du bien. Je me demandais si Brody, ce soir-là, était simplement rentré dans sa suite et avait décidé de laisser tomber.

Mais ensuite, j'avais vu une photo de lui, l'autre jour, se rendant à l'entraînement. Son regard était triste, sa tête était basse. Il avait l'air d'avoir perdu le Super Bowl à lui tout seul.

Durant les derniers jours, je n'avais pas arrêté de regarder cette photo. Et chaque fois, j'avais eu envie de l'appeler.

Une partie de moi se sentait coupable de l'avoir laissé tomber au moment où il venait d'enterrer une des personnes qui lui étaient les plus chères. Cela faisait deux ans que j'avais perdu mon père, et la douleur de la perte était encore toute fraîche dans mon esprit.

Mais je me rappelai alors que Brody n'était pas tout seul dans cette épreuve. Il avait Willow pour le consoler. Il fallait que je me force à me le rappeler chaque fois que j'avais envie de lui téléphoner. Et si c'était elle qui répondait ?

– Tu es prête, Thelma, me dit Indie en passant la tête à la porte de mon bureau.

– Carrément, Louise.

Il fallait cinq heures de voiture pour gagner le Maryland, mais le temps passa très vite. Indie était un sacré compagnon de route. Non seulement elle avait pris tout le nécessaire – Pringles et autres cochonneries à grignoter et de la musique –, mais elle avait réussi à tenir mon esprit éloigné de Brody Easton pendant tout le voyage. Un exploit.

Notre hôtel était tout près du stade. La chaîne avait réservé un lot de chambres, sachant que la ville allait être en effervescence pendant les jours qui précédaient le premier match des play-offs. Je voulais, pour ma part, aller dormir n'importe où du moment que les Steel n'y étaient pas, mais la ville affichait complet. Comme nous approchions du stade, Indie souleva la question :

– Tu sais que tu ne vas pas pouvoir l'éviter. J'ai cherché les glaciers les plus proches. Il y a un Baskin Robbins à quelques rues à l'est et un Scoops un peu plus loin.

– Merci, rigolai-je.

– Je peux te poser une question ?

– Bien sûr.

– Tu me promets de ne pas te fâcher ?

Je n'aimais pas beaucoup ça…

– OK…

– Tu crois que Brody ne t'a pas trompée avec Willow, mais tu penses qu'il est encore amoureux d'elle, c'est ça ?

Ça n'avait aucun sens et, pourtant, c'était exactement ce que je pensais.

– Oui.

– Est-ce que tu t'es demandé pourquoi tu croyais ça ?

Bien que je n'aie cessé d'y penser pendant les jours précédents, si j'étais honnête avec moi-même, je ne m'étais pas du tout demandé pourquoi je lui faisais confiance sur une chose et pas sur une autre.

– J'imagine que je pense qu'il doit pouvoir contrôler son désir mais pas son cœur.

– Mais comment sais-tu qu'il l'aime encore ?

La question me sembla ridicule.

– Il l'a aimée, il l'a perdue. Pourquoi ne l'aimerait-il pas encore ?

Indie m'attrapa la main.

– Chérie, tu parles de Brody et de Willow ou de Drew ?

Michael et Indie discutaient. Nous étions six membres de la chaîne à nous retrouver pour un dîner de travail au restaurant de l'hôtel, même si, en réalité, nous n'avions pas tellement de travail. J'essayai sincèrement de prendre plaisir au dîner, mais un spleen perpétuel, me poursuivant comme mon ombre, m'en empêchait.

– Tu en penses quoi, toi, Delilah ? me demanda Marvin Clapman, le directeur de la division technique de la chaîne.

Il était un des rares employés de la chaîne à y travailler depuis sa création, quarante ans plus tôt. Il avait commencé comme simple technicien à réparer les micros et était maintenant responsable de toute la technique de la chaîne, depuis les micros jusqu'au flux qui menait les images sur les écrans des téléspectateurs. Il me regardait avec insistance, attendant une réponse.

– Euh… Je suis désolée. Vous pouvez répéter la question ?

Ses yeux se rétrécirent.

– Le Pro Bowl. Est-ce mieux pour la chaîne de le garder dans la semaine entre la fin des play-offs et le Super Bowl ? Ou est-ce qu'il vaudrait mieux que ça vienne après pour que les joueurs sélectionnés des deux équipes jouant le Super Bowl puissent y participer ?

– Oh ! Je pense que c'est mieux pour la chaîne de laisser les choses en l'état. Les gens veulent pouvoir regarder quelque chose pendant cette semaine où rien d'autre ne se passe. Du coup, la pub est vendue assez chère. Même si, pour les joueurs, ce serait mieux après.

Heureusement, Aileen Fisher, l'une des collaboratrices de Marvin, entra dans la conversation, me laissant respirer un peu. Je pris la dernière gorgée de vin dans mon verre. Soudain, on entendit du vacarme devant le restaurant. Mon cœur se serra lorsque je reconnus des visages familiers. Des visages de joueurs.

Tous les clients du restaurant arrêtèrent leurs conversations pour voir le maître d'hôtel conduire le petit groupe de sportifs à sa table.

Il ne s'agissait pas de joueurs connus, mais voir six hommes extraordinairement grands et costauds arriver fit tout de même son petit effet. Je soupirai de soulagement en voyant que Brody ne faisait pas partie de la troupe, jusqu'à ce que je m'aperçoive que les six hommes s'étaient assis à une table dressée pour huit. Il restait deux chaises vides. Si j'étais déjà largement distraite avant ça, autant dire que j'étais maintenant totalement absente de la conversation. Je ne cessai de regarder la porte d'entrée, attendant de voir qui allait remplir ces deux sièges. Indie était en face de moi et elle comprit immédiatement que j'étais prise de panique.

Je sus qu'il était là à l'instant même où il passa la porte. Je ne cessais de regarder mon téléphone, sans raison, juste pour penser à autre chose, quand j'entendis le murmure de la clientèle. La rumeur s'amplifia à mesure que les deux hommes s'approchaient de leur table. Brody était là, en compagnie du coach de la ligne offensive.

Il ne me vit pas au début. Mais je ne pouvais pas regarder ailleurs. Il avait l'air triste et même fatigué. Son sourire arrogant avait totalement disparu. Quelque chose en moi se fissura. J'avais peur d'être envahie par une vague d'émotions qui m'empêcherait de garder le contrôle de moi-même.

Il était presque arrivé à sa table quand il s'arrêta. Je suivis son regard qui scrutait la salle à la recherche de quelque chose. Depuis le jour où j'avais fait la connaissance de Brody, je l'avais senti avant même de pouvoir le voir. C'était impossible, bien sûr, et j'avais l'impression d'être trop romantique, pour ne pas dire cinglée. Mais quand ses yeux rencontrèrent les miens, je sus que je n'étais pas folle. Il m'avait sentie dans la pièce et c'était moi qu'il cherchait.

Nos regards se croisèrent. La douleur dans ses yeux profonds me fit comme un coup à la poitrine. C'était comme si quelqu'un m'avait donné un coup de pied dans la poitrine avant, à mains nues, d'en extraire le cœur.

Nous restâmes ainsi pendant quelques secondes qui parurent une éternité. Il balaya ensuite ma tablée du regard. Sa mâchoire se crispa lorsqu'il reconnut Michael Langley assis à côté de moi. Je vis de la douleur dans ses yeux. Il détourna alors le regard et se rendit à sa table.

– Qu'est-ce qui vient de se passer ? demanda Marvin.

La tablée tout entière avait suivi notre échange muet. Trop occupé par ses histoires techniques, Marvin était sans doute la seule personne de la chaîne à ne rien savoir de ma relation avec Brody.

Indie donna un coup de pied à Marvin sous la table et répondit à sa place.

– Juste un footeux qui fait les yeux doux à une jolie fille.

La serveuse apparut alors, comme sortie de nulle part.

– Vous avez choisi ?

– Je vais prendre un martini.

– OK. Et pour dîner ?

– Je n'ai pas faim.

Indie marmonna un « Merde » à peine audible. Je n'étais pas une grosse buveuse, et la dernière fois que je m'étais laissée aller à boire des martinis, j'avais passé deux jours au lit. Je ne me souvenais même pas de la soirée que j'avais passée. À l'époque, j'avais trouvé que c'était la chose la plus flippante qui m'était jamais arrivée et je m'étais dit que je ne me saoulerais plus jamais de ma vie. Mais là, en cet instant, j'aurais fait n'importe quoi pour tout oublier. Et vite, si possible.

Pendant mon premier martini, j'avais jeté des coups d'œil en douce à Brody.

Pendant le deuxième, je le regardais avec hargne.

Après le troisième, j'arrivais à peine à retenir mes pleurs.

Il ne me regarda pas de la soirée.

Indie, voyant ce qui se passait, abrégea le dîner autant que possible. Quand nous nous levâmes pour partir, je ne parvins pas à endiguer mes larmes. Elles arrivèrent sans que je m'en aperçoive et brouillèrent ma vue. Une fois qu'elles furent essuyées, la seule chose nette que je pouvais voir, c'était le visage de Brody me regardant depuis l'autre côté du restaurant.

Je m'écroulai dans le lit. Indie tenta de me déshabiller, mais j'étais un poids mort. Elle parvint tout juste à me retourner et à retirer ma veste. Elle me retira ensuite mes chaussures.

– Ça va aller ?

Je hochai la tête et me recroquevillai en position fœtale. Au moins, je ne pleurais plus.

– Je vais aller me laver le visage et me brosser les dents. Tu as besoin de quelque chose ?

Je fis non de la tête. L'alcool m'avait rendue muette.

On frappa à la porte, doucement. Elle alla ouvrir, soupira bruyamment et revint vers moi.

– C'est Brody. Je me débarrasse de lui. Reste là.

J'acquiesçai. Je ne savais pas si j'étais même capable de me lever.

– Comment va-t-elle ? dit Brody.

– Elle va bien. Elle a juste besoin d'une bonne nuit.

– Je voudrais la voir.

– Je ne pense pas que ce soit une bonne idée.

– Vous avez l'air d'être une bonne amie. Mais je préfère que vous le sachiez tout de suite : si vous ne me laissez pas entrer, je vais vous soulever, vous mettre dans le couloir et refermer la porte.

– Brody…, prévint Indie.

Je me soulevai à demi.

– Laisse-le entrer. C'est bon. Je suis ivre, mais pas trop.

Indie secoua la tête.

– Ivre, mais pas trop, hein ?

Je fis un signe de la main à Indie.

– Il est habitué aux femmes défoncées, n'est-ce pas, Beaston ? (Ma tentative de prononcer son nom complet, Brody Easton, avait échoué.) C'est peut-être ce que j'aurais dû faire, d'ailleurs : fumer de l'héroïne. Il serait sûrement tombé amoureux de moi.

La mâchoire de Brody se crispa.

Je me tournai vers Indie, fronçant mon nez.

– Est-ce que ça se fume, l'héroïne ?

Indie haussa les épaules. Elle avait l'air très mal à l'aise, là, entre Brody et moi. Elle s'approcha de moi et me prit le visage à deux mains.

– Tu veux que je reste ?

– Ça va aller, répondis-je en lui prenant les mains.

Elle regarda longuement mon visage avant de se décider à partir. Avant de passer la porte, elle posa un doigt accusateur sur la poitrine de Brody.

– Je suis de retour dans quinze minutes. Si tu lui fais encore du mal, je ne réponds de rien. Je suce le premier mec qui a les clés de ta chambre, je m'y introduis pendant que tu dors, et le lendemain tu te réveilles sans quéquette, compris ?

Elle attrapa ses baskets et disparut non sans avoir lancé un regard lourd de menaces à Brody.

Et puis nous voilà, moi ivre morte et Brody, seuls.

– On peut s'asseoir ?

– Pour quoi faire ? Tu ne restes pas longtemps.

Brody serra les dents si fort que j'eus l'impression qu'il allait les briser.

– Parce que tu tangues beaucoup et que je pense qu'il vaut mieux que tu sois assise.

Je m'assis sur le bord du lit. Non pas parce qu'il me l'avait demandé, mais parce que la chambre commençait à tourner drôlement.

Je levai les yeux vers lui. Même dans mon état, je savais ce qui allait se produire en regardant simplement ses beaux yeux verts. J'étais terrifiée. Je regardai partout, le placard, la télé, l'autre lit, tout plutôt que de le regarder, lui.

Il s'agenouilla devant moi.

– Delilah ?

– Tu devrais partir. Nous n'avons rien à nous dire.

– Conneries. Il ne s'est rien passé.

Je regardai mes mains un instant.

– Ça n'a aucune importance.

– Ça aussi, c'est des conneries.

J'attendis un moment avant d'oser le regarder en face.

– Est-ce que tu l'aimes ?

Il ferma les yeux, inspira profondément avant de répondre.

– Oui, mais pas comme tu imagines. Nous avons une longue histoire. Je ne veux pas qu'elle recommence à se faire du mal.

Quand j'éloignai mon regard à nouveau, il plaça sa main sous mon menton et souleva mon visage.

– Je t'aime, Delilah.

– Tu ne peux pas aimer deux femmes en même temps.

– Si. Simplement, pas de la même manière. Si tu tombes amoureux de quelqu'un d'autre, la personne que tu aimais avant, que tu aimes encore, n'était pas faite pour être à tes côtés pour toujours.

Ses mots me lacérèrent le ventre et le cœur.

Je ne pouvais pas faire ça à Drew. Je ne pouvais pas.

Brody prit mes mains dans les siennes.

– Est-ce que tu m'aimes ?

Je ne répondis pas.

– Delilah ?

Je n'avais pas le droit de l'aimer. J'aimais toujours Drew.

J'étais terrifiée à l'idée qu'il puisse lire dans mes yeux que je lui mentais.

– Non, je ne t'aime pas.

38

Delilah

– Tu as vraiment une sale gueule.

Chaque fois que j'ouvrais les yeux, mon mal de crâne était pire. J'essayai de lever la tête de mon oreiller, mais je dus la laisser retomber. Il était presque quatre heures du matin quand nous avions finalement réussi à nous endormir. J'avais tant pleuré que j'étais certaine que ce mal de crâne était dû à la déshydratation.

– Quelle heure est-il, demandai-je d'une voix gémissante.

– Il est l'heure de sortir ton petit cul d'entre les draps.

Je tirai la couverture par-dessus ma tête.

– Je te préférais quand tu étais triste pour moi et que tu me donnais des mouchoirs.

Après le départ de Brody, Indie était restée à mes côtés pendant des heures à me regarder pleurer.

– Il faut que tu sois à la conférence de presse d'avant-match à treize heures et il va te falloir une bonne heure pour te débarrasser des valises que tu as sous les yeux. J'ai commandé un petit-déjeuner. Toast, café, jus d'orange et de la glace pour arranger ce visage.

Je baissai un peu la couverture, risquant un œil hors du lit.

– Où vas-tu ?

Elle était en train de lacer ses chaussures.

– Je vais courir.

– Beurk !

Je tirai de nouveau la couverture au-dessus de ma tête.

– Il y a deux aspirines sur la table de nuit et de l'eau. Avale ça et reste au lit jusqu'à ce que le petit-déjeuner arrive.

– Oui, maman.

Elle rigola.

– Je serai de retour dans une heure. Ne te rendors pas.

Au moins, j'ai l'air bien plus en forme que je ne le suis réellement. Je regardai mon reflet dans le miroir du couloir qui menait au vestiaire. Les Steel avaient gagné 21 à 14, et Brody avait marqué le dernier *touchdown* en se lançant dans une course éperdue, trente secondes avant la fin du match. Il aurait dû être heureux. Il le méritait. La semaine précédente avait été atroce pour lui, c'était le moins qu'on puisse dire. Un joueur moins fort aurait sans doute eu du mal à se concentrer et jouer comme lui l'avait fait. J'étais fière de lui, mais également extrêmement anxieuse avant d'entrer dans le vestiaire.

Avec le début des play-offs, le nombre de journalistes s'était multiplié par trois. Tout le monde avait besoin d'un mot ou deux pour le journal du soir, et la majorité en espérait un peu plus. C'était une heure de queue qui se formait devant les joueurs. Nous avions trois reporters pour suivre le match, pas seulement moi. Nick s'approcha, accompagné de Langley.

– Tu es prête ?

Nick était arrivé ce matin, et je doutais qu'il soit au courant de ma rupture avec Brody.

– Oui.

Je pris mon sac et m'apprêtais à partir quand Michael posa son bras sur le mien.

– Tout va bien ?

Je forçai un sourire.

– Je suis prête, ne vous inquiétez pas.

– Ce n'est pas ce que je voulais dire. Comment allez-vous ?

Je respirai profondément.

– Ça va aller. Merci.

Il hocha la tête.

Nous attendîmes pendant une éternité et en profitâmes pour préparer un plan d'attaque et nous répartir les interviews. Michael demanda à interroger Brody et un joueur de ligne qui avait récupéré un ballon. Indie m'avait dit que, dans la matinée, elle avait croisé Michael dans la salle de sport de l'hôtel et qu'elle l'avait un peu travaillé, suffisamment pour s'assurer que je n'aurais pas à faire l'interview de Brody. Je lui en étais particulièrement reconnaissante. Je choisis pour ma part deux joueurs pas très passionnants et surtout je fis en sorte de me tenir éloignée de Colin également. Cela signifiait que mes interviews allaient être assez courtes.

Je faisais tout ce qui était en mon pouvoir pour ne pas regarder Brody, mais mes yeux refusaient de faire ce que mon cerveau leur commandait. Il portait sa sempiternelle serviette autour des reins, mais nulle trace de son sourire narquois. À un moment, j'étais en plein centre du vestiaire avec Nick et Michael, et mes yeux croisèrent ceux de Brody. Il attendait qu'Angie Snow et son caméraman soient prêts à tourner. Je fus mordue par la jalousie. Angie était superbe, jeune, blonde, tout en courbes et très tactile. Elle lui dit quelque chose et lui toucha le bras. Je détournai le regard.

Les yeux de Brody allaient sans cesse d'Angie à moi pendant que le caméraman mettait en place son matériel. J'étais si absorbée par eux que je ne me rendis pas compte que Michael m'avait posé une question et qu'il attendait une réponse.

– Delilah ?

– Euh… Oui ?

Je me tournai vers Michael.

Il fronça les sourcils. Puis, il se pencha vers moi et murmura :

– On peut s'occuper de tout si vous avez besoin d'un break.

Je lui assurai que tout allait bien et que j'étais simplement un peu impressionnée par ma première visite dans les vestiaires pour un match de play-offs. En se penchant vers moi, Michael avait posé sa main au creux de mes reins sans que je m'en aperçoive. Je ne m'en rendis compte qu'en voyant le visage de Brody. Il avait l'air furieux et paraissait prêt à exploser. Je devais avoir l'air d'un cerf pris dans les phares d'une voiture quand il leva ses yeux vers moi.

Le caméraman d'Angie dit quelque chose, et Brody dut porter son attention ailleurs. Au moment où le cameraman levait sa caméra, Brody me lança un dernier regard. Au même instant, Michael se pencha à nouveau vers moi pour me dire quelque chose. Je grimaçai en voyant les yeux de Brody changer. Son regard furieux se mua en un sourire sardonique.

Il tourna à nouveau son attention vers Angie, et elle posa sa première question. Sa réponse arriva comme au ralenti pour moi. Il sourit largement, puis ses mains se posèrent doucement sur le nœud de sa serviette et il le défit d'un coup. La serviette tomba à terre. Je ne restai pas pour voir ce qui allait suivre. Je le savais déjà. Et j'étais certaine qu'Angie n'opposerait pas autant de résistance que moi.

39

Delilah

15 janvier. Drew aurait eu vingt-six ans aujourd'hui. C'était la première année que je ne passais pas le jour de son anniversaire avec sa famille. M. Martin avait pris sa retraite et avait finalement réussi à convaincre sa femme de déménager à Atlanta, où vivait déjà la sœur de Drew. J'étais contente pour eux, mais quand ils durent faire leurs cartons, ils durent aussi faire les cartons de Drew. Six ans après sa mort, la chambre de Drew n'avait pas bougé.

Le voyage en voiture jusqu'au cimetière fut long. J'étais seule avec mes pensées et tentai de me rappeler les bons souvenirs, les beaux moments que j'avais passés avec Drew. Le premier match de terminale. Les gars de l'équipe avaient réservé des chambres d'hôtel, et nous y étions tous allés après le match.

Cette fois où Brody m'avait embrassée pour la première fois dans sa chambre d'hôtel m'avait tellement bouleversée que je serais tombée s'il ne m'avait pas tenue aussi fort dans ses bras.

Je dus me sortir Brody de la tête une nouvelle fois. C'était tout le temps, en ce moment. Un avion de l'aéroport tout proche volait bas, en face de moi. Je me souvins de la fois où j'avais accompagné Drew en Alabama pour rencontrer le coach de l'université qu'il avait choisie. C'était la première fois que je prenais l'avion et j'étais particulièrement nerveuse. Drew m'avait tenu la main tout au long et m'avait calmé en me racontant des blagues salaces.

Brody m'avait presque étouffée en m'embrassant dans un avion et il avait essayé de mettre ses mains sous ma jupe, par-dessous la couverture.

J'allumai la radio. Mais elle ne fit que m'embrouiller l'esprit encore un peu plus.

Je me garai devant le cimetière quand mon téléphone vibra. Je mis le haut-parleur et restai dans la voiture pour parler.

– Bonjour, madame Martin.

– Combien de fois faut-il que je te dise de m'appeler Jana, ma belle ?

Je souris.

– Bonjour, Jana.

– C'est mieux. Comment vas-tu, ma chérie.

– Je vais bien. Alors, comment ça se passe à Atlanta ?

– Il y fait chaud.

Je regardai la température extérieure sur le tableau de bord de ma voiture. Il faisait deux degrés.

– Je ne peux pas en dire autant.

Nous discutâmes pendant quelques instants de leur installation à Atlanta. Puis elle me prit par surprise.

– Comment ça se passe avec ton beau quarterback ?

La dispute entre Brody et Colin avait mis notre relation à la une de certains journaux. Je m'étais d'ailleurs demandé si la nouvelle était arrivée jusqu'à Atlanta.

– Euh…, eh bien, nous ne sommes plus…

– Oh ! je suis désolée, mon ange. J'ai juste pensé… Eh bien, j'ai vu des photos de vous deux, et la façon dont tu le regardais… J'ai vraiment pensé que tu avais trouvé quelqu'un.

– La façon dont je le regardais ?

– Tu avais l'air heureuse. J'ai eu l'impression de te voir regarder Drew. Ça m'a fait espérer.

Je ne savais pas quoi dire.

– Ça n'a pas marché.

Elle resta silencieuse pendant un long moment. J'eus même l'impression que nous avions été coupés.

– Madame Martin ? Jana ?

– Je suis là.

– Oh ! j'ai cru que je vous avais perdue pendant un instant.

– Ma chérie, tu vas peut-être trouver que je me mêle de ce qui ne me regarde pas, mais je vais te dire quelque chose, de toute façon. Est-ce que tu te souviens que, quelques semaines avant que Drew ne soit drafté, tu as rompu avec lui ? Parce que tu voulais qu'il puisse se concentrer sur la fac et sur le football ? Et il n'avait pas voulu.

– Oui.

– Tu étais si attentive à lui, tu souhaitais tant son succès, son bonheur, que tu étais prête à t'effacer.

– Je m'en souviens. Je lui ai dit que je ne voulais plus sortir avec lui. Il a été en colère pendant dix minutes, puis il est revenu vers moi comme un ouragan, comprenant ce que j'étais en train de faire. Il voyait toujours à travers moi.

– Tu sais, il avait la même impression avec toi.

– Je sais.

Je n'avais jamais eu le moindre doute sur le fait que Drew m'aimait vraiment.

– Mais est-ce que tu comprends ce que je suis en train de te dire ? Drew voudrait que tu rencontres quelqu'un. Il voudrait que tu avances. Que tu sois heureuse. Que tu tombes amoureuse. Et que tu fondes une famille, un jour.

– Je le sais. Mais je n'ai encore rencontré personne qui puisse remplacer Drew.

– C'est bien ce qui m'inquiète, Delilah. Il n'est pas question de remplacer Drew. Il aura toujours une place dans ton cœur. Mais tu peux aimer deux hommes à la fois. Tu les aimeras différemment, c'est tout.

Brody m'avait dit exactement la même chose…

– Merci, Jana.

– N'aie pas peur d'aimer à nouveau, ma chérie.

Je passai un long moment, cette après-midi-là, assise à côté de la tombe de Drew. Contrairement à mes précédentes visites, je ne passai pas tout mon temps à pleurer. Je réfléchis longuement à ce que Jana m'avait dit. Et si j'avais peur de tomber à nouveau amoureuse ? Quelques flocons de neige commencèrent à tomber. Je décidai de partir. Contrairement à la plupart des New-Yorkais, j'aimais l'hiver : chocolat chaud, illuminations, pulls chauds, neige et football.

Je penchai ma tête en arrière, ouvris la bouche et étirai mes bras pour attraper ces flocons qui tombaient du ciel. Après quelques minutes, je souhaitai un bel anniversaire à Drew avant de regagner le parking. En arrivant sur le trottoir, à une centaine de mètres de ma voiture, je glissai sur cette jolie neige qui me faisait tant plaisir et tombai cul par-dessus tête. Sans que je comprenne pourquoi, je me mis à rire de façon hystérique. Un homme âgé qui passait en compagnie de sa femme s'arrêta pour m'aider à me relever. Mais je fis un geste de la main lui indiquant que je n'avais pas besoin d'aide. Je n'arrivais pas à m'arrêter de rire.

J'étais là, assise sur le trottoir, la neige blanchissant mes cheveux. Mon rire se changea en pleurs. Les pleurs devinrent sanglots avant que je ne me décide à me lever. Je claquais des dents, mes lèvres étaient bleues de froid et tout mon corps tremblait. J'étais dans un sale état… Mais pour une raison que j'ignorais, tout était devenu soudainement clair. Je n'avais pas peur de tomber amoureuse. J'étais à peu près sûre que je l'étais déjà. Si quelque chose devait arriver, j'avais peur de ne pas réussir à m'en relever.

40

Brody

– Tu es prêt, satané estropié ?

Grouper prit son temps pour se lever. Ses os craquèrent lorsqu'il se mit debout.

Il leva un doigt noueux vers moi.

– Tu auras de la chance si tu es aussi en forme que moi quand tu auras soixante ans.

– Soixante ? Tu rigoles. Tu es bien plus vieux que ça.

Grouper grogna quelque chose dans sa barbe et posa un carton sur la table.

– Ce sont les derniers effets de Marlene. Un joli collier en or avec une croix au bout et quelques pièces. Pas sûr qu'elles aient une quelconque valeur. Le reste, en gros, ce sont des papiers. Nous avons donné ses vêtements à la Phoenix House, comme tu nous l'as demandé. Ils étaient vraiment contents. Plus de la moitié était des vêtements de grande marque. Tu l'as vraiment gâtée.

– Elle le méritait.

Je pris le carton et fis un signe d'au revoir aux infirmières en passant devant leur bureau.

– Tu serais surpris de l'âge des patients de la Phoenix House. Ce ne sont plus des gamins pour une grande partie. Les gens en désintoxication sont pour trente pour cent des femmes de plus de cinquante ans. Je n'aurais jamais imaginé une chose pareille.

Je ne connaissais pas les statistiques, mais je savais que Marlene aurait voulu que ses affaires aillent à des gens qui essayaient d'aider d'autres gens.

– Merci de t'être occupé de ça pour moi

– Tu vas donner le collier à Willow ?

– Je vais le lui envoyer par la poste. Elle est partie hier. Sa coloc de désintox a acheté un appartement près de Saratoga. Willow avait besoin de quitter la ville. L'endroit où elle vivait présentait trop de tentations pour une ancienne addict aux drogues dures. Il était plus facile d'acheter de la drogue que du lait, dans le quartier où elle habitait. Marlene lui a laissé un petit pactole. J'espère qu'elle va pouvoir commencer une nouvelle vie.

– C'est bien. Marlene en serait contente.

Sur le chemin du stade, nous chargeâmes Grouper III et un copain à lui. Les deux portaient des tee-shirts Easton et ne s'arrêtèrent pas de parler tout au long du chemin.

Je regardai furtivement Grouper.

– C'est toujours comme ça ?

Il hocha la tête.

– Si le bon Dieu rend les vieux sourds, c'est pour une bonne raison.

Nous arrivâmes au stade quatre heures avant le début du match, mais il y avait déjà foule. Plus de deux mille membres des médias du monde entier et quatre mille fans étaient attendus pour l'événement du jour, qui était le lancement officieux du Super Bowl, la semaine suivante. Si les choses se passaient comme les années précédentes, ça allait plus ressembler à un grand barnum qu'à un événement médiatique. Les fans déguisés en super-héros, les femmes avec le corps peint et des questions souvent déplacées. La ligue avait prévu des agents de sécurité supplémentaires et un parking réservé pour chacune des équipes avec un voiturier. Je cherchais le parking réservé aux Steel.

– Quand nous serons à l'intérieur, ne perds pas ces deux-là de vue. Les fans peuvent être terribles.

Grouper sourit.

– Quelle tendresse sous des dehors de brute ! Tes coéquipiers savent que tu es un cœur d'artichaut ?

– Va te faire voir.

Le voiturier appuya comme un fou sur l'accélérateur avant de partir garer la voiture. Des fans faisaient la queue. Ils avaient probablement dormi là la nuit précédente. Je fis grimper Grouper troisième du nom sur mes épaules et m'avançai vers la foule pour signer des autographes. La foule était massée derrière des barrières. Un gamin de quatorze ou quinze ans avait le corps à moitié penché au-dessus de la barrière. Je pris son bloc-notes et y griffonnai mon nom avant de passer le stylo à mon « passager ».

– Tu veux nos autographes à tous les deux, n'est-ce pas ?

Le gamin fit oui de la tête, quoique n'ayant aucune idée de l'identité de ce môme perché sur mes épaules.

– À toi de signer, petit bonhomme.

– Je ne sais pas écrire mon nom autrement qu'en majuscules.

– Fais semblant. Tu fais comme moi, tu gribouilles.

Le petit, fier comme tout, fit ce que je lui avais dit. Nous passâmes quinze minutes à signer et entrâmes ensuite dans le stade avant que je ne sois en retard et que je ne me paie une nouvelle amende.

Je passai alors à Grouper et aux gamins des badges VIP pour qu'ils les mettent autour de leur cou et leur donnai également des billets.

– On se retrouve ici à six heures ?

– Ça marche, boss.

– Boss ? Tu en auras mis du temps, Grouper, dis-je en souriant. J'aime quand tu m'appelles comme ça.

Quinze minutes avant le début de l'événement, je me tenais tout seul dans une tribune VIP, un box au-dessus de la foule. Je regardai à travers la vitre et pris une gorgée d'eau. Cette semaine était le rêve ultime de chaque joueur professionnel. Tout ce pour quoi nous travaillions. Arriver au Super Bowl. Pourtant, je n'avais pas eu la force de fêter notre qualification avec le reste de l'équipe. Au lieu de cela, je m'étais planqué dans le premier endroit calme venu pour prendre quelques minutes à essayer de la trouver. Je ne l'avais pas vue depuis dix très longs jours. Je voulais ne serait-ce que l'apercevoir. À présent, je savais ce que pouvait ressentir un fan persécutant un joueur.

Une part de moi était encore en colère contre elle pour m'avoir dit qu'elle ne m'aimait pas. Mais une partie plus importante ne cessait de me dire qu'elle ne disait pas la vérité. Ses yeux avaient exprimé le contraire de sa bouche. Après que ma colère fut retombée un peu, j'avais rejoué des dizaines de fois les événements des derniers mois. La bonne chose, c'était que chaque fois que je ressentais de la fatigue, je n'avais qu'à penser à ce trou du cul de Langley posant sa main sur le dos de ma nana et j'avais soudain un regain d'énergie. C'était plutôt de la rage, d'ailleurs, mais ça marchait très bien dans mon boulot.

La retrouver dans une foule de plusieurs milliers de personnes me prit à peine quelques minutes. J'avalai la fin de ma bouteille d'eau en la suivant des yeux. Elle portait une robe noire et un blazer rouge cintré, ainsi que des bottes en cuir noir à talons hauts. Elle était sexy en diable.

Soudain, elle s'arrêta de marcher et regarda en l'air. Elle cherchait quelque chose. Ses yeux rencontrèrent les miens, malgré la distance. Ce fut le signe dont j'avais besoin. Elle n'avait pas envie que ça s'arrête. Et j'allais faire en sorte de découvrir pourquoi elle prétendait le contraire.

41

Delilah

J'avais eu envie d'appeler Brody des dizaines de fois au cours de la semaine écoulée. J'avais même commencé des appels que j'avais arrêtés aussitôt. Mais chaque fois, je passais de longues minutes à regarder son nom sur mon écran. Qu'est-ce que j'allais bien pouvoir lui dire ? Je ne me souvenais pas grand-chose de cette nuit à l'hôtel, mais la façon dont il m'avait regardée après que je lui avais dit que je ne l'aimais pas allait rester sans doute gravée dans ma mémoire à tout jamais. C'était pourtant la seule chose que je voulais oublier. Mais elle me hantait.

Vous connaissez cette sensation que quelqu'un vous regarde avec insistance ? Eh bien, multipliez l'intensité de cette sensation un millier de fois. C'est ce qui me fit lever la tête. Je le sentais au plus profond de moi, dans mes os, dans ma chair, dans mon sang. La question que je me posais n'était pas *Brody est-il en train de me regarder ?*, mais *D'où est-il en train de me regarder ?* Je ne mis pas longtemps à trouver et je n'arrivais plus à regarder ailleurs, même si j'aurais dû. Quand il détourna son regard, j'eus l'impression qu'on versait du sel sur une blessure béante.

Je scrutai longuement la tribune où il était. Je ne faisais pas attention où je mettais les pieds. La foule allait dans toutes les directions, et je me cognai contre le dos d'une journaliste. Il fallait que ce soit Angie Snow…

– Delilah Maddox.

Son sourire était mielleux, mais le ton de sa voix sonnait faux.

– Angie, comment vas-tu ?

Il y avait peu de femmes dans le monde du sport. Nous ne formions pas un club ou quoi que ce soit, mais nous nous connaissions toutes. J'avais déjà rencontré Angie à un événement quelques années plus tôt. Nous couvrions toutes les deux encore le football universitaire, à l'époque.

– Je vais bien. Un peu déçue, cependant.

– Déçue ?

– Easton. Tu es vraiment une fille chanceuse. Je croyais que c'était fini entre vous et qu'il était à nouveau sur le marché. Je n'avais pas compris que vous étiez encore ensemble.

Je m'étais fait faire les ongles ce matin-là. Mais je me dis que la prochaine fois je me les ferais tailler en pointe.

– Nous ne sommes plus ensemble.

– Oh ! C'est bon à savoir.

Elle sourit. Je repliai mes doigts, plantant mes ongles dans ma paume.

– Eh bien, bonne chance pour aujourd'hui.

La bombasse blonde remonta une mèche et fit demi-tour, s'apprêtant à partir.

– Attends…, Angie. Qu'est-ce qui t'a fait penser que nous étions encore ensemble ?

– Disons que, généralement, quand un cow-boy me montre son cheval, il me laisse grimper dessus.

– Et Brody, non ?

– Il a remis la serviette autour de sa taille après l'avoir fait tomber intentionnellement. Après mon interview, quand je lui ai proposé de me donner un spectacle privé chez moi, il m'a rembarrée.

– Je respirai.

– Oh ! je suis sûre que ça ne t'arrive pas souvent.

– Souvent ? Tu veux dire que ça ne m'arrive jamais !

Je sentis Brody arriver derrière moi avant même d'entendre sa voix. Les yeux d'Angie regardèrent au-dessus de ma tête au moment ou Brody m'attrapait par le coude.

– Vous voulez bien nous excuser une minute, Andy, s'il vous plaît ?

– Je m'appelle Angie.

Je n'eus pas le temps de réagir. Brody me conduisit jusqu'au hall du stade. Il continua à avancer en me tenant fermement par le bras. Quand nous arrivâmes devant les vestiaires, Henry Inez était devant, assurant la sécurité.

– *Hi !*

C'était sorti comme ça. Il faut dire que j'étais encore plus nerveuse que lors de notre première rencontre.

– Oh ! Dam ! Bonjour, monsieur Easton.

Brody prit l'air embarrassé.

– J'ai besoin du vestiaire pendant quelques minutes.

– Je ne suis pas autorisé à laisser entrer qui que ce soit. Pas même les joueurs.

Je sentis l'anxiété de Brody.

– On ne reste que quelques minutes. C'est juste impossible d'échapper aux reporters sinon. Vous savez comme c'est agaçant, plaisantai-je.

Henry nous laissa passer.

– Juste quelques minutes.

– Merci, Henry.

Avant d'entrer, je demandai :

– Au fait, comment va le bras de Larissa ?

Le garde de sécurité sourit.

– On lui enlève le plâtre demain. Ce qui est une bonne chose vu qu'elle commençait à menacer de le retirer elle-même avec une scie.

– C'est super.

Brody m'attrapa à nouveau le bras et me tira dans le vestiaire. Une fois à l'intérieur, je le toisai, l'air mauvais.

– C'était un peu rude. J'étais en train de parler.

– Nous n'avons que quelques minutes.

Je croisai les bras.

Il sourit.

– Mais je n'ai jamais eu tellement besoin de temps pour te faire décoller.

– Brody…

Ses yeux s'assombrirent à mesure qu'il s'approchait de moi. À chacun de ses pas, je reculai, jusqu'à ce que je me trouve adossée au mur. Il se baissa. Nos bouches se touchaient presque.

– Je pense que tu m'as menti.

– À propos de quoi ?

Je n'avais qu'une envie : me jeter sur sa bouche et la dévorer.

Il approcha sa tête de mon cou et caressa avec son nez la petite veine qui y pulsait.

– À propos de ce que tu ressens pour moi.

Mon cœur battait à tout rompre.

– Je pense que tu as menti. Je pense que tu ressens exactement ce que je ressens, me murmura-t-il d'une voix rauque.

Je ne dis rien, mais ma respiration s'accéléra.

– Je parie que, si je glisse ma main dans ta culotte, là, tout de suite, tu es aussi mouillée que ma queue est dure.

– Brody…

Il se recula de quelques centimètres et prit mon visage entre ses mains.

– Et ce n'est pas simplement une réaction de ton corps en présence du mien. C'est bien plus. Tu le sais.

Il posa une main sur mon cœur.

– Ici, tu le ressens, toi aussi.

Mon cœur battait fort sous sa main.

– De quoi as-tu peur, Delilah ?

Il me regarda, ouvert, vulnérable, dans les yeux. Moi, lâchement, je fermai les miens. Nous restâmes ainsi, sans bouger, pendant un long moment.

La porte s'ouvrit.

– Easton, les interviews vont commencer et je termine mon service. C'est l'heure.

La porte se referma.

J'ouvris les yeux. Mes mots étaient à peine audibles.

– Je suis désolée.

Il tira mes cheveux en arrière et passa son pouce sur ma joue. Il souriait tristement.

– Tu n'as pas à être désolée. Tu vas finir par t'en sortir.

Il me lâcha et fit quelques pas en direction de la porte avant de se retourner. Le sourire arrogant que j'aimais autant que je le détestais éclairait à nouveau son visage.

– Oh ! Delilah ? C'est ton tour. Tu vas revenir. Mais quand ce sera le cas, je pense que je vais t'obliger à me supplier de te donner une deuxième chance.

42

Brody

J'avais l'impression d'avoir douze ans à nouveau. Dans deux jours, j'allais jouer le putain de Super Bowl. Le stade allait être rempli de femmes portant mon nom sur leur dos, et j'étais là, comme un con, à me branler tout seul sous la douche. Dire que j'étais frustré était un euphémisme.

Quand j'avais dit à Delilah, la semaine précédente, que la balle était dans son camp, je n'avais pas pensé au nombre de fois que j'allais la croiser pendant la semaine. Les huit jours avant le Super Bowl étaient médiatiquement parlant totalement frénétiques, et je croisais son visage chaque jour. Après notre petite explication dans les vestiaires, quelque chose avait changé. La colère était partie. Nous avions une relation très amicale, ce qui rendait encore plus difficile le fait de ne pas poser mes mains sur elle.

Le soir précédent, elle était à l'entraînement pour une interview avec le coach. J'avais attendu comme un gentil toutou pour pouvoir la raccompagner à sa voiture une fois son interview terminée. Quand nous étions arrivés devant sa Volkswagen, elle s'était adossée dessus, et je savais qu'il me suffisait de me baisser pour l'embrasser. Elle se serait laissé faire. J'étais certain qu'elle me voulait ; à présent, il fallait qu'elle accepte son désir. Il fallait qu'elle repousse son passé ou ce qui la retenait loin de moi. Je lui avais parlé, l'air de rien, des derniers effets de Marlene et du fait que j'avais envoyé le collier à Willow qui vivait désormais loin de New York. Elle m'avait dit qu'elle croyait que rien ne s'était passé avec Willow, mais j'avais besoin qu'elle comprenne que Willow ne ferait pas partie de notre vie.

Cette nuit-là, à l'hôtel, après les funérailles de Marlene, Willow et moi avions eu une longue conversation. Elle avait reconnu être venue dans ma chambre en espérant me récupérer. Je savais que nous ne pouvions pas éviter cette conversation. Il fallait que je lui dise adieu une bonne fois pour toutes. Il fallait qu'elle l'entende de ma bouche pour pouvoir continuer à avancer. Je lui souhaitai bonne chance pour sa vie future. Plus rien ne nous liait. La porte s'était refermée sur mon histoire avec Willow.

J'avais proposé à Delilah de passer la chercher pour l'emmener au stade avant la conférence de presse, à laquelle nous devions assister tous les deux avant le match, et j'avais été abasourdi quand elle avait accepté. Elle m'avait dit de lui envoyer un texto avant d'arriver pour que je n'aie pas à me garer. Seulement, un petit tour en voiture, ce n'était pas assez pour moi. Aussi, je me pointai une heure à l'avance et prétendis qu'elle avait mal compris l'heure de rendez-vous.

– Je suis désolée, je croyais que tu m'avais dit onze heures.

– Non. Dix.

Elle venait tout juste de sortir de la douche. Ses cheveux étaient mouillés ; elle portait un jogging siglé au logo des Steel et un top rose sans soutien-gorge.

– Chouette jogging.

Chouettes seins... Ces deux saligauds semblaient me narguer.

– Je ne suis pas encore prête, mais je fais vite.

Je la reluquai de manière éhontée. *Dieu merci, je me suis un peu occupé de moi-même il y a moins d'une heure...*

Delilah rigola.

– Tu es un pervers.

Elle me fit signe de m'installer.

– Mets-toi à l'aise.

J'observai le roulis de ses hanches pendant qu'elle quittait la pièce avant de m'installer. L'appartement fleurait bon son parfum. Je m'assis sur le canapé avec la télécommande et allumai la télévision. Toutes les chaînes ne parlaient que d'une chose : le Super Bowl. Les athlètes sont superstitieux. Je n'aimais pas connaître les pronostics avant un match. J'éteignis. Puis, je regardai autour de moi. Sur la table se trouvait un album photo que je n'avais jamais vu. Sans y réfléchir à deux fois, je l'attrapai et commençai à le regarder.

Page après page, des photos de Delilah avec un type dont je ne pus que supposer qu'il s'agissait de Drew. Il portait un équipement de football sur la moitié des photos. Apparemment, Delilah n'était pas devenue sexy en vieillissant comme la plupart des femmes. Les photos en témoignaient : elle l'avait toujours été. La plupart des photos semblaient avoir été prises au lycée, mais quelques-unes dataient clairement de la fac. Ils étaient dans les bras l'un de l'autre sur la plupart des images, rigolant, souriant. Une pointe de jalousie vint me titiller quand je tombai sur une photo les montrant qui s'embrassaient. La photo devait avoir au moins huit ans, et le pauvre garçon était mort depuis presque aussi longtemps. *Mon Dieu, quel débile je fais !*

Je reposai alors l'album sur la table et fermai mes yeux pendant quelques minutes pour m'éclaircir un peu les idées. Je la sentis revenir dans la pièce.

– Tu veux boire quelque chose ?

Elle souriait. Et puis soudain, elle se rembrunit. Je suivis son regard. L'album… Elle s'avança jusqu'à la table, prit l'album photo et alla le ranger sous le meuble télé.

– Non, merci, dis-je.

Elle me regarda sans comprendre.

– Tu m'as demandé si je voulais boire quelque chose. Je ne veux rien, merci.

– Oh oui, exact.

Elle fit silence et regarda la pièce.

– Je reviens dans une minute.

Quand elle sortit, je jetai un œil au meuble où Delilah avait rangé l'album. *Amour de jeunesse. Perte. Football.* C'était comme si une ampoule venait de s'allumer au-dessus de mon esprit pour la première fois. Je me pris la tête dans les mains. Comment n'y avais-je pas pensé plus tôt ? J'avais dû recevoir trop de coups sur le crâne pendant ma putain de carrière. Je me frappai le front et dit tout haut :

– Mais bon Dieu, Brody, c'est évident.

Je me levai et fis les cent pas dans la pièce pendant plusieurs minutes, tentant de rassembler mes pensées avant d'aller la rejoindre dans la chambre.

– Hé ! dis-je en passant la tête dans l'encadrement de la porte.

Elle sortit de son dressing, portant une jupe bleu marine, un chemisier blanc et un collier de perles qui lui descendait jusqu'à la ceinture. Classe et sexy. Même si je préférais le top rose sans soutien-gorge.

– Je suis trop longue ?

Elle avait une paire d'escarpins à la main.

– Non. On peut s'asseoir un instant ?

– Ici ?

– J'en ai pour une minute.

Elle hésita un instant, puis alla s'asseoir sur le lit. Je m'agenouillai près d'elle, lui pris ses chaussures des mains et les lui mis une après l'autre. Elle me regarda, un peu confuse.

– Merci.

– De rien.

Il y avait tant de choses que j'avais envie de lui dire, mais je ne savais pas quels mots employer.

– Tout va bien ? me demanda-t-elle.

– Je suis un débile mental. Mais à part ça, ça va.

– Je ne comprends pas.

– Je peux te poser une question ?

– Bien sûr.

– Et tu y répondras ?

– J'essaierai.

– Pourquoi ne sommes-nous plus ensemble ?

Elle ferma les yeux. Quand elle les ouvrit à nouveau, elle avait l'air triste.

– Je ne sais pas comment l'expliquer.

– Essaie. Je t'écoute.

– Bien. Ce soir-là, quand je suis allée te retrouver dans ta suite et que Willow y était, j'ai été très fâchée. Et même jalouse. Je détestais l'idée de voir une autre femme que moi dans ton entourage. Mais quand tu m'as dit que rien ne s'était passé, je t'ai cru. Je n'ai jamais douté du fait que tu tiendrais parole et resterais fidèle.

– Mais tu penses que j'ai encore des sentiments pour elle. Le même genre de sentiments que ceux que j'ai pour toi.

Elle détourna le regard.

– Je ne sais plus ce que je pense.

– Regarde-moi, Delilah.

Des larmes embuaient ses yeux.

– Tu veux savoir ce que je pense ? Je pense que tu as été très amoureuse de Drew, comme j'ai été très amoureux de Willow. Et quand tu l'as perdu, tu as souffert très longtemps. Tu as tellement souffert que tu as peur de vivre une nouvelle histoire.

J'essuyai la larme qui coulait le long de sa joue.

– Pendant tout ce temps, j'ai pensé que tu avais peur de tomber amoureuse de moi. Je pensais que c'était moi le problème.

– Ce n'est pas toi.

– Je le sais maintenant. Tu as juste peur de tomber amoureuse.

– Je suis désolée.

– Ne sois pas désolée. Ça me rend la tâche plus facile.

– Plus facile ? Comment ça ?

– Changer ma personnalité risquait d'être un peu compliqué, mais te prouver que si tu tentes le coup avec moi je ne te laisserai pas tomber, ça, c'est moins dur. Pour être honnête : je suis un connard. Et ce n'est pas facile de changer un connard.

Elle rit à travers ses larmes.

– Je crois que j'ai simplement besoin d'un peu de temps.

– Je serai là, à t'attendre.

Elle passa ses bras autour de mon cou et me serra longuement dans ses bras. Ce n'était pas exactement l'issue que j'avais prévue, mais au moins, je savais que j'étais sur les bons rails.

43

Delilah

Deux semaines après la victoire des Steel au Super Bowl, ma vie avait enfin pu retrouver un peu de calme. Brody avait tenu sa promesse : être là pour moi et me laisser prendre mon temps. La seule fois où il avait essayé de me toucher avait été juste après le match. Tout le monde fêtait la victoire sur le terrain, et il m'avait trouvée. Il m'avait soulevée et fait tourner dans les airs, puis m'avait embrassée sur les lèvres. Les sept jours qui avaient suivi avaient été de la pure folie. Entre les médias, la parade de l'équipe, les dizaines d'interviews, je fus même étonnée qu'il trouve un peu de temps pour me voir. Et pourtant, il l'avait fait. Chaque jour, il avait trouvé quelques heures. Pas de grandes déclarations, rien qui cherche à précipiter les choses ; il me montrait simplement tous les jours qu'il était là pour moi. Comment ne pas tomber irrémédiablement amoureuse d'un homme si adorable et sur lequel on sait que l'on peut compter ?

À trois heures précises, on sonna à la porte. J'avais demandé à Brody s'il voulait bien me donner une courte interview cette après-midi à mon bureau. Il avait dit oui sans hésitation. Et pourtant, il commençait sérieusement à saturer de toute cette presse. Je savais aussi qu'il ne m'écouterait pas et ne m'enverrait pas de SMS en arrivant à l'appartement. Il montait toujours. Je ne savais pas si c'était une attitude de gentleman ou s'il comptait sur un moment de faiblesse de ma part. Connaissant Brody, c'était certainement un peu des deux.

J'ouvris la porte. Et l'homme le plus délicieux sur lequel j'avais jamais posé mes yeux était là portant une écharpe bleu marine et vert qui faisait ressortir ses yeux. Le lendemain du Super Bowl, il m'avait appelée le matin et m'avait dit qu'il fallait qu'il se rase avant les premières interviews de la journée. Je lui avais répondu qu'un début de barbe lui allait très bien. Depuis, il arborait une barbe de deux jours de manière permanente.

– Je suis en retard ?

– Non. Tu es même un peu en avance.

Je portais une robe de chambre, et mes cheveux étaient accrochés en queue de cheval.

Il regarda sa montre.

– Tu m'as dit trois heures.

– Non, quatre.

J'avais appris des meilleurs… Comment pouvait-il croire que je me trompais systématiquement dans mes heures de rendez-vous. Il pensait qu'il lui fallait être sournois pour pouvoir passer une heure supplémentaire avec moi, mais cette fois-ci, c'est moi qui étais sournoise.

Je levai les yeux au ciel.

– Tu as un vrai problème avec l'heure.

– J'aurais juré que tu avais dit trois heures.

– Bien, tu connais le système. Mets-toi à l'aise. Je vais juste prendre une douche rapide.

Je disparus alors dans la salle de bain. Et ma douche rapide se transforma en une séance de soins de beauté. Je rasai tout ce qu'il y avait entre ma taille et mes pieds, à l'exception d'une petite bande entre mes jambes. Puis, je passai du lait hydratant sur toute la surface de mon corps et me brossai longuement les cheveux. Je pensai un instant retourner dans le salon totalement nue, supposant qu'il saurait quoi faire après ça, mais je décidai de la jouer comme Brody. Je m'enveloppai dans une serviette éponge et me préparai à passer la ligne rouge, celle après laquelle il n'y avait pas de retour en arrière.

– Changement de plans ! criai-je depuis la salle de bain en jetant un dernier coup d'œil dans le miroir. Ça t'ennuie si on fait l'interview ici plutôt ?

– Non, bien sûr, aucun problème.

Quand j'entrai dans la pièce, il regardait la télévision, me tournant le dos. Je pris une longue inspiration, fis le tour du canapé et me plantai devant lui. Il eut un instant d'arrêt en me voyant ainsi, enveloppée dans une serviette.

– Puis-je vous poser quelques questions, monsieur Easton ? demandai-je dans ma brosse à cheveux.

Il fronça les sourcils.

– Qu'est-ce que ça vous fait d'avoir été élu meilleur joueur du Super Bowl pour la deuxième fois ?

– C'est très agréable. Mais on m'a déjà posé la question au moins mille fois, mademoiselle Maddox. Vous n'avez pas une question plus originale ?

La première fois qu'il m'avait répondu ça, j'avais eu envie de lui botter les fesses. Cette fois-ci, je fus heureuse qu'il évoque notre première rencontre.

Je levai un sourcil.

– De fait, j'ai une question originale.

Nonchalamment, je défis le nœud de ma serviette qui tomba à mes pieds.

– Si je vous disais que je vous aime plus que n'importe quoi d'autre en ce bas monde, est-ce que vous me donneriez une deuxième chance ?

Brody se leva. Il me regarda droit dans les yeux, me donnant une réponse des plus sérieuses.

– Je vous donnerais toutes les chances de l'univers.

Brody s'approcha de moi et m'embrassa longuement,

fougueusement, me serrant fort entre ses bras. J'en avais du mal à respirer. Mais je ne m'étais jamais sentie aussi bien. Il me prit dans ses bras et me souleva. Je me recroquevillai contre sa poitrine. Avant que je puisse comprendre ce qu'il était en train de faire, nous étions dans la chambre.

– J'espère que c'est la seule interview qu'il faut que je fasse cette après-midi. Dis-moi qu'il ne faut pas qu'on aille au bureau pour en faire une autre.

– La seule chose que tu as à faire dans les heures qui viennent, c'est t'occuper de moi.

Il me posa près du lit et commença à enlever ses vêtements. Ses yeux caressaient mon corps.

– Tu as finalement admis que tu m'aimais. Mais je ne vais pas te faire l'amour.

– Pourquoi pas ?

– Parce qu'il faut avant ça que je te baise de toutes mes forces jusqu'à avoir l'impression d'être une bête sauvage.

– Oh ! je veux bien ça aussi.

Il me souleva à nouveau, me poussant à passer mes jambes autour de sa taille, et se tourna vers le mur.

– On garde le lit pour quand on fera l'amour. Mais là, je vais te prendre contre le mur.

Il m'embrassa jusqu'à ce que mes lèvres tournent au bleu et que je manque d'air. La retenue dont il avait fait montre s'écroula soudain comme un barrage. Il me regardait avec un fol appétit, comme si j'étais son prochain repas. C'était d'une délicieuse crudité, et jamais rien ni personne ne m'avait autant excitée qu'à cet instant précis. Me collant contre le mur, il passa deux doigts dans mon intimité.

– Mon Dieu, tu es trempée.

Il attrapa mes hanches et s'enfonça en moi. Mes yeux papillonnaient. C'était bon de l'avoir en moi.

– Delilah, ouvre tes yeux.

Il donna des coups de reins plus forts encore tout en soutenant mon regard.

– Dis-le-moi. Dis-le-moi encore une fois.

– Je t'aime.

Il soupira contre ma bouche.

– Encore.

Mon corps était au bord de l'orgasme. Je respirais de plus en plus difficilement. Ma voix était devenue rauque.

– Je t'aime, Brody Easton. Je t'aime.

Il me dit qu'il m'aimait avec des va-et-vient frénétiques, il me pénétrait de toutes ses forces en me disant :

– Putain, ce que je t'aime !

Il le dit une dernière fois, hurlant presque en jouissant en moi.

Nous restâmes ainsi, contre le mur, pendant un bon moment. Il avait posé son front contre le mien. Je fus alors frappé par une évidence tandis que nos regards se perdaient l'un dans l'autre. J'avais cherché la paix pendant sept ans. J'avais pensé que la paix était un lieu où il n'y avait ni peur ni turbulences. Où il n'y avait ni hauts ni bas, où l'on pouvait trouver le bonheur dans une forme d'anesthésie. Mais je venais de comprendre que la paix, ce n'était pas éviter les choses. La paix, c'était faire des choix et vivre sa vie, se débrouiller dans le chaos ambiant et, au milieu de tout ça, trouver le calme dans son cœur.

Brody Easton s'était insinué dans ma vie comme un ver dans un fruit et il m'avait apporté la paix. Un drôle de paradoxe…

ÉPILOGUE

Delilah

J'avais quitté la maison alors que Brody dormait encore pour pouvoir aller discrètement à un rendez-vous avec le médecin avant de me rendre au bureau.

Je ne m'attendais pas à ce que l'on me fasse une échographie ce jour-là. Mon taux de glucose était un peu élevé depuis ma dernière grossesse et on me surveillait de près. Brody était particulièrement anxieux de tout ce qui pouvait signifier un risque pour le bébé ou pour moi. Du coup, j'étais allée faire mon test urinaire toute seule afin de ne pas lui causer plus de stress, surtout aujourd'hui. C'était notre anniversaire. Nos anniversaires pour être plus exact.

– Votre taux de glycémie me semble bon. Tant que vous êtes là, pourquoi ne ferait-on pas une petite échographie rapide ? Comme ça, nous regarderons votre niveau de fluide.

C'était nouveau avec cette grossesse. Oligohydramnie : un bas niveau de liquide amniotique. Il n'y avait pas de quoi s'alarmer, mais tout comme mon taux de glycémie, il fallait surveiller.

– Oui, bien sûr.

Ça m'ennuyait un peu de faire une échographie sans la présence de Brody. Il pleurait chaque fois qu'il regardait l'écran, même lorsque le fœtus ne ressemblait à rien d'autre qu'à un têtard.

Je passai une blouse et me rendis dans la salle d'échographie. L'homme me passa du gel sur le ventre et commença à promener sa baguette magique. J'entendis le battement de cœur dès que le médecin mit le son. Après quelques minutes, l'homme me dit que le niveau de fluide avait augmenté et que tout allait bien. Il se concentra alors sur une zone en particulier.

– Est-ce que vous voulez connaître le sexe aujourd'hui ?

– Vraiment ? Je pensais que c'était trop tôt.

– Généralement, oui. Mais ce bébé n'est pas timide et me montre tout en ce moment même.

Je travaillais à temps partiel depuis que notre bébé était né l'année précédente. Deux jours par semaine. Cela me permettait que garder un pied dans la chaîne et me donnait une excuse pour accompagner mon mari lorsqu'il partait loin jouer des matchs. Je tapotai mon ventre. Les choses allaient se compliquer avec ce deuxième.

– Arrête de te focaliser sur toi-même.

Indie s'était plantée dans la chaise face à mon bureau et tira un long morceau de scotch qu'elle posa sur son visage. Son nez ressembla soudain à celui d'un cochon.

– C'est sexy.

Quelques minutes plus tard, monsieur Couilles entra dans le bureau. Il regarda Indie, surpris ; elle lui sourit comme si de rien n'était.

– La présaison commence la semaine prochaine. Est-ce que je peux compter sur une interview de votre mari ?

Brody ne me refusait jamais rien.

– Je vais voir ce que je peux faire.

Quand monsieur Couilles disparut, Indie leva un sourcil.

– Tu vas voir ce que tu peux faire ? Il mangerait dans les poubelles si tu le lui demandais.

– Oh ! quelle belle image !…

Je commençai à ranger mes affaires.

– Je ne peux pas laisser croire à monsieur Couilles que je fais un boulot facile, n'est-ce pas ?

Le téléphone d'Indie vibra et immédiatement son visage s'éclaira. Je savais de qui il s'agissait sans avoir à le lui demander. Elle avait trouvé son propre joueur à un barbecue que Brody et moi avions organisé dans notre nouvelle maison de Larchmont. Ils étaient inséparables depuis. Cela signifiait que je passais plus de temps avec Indie. Et j'adorais ça. Ils nous avaient même rejoints, tous les deux, quinze jours auparavant pour passer le week-end dans notre cabane, dont les travaux étaient enfin terminés.

Elle leva les yeux de son téléphone.

– Tu pars tôt ?

– Pas tôt. À l'heure, pour une fois.

– Mais quelle force maléfique te pousse à faire une chose pareille ? Avoir un mari canon qui t'attend à la maison avec un bébé alors que tu es enceinte d'un deuxième ? Pff, vraiment, je ne comprends pas ton sens des priorités, dit-elle en rigolant.

– Il faut que je m'arrête en chemin chercher un truc pour Brody, pour nos anniversaires.

– Vous faites vraiment ces conneries ? Les cadeaux ?

Nous nous étions mariés le jour anniversaire de notre première rencontre ; aussi, nous avions deux choses à fêter tous les ans.

– Oui. La première année, c'est papier. La deuxième, c'est coton.

– C'est horrible. Brody, il t'a acheté quoi ? Des culottes bouffantes en coton ? Et une nappe ?

Je rigolai.

– Aucune idée. Nous n'avons pas encore échangé nos cadeaux.

En rentrant à la maison, je m'arrêtai pour acheter un cadeau de dernière minute. J'avais écrit une lettre d'amour à Brody et je lui avais acheté une chemise en coton qui, je le pensais, ferait ressortir la couleur de ses yeux. Mais il y avait eu un léger changement de plan depuis le matin.

La maison était inhabituellement silencieuse quand je rentrai. Seul Tank, notre énorme mastiff, vint à ma rencontre quand je passai la porte. Il remuait la queue comme un fou et se colla dans mes jambes. Il me fallut me tenir à la petite table de l'entrée pour ne pas tomber.

– Du calme. Où ils sont, l'homme fou et la petite sœur ?

Je laissai tomber ma sacoche en cuir et mon sac dans l'entrée, retirai mes chaussures et me rendis à la cuisine. Elle était vide, mais il y avait trois post-it jaunes sur le frigo et une petite boîte sur le plan de travail.

Sur le premier post-it, on pouvait lire : *Expression*. Mon mari avait passé beaucoup de temps entre les deux saisons à regarder des jeux télévisés.

Sur le deuxième, il y avait écrit : *Devine (puisque tu es nulle aux jeux) ce que tu es pour moi*.

En dessous, sur un troisième post-it, était écrit. *Va sur le canapé, et plus vite que ça.*

Je souris et me dirigeai vers le salon. Brody avait entassé tous les coussins de la pièce sur l'ottomane. Je les pris un par un et les posai au sol, sur le tapis.

Sur le coussin rouge était brodée la lettre « D ». J'avais également eu un coussin portant la lettre « M », formant ainsi mes initiales, mais la semaine après notre mariage, Brody s'en était débarrassé et m'en avait acheté un nouveau portant la lettre « E » – comme « Easton ».

« M ». Ce coussin-là, je ne l'avais jamais vu. Un nouveau venu dans la collection. Bourré, bien évidemment, avec du coton. La première lettre du prénom de notre fille.

« Y ». Encore un nouveau coussin. Rose et brodé pour aller avec le « M ». Comme nos deux mères s'appelaient Yvonne, nous avions décidé de donner à la petite ce deuxième prénom.

« B ». Pour Brody. J'avais acheté ce coussin quand nous nous étions installés ensemble.

Love. Le coussin rectangulaire que Drew m'avait offert quand nous étions adolescents. Il était taché et rapiécé. Bien qu'il me rappelât Drew, il me faisait aussi penser chaque jour quel homme merveilleux j'avais épousé. Après m'être installée avec Brody, j'avais rangé ce coussin dans un placard. Et puis un jour, en rentrant, je l'avais trouvé sur le canapé. Quand Brody m'avait aperçue en train de regarder, l'air perplexe, le coussin, il m'avait pris dans ses bras et m'avait dit que Drew m'avait aidé à devenir la femme merveilleuse dont il était tombé amoureux. Et qu'il ne fallait plus cacher ce coussin.

D-E-M-Y-B-LOVE.

Je remis les coussins dans le bon ordre.

MY BELOVED. « Mon aimée »…

J'avais tout simplement le meilleur mari du monde. La première fois qu'il m'avait dit qu'un homme qui m'offrait des roses ne me méritait pas parce qu'il me fallait quelque chose d'unique, j'avais pensé qu'il en faisait trop. Mais l'homme avait tenu sa promesse depuis le jour de notre rencontre. Ses cadeaux avaient toujours été uniques, comme lui.

Si c'était possible, mon cœur fondit encore un peu plus dans ma poitrine. Je montai alors pour retrouver ma famille. Quand j'arrivai devant notre chambre, j'entendis Brody parler au bébé. Il ne m'avait pas entendue arriver. Je fis un pas en arrière et l'écoutai changer la couche de sa fille.

– Tu pues, ma fille, tu sais. Ta mère, elle sent toujours bon. C'est probablement pour ça qu'on va avoir un petit frère ou une petite sœur tout juste un an après ta naissance.

Je me couvris la bouche pour réprimer un rire.

– Mais qu'est-ce que c'est que ce talc ? Je n'arrive jamais à faire sortir quoi que ce soit de ces satanées boîtes.

Je l'entendis taper de toutes ses forces et gueuler :

– Merde !

Je l'imaginais alors couvert de poudre blanche. J'entendis Marlene rigoler.

– Ah ! tu trouves ça drôle ? Hein ? Toi qui n'as même pas de dents.

J'entendis le rocking-chair grincer. Il s'était assis avec la petite sur les genoux. Ils avaient passé récemment beaucoup de temps ensemble. Il aimait raconter des histoires totalement cinglées à sa fille quand il pensait être seul avec elle.

– Tu sais, tu ressembles beaucoup à la dame dont tu portes le prénom. Elle avait les mêmes gencives que toi.

– Da, da, da.

Évidemment, elle n'avait pas encore appris à dire « Ma, ma, ma ». Une vraie fifille à son papa.

Brody se lança alors dans une histoire sur son homonyme qui avait un jour fait tomber ses dents dans le vide-ordures. Je les laissai tous les deux et redescendis l'escalier. Un peu plus tard, Brody arriva. Sa chemise noire était pleine de talc. Il m'embrassa, puis se baissa pour déposer un baiser sur mon ventre.

– Marlene s'est endormie tôt aujourd'hui. Tu es là depuis longtemps ?

Je passai mes mains autour de son cou.

– Assez longtemps pour résoudre l'énigme des coussins. J'adore. Merci. Je gagne quelque chose, un prix ?

– Un gros. Mais tu l'auras tout à l'heure.

Il me fit un clin d'œil.

– Tu as ouvert la boîte ?

– Non. Je voulais d'abord te donner ton cadeau.

Je me levai, marchai jusqu'à mon sac et en tirai une simple boîte blanche avec un ruban rouge.

– J'ai emmené la petite au parc pendant la moitié de la journée pour qu'elle soit crevée et qu'elle s'endorme tôt.

Il secoua la boîte.

– J'espère qu'il y a des sous-vêtements sexy pour toi là-dedans.

– Il faudrait que ce soit des sous-vêtements de maternité.

Mon ventre commençait à devenir assez imposant.

– Je ne suis pas sûre que la maternité et les sous-vêtements coquins aillent très bien ensemble.

– Tu dis n'importe quoi. Tu es sexy en diable comme ça. Avec des courbes en plus. Et des seins fabuleux !

Je lui donnai un coup dans le ventre. *Dur comme de la pierre.* J'étais vraiment une veinarde.

– Ouvre mon cadeau, pervers.

Brody fit glisser le ruban et ouvrit la boîte. Il se gratta le menton en voyant ce qu'il y avait dedans. Puis, il sortit la mitaine de cuir.

– Tu as conscience que c'est un gant de base-ball ? Je joue au football.

– Gros malin.

Je pris la balle qui se trouvait dans la boîte et la lui donnai.

– Le centre de la balle est fait de coton. Pour notre anniversaire.

– Oh ! merci, ma belle.

Il se pencha sur moi pour m'embrasser, mais je posai ma main sur son torse pour l'arrêter.

– Essaie le gant.

Il râla un peu, mais fit ce que je lui demandais. En glissant ses doigts dans le gant, il trouva mon deuxième cadeau. Il sortit le papier que j'y avais glissé et le défroissa sur la table.

– C'est ton cadeau pour l'anniversaire de papier.

Le front de Brody se plissa. Il était face à des impressions de mon échographie. Il regarda l'image, puis me regarda, moi, à nouveau.

– Qu'est-ce que c'est ?

– J'ai dû faire un test ce matin, juste pour vérifier ma

glycémie. Tout allait bien, mais le docteur a voulu faire une écho pour vérifier les fluides.

– Tout va bien ?

– Oui, mais regarde l'image d'un peu plus près.

Il mit le papier devant ses yeux.

– Est-ce que c'est… ?

– Un pénis.

Les yeux de Brody étincelèrent. Il ne l'aurait jamais admis, mais il avait envie d'un garçon. En toute honnêteté, il aurait été parfaitement heureux dans une maison pleine de filles en bonne santé, mais s'il avait pu choisir le sexe…

Il me souleva et me fit tournoyer dans les airs.

– Une quéquette ! Mon bébé a une quéquette !

Je ris très fort.

– Oui, on peut dire ça comme ça.

Quand il me reposa enfin sur le sol, il se pencha pour parler à mon ventre :

– T'as entendu ça, gamin ? Tu vas être un homme !

– Euh… Je pense que ça va d'abord être un petit garçon.

Brody me souleva à nouveau et me fit tournoyer encore une fois en hurlant :

– Un garçon. Nous allons avoir un garçon !

Je ris encore. Quand il me reposa, il ouvrit grand les portes qui donnaient sur le jardin et hurla à qui voulait l'entendre :

– Un garçon ! C'est un putain de garçon !

Il criait si fort que tout le voisinage devait être maintenant au courant.

J'étais heureuse de pouvoir lui offrir ce cadeau. Nous avions tant de chance. Nous n'avions pas grand-chose à demander à la vie. Nous avions trouvé l'amour véritable, nous avions une petite fille en pleine santé, un garçon en route, des amis que nous adorions et un travail que nous aimions profondément. Un rêve que nous ne nous permettions même pas d'avoir quelque cinq ans plus tôt.

Quand Brody arrêta de hurler, il s'approcha de moi et prit mon visage entre ses mains.

– Je t'aime, Delilah Easton, dit-il avec douceur.

– Comment se fait-il que tu murmures, à présent ? ironisai-je. Tu ne veux pas que le monde entier sache à quel point tu m'aimes ?

Il m'embrassa.

– Tu n'as pas entendu ? Je viens tout juste de le leur dire.

Remerciements

Merci à tous les fabuleux blogueurs qui passent tant de temps à lire mes livres. Je leur suis pour toujours reconnaissante de tout ce qu'ils font pour permettre à de nouveaux lecteurs d'arriver jusqu'à moi. Vos articles, vos commentaires, vos partages et votre soutien sont inestimables pour moi.

Une mention spéciale à quelqu'un à qui je suis particulièrement reconnaissante : Pénélope. Merci pour les allers et retours sur ce livre. Merci d'avoir fait le travail d'édition, cherché des images, un titre… Ton nom devrait être sur la couverture à côté du mien pour le temps passé sur ce livre.

À Julie, qui est toujours là quand j'ai besoin d'elle (Parfois, jusqu'à douze fois par jour.)

À Cheri. Merci pour les nombreuses heures passées à chercher des images d'hommes à moitié nus. Et pour avoir trouvé le magnifique corps qui orne la couverture.

À Sommer, pour, encore une fois, son merveilleux travail sur la couverture.

À Luna, pour ses teasers et son soutien.

À tous mes lecteurs. Merci de me laisser vous raconter des histoires. Merci pour votre soutien sans faille totalement incroyable. C'est un honneur pour moi de vous procurer quelques heures d'évasion. J'aime vos e-mails, vos critiques. Continuez !

Much Love,

Vi

Helena Hunting

Bad boy

Avec ses courbes sexy, Tenley est une jeune femme magnifique. Hayden, le tatoueur auquel elle demande un dessin complexe pour orner son dos, est littéralement fasciné. Derrière les apparences flateuses, il devine une jeune femme sensible, avec des tragédies et des blessures.

Dark Love

Ensemble, ils ont vécu une intense passion : Tenley, jeune femme fragile s'est jetée à corps perdu dans son amour pour son « bad boy », le beau et ténébreux Hayden. Il a tatoué de magnifiques motifs sur le corps de la jeune femme et y a imprimé sa marque.

Hard Boy

Avec un célèbre joueur de hockey pour demi-frère, Violet connaît bien la réputation sulfureuse de ses camarades de jeu. Notamment du capitaine de l'équipe, le légendaire Alex Waters qui fait rêver toutes les filles.

Perfect Boy

A 20 ans, Miller est l'un des plus grands joueurs de hockey du pays. Une véritable star qui fait rêver toutes les filles. Et Miller a bien profité de sa popularité, sans jamais se poser de questions.

Big Boy

Arrogant, prétentieux, exaspérant, trop sûr de lui… mais terriblement beau, sexy, et attirant. Randy, joueur star de hockey, fait des ravages. Toutes les filles se jettent à ses pieds. Toutes sauf une : Lily qui ne veut pas se comporter comme n'importe quelle groupie hystérique.

Intenses, déchirantes, sombres et sensuelles :
des histoires d'amour incomparables.

ISBN : 978-2-8246-0447-3 / 978-2-8246-0480-0 / 978-2-8246-0702-3 / 978-2-8246-0767-2 / 978-2-8246-0807-5

city-editions.com